無顏福妻

上

文創
風
935

柴可 著

目錄

序文

柴可

如今這個時代，什麼都講究一個快字。

網路快。

高鐵快。

飛機快。

每天早上起來跟打仗似的，載孩子上學，然後自個兒出門上班，晚上下班回來第一件事就是急著去接孩子放學，回家後做飯，吃完飯洗碗收拾，外加守著孩子寫作業。等凌晨躺在床上的時候，腦子裡藏著一個便是沒有鞭子抽打也停不下來的陀螺。

嗡嗡嗡的。

生活就像郝雲唱的那首〈活著〉一樣。「……他在這個城市裡，過得很壓抑，雖然他什麼都沒說，但我知道他很難過……慌慌張張、匆匆忙忙，為何生活總是這樣，難道說，我的理想，就是這樣度過一生的時光……」

每當煩悶的時候，就特別想逃離眼前掙扎著生活的城市。

想去山裡，結草廬二三間，隱於半山之野，養貓狗一二，種三五果木，蓄雞鴨幾隻。晨起與朝霧共舞，暮歸邀晚霞品茶。

閒聽落花，笑看風雨。

在果熟酒醇之際，邀摯友在林間交杯換盞，醉醺醺的時候你一句、我一句，猖狂地指點指點江山……

這日子美滋滋！可惜只能偶爾幻想一下。

我小時候生活在東北，那個時候每到冬天我都會跟爺爺窩在炕上嗑瓜子，爺爺會跟我講山裡獵人們的故事，比如有獵人進山發現了人參，結果沒給人參繫上紅繩，等他挖的時候，人蔘就莫名其妙沒了；比如有幾個獵人遇到了黑熊，結果只一個人活著出山，而他的臉則被熊弄沒了一半……

當時的我從未質疑過為啥好端端的人參會不見了，為啥熊把人的臉弄沒了一半，那人居然還神奇地活著。

去東北的山林生活一直是我兒時的夢想，爺爺描述的「棒打麅子瓢舀魚，野雞飛進飯鍋裡」，我至今都記得清清楚楚。

寫下這本書也是源於小時候的這個夢想，源於爺爺跟我講過許許多多東北山裡的故事，源於被城市和瑣事困住的心太渴望山野森林，渴望慢悠悠的生活……

現實中不能達成的願望，那些簡簡單單的愛情、簡簡單單的日子，皆呈現於筆下，也算是圓了自己的夢想。

雖然文筆有限，但還是喜歡大家能喜歡《無顏福妻》這個故事。

第一章

蕭遠山在山裡待了好幾日，剛扛著獵物從山裡出來，就瞧見鄰居方嬸急忙地跑來。

「遠山，你媳婦又跑去歪纏徐秀才了。」

「方嬸，麻煩您幫我看著。」蕭遠山聞言，眉頭一皺，眼神也深了深，流露出厭煩的情緒，但他還是放下獵物，也不歸家，就朝徐秀才家跑去。

「遠山啊，照嬸兒看，你那媳婦不要也罷了，遠山……」瞧著蕭遠山遠去的背影，方嬸重重地嘆了口氣。

挺好的孩子，怎就這麼命苦呢……

且說蕭遠山風風火火地跑往村裡，還沒到徐秀才家，遠遠地就瞧見徐秀才的家門口裡三層、外三層圍滿了人。

有人瞧見他來了，立刻就吼了起來。「蕭獵戶來了，快讓開！」

大家立刻很有默契地往左右擠了擠，給人高馬大的蕭遠山讓開一條路來。

就見徐秀才的家門口，有一名身材瘦小、滿臉流膿的紅痘子、頭髮枯黃骯髒、一身破洞棉襖且凍得流鼻涕的姑娘，死死抱著徐秀才的胳膊。

她望著他，悲戚地哭嚷。「茂文哥，我們是有婚約的！是當初在戰場上，我爹給你爹擋刀，救了他一命，拿命換來的！你們家不能不認啊！」

徐茂文被她噁心得快吐了，秀氣英俊的臉上露出極度厭惡的表情，一邊甩著手臂試圖擺脫她，一邊冷冰冰地道：「滾開，什麼婚約？可有人見證？可有一紙憑證？而且妳已經嫁人，已是他人婦，如此不守婦道，就不怕被抓去浸豬籠嗎？」

周遭瞧熱鬧的村民們立刻跟著附和起來。

「對，就該浸豬籠！」

「真不要臉，自己長成那樣，還敢妄想秀才公！」

「怪不得她娘倒貼銀子把她送給蕭獵戶呢！長得跟夜叉似的，嫁又嫁不出去，賣又賣不掉，留在家裡可得拖累家裡的姊妹。」

劉春芽並不在意這幫人說什麼，只是不可置信地瞧著徐秀才。

他……他竟然說，她該被浸豬籠？

當初剛訂親的時候，徐茂文連童生都不是，因為家裡窮，他爹又受傷不能下地，劉春芽把父親留給她的私房錢全補貼給徐茂文。可沒承想，他才考上秀才，轉頭就跟自己的妹妹劉春桃提親了！

她在家裡哭鬧，被繼母張氏一棒子打暈了，等她再度醒來，人已經在蕭獵戶的破茅屋裡，這個時候，她才知道，繼母倒貼銀子把她送給了獵戶蕭遠山！

她自然不甘心，趁著蕭遠山進山打獵的工夫，三番兩次去村裡找徐茂文鬧騰……

正當她愣神的時候，徐茂文感受到拽著自己胳膊的手鬆了，便乘機一把推開劉春芽。

劉春芽冷不防地被他一推，猝不及防之下就摔倒在地，後腦勺偏巧磕到一塊尖銳的石頭上，鮮血就這麼從她腦後流出來，很快在地上聚成一窪血水灘。

徐茂文嚇傻了，手足無措地站在那裡，嘴裡喃喃道：「我不是故意的……」

村民們也愣了，都沒想到一場鬧劇竟然還鬧出人命！

徐茂文的爹——徐德功這會兒從院子裡跑出來，臉色陰沈地瞧著躺在血泊中的劉春芽，高聲罵道：「不守婦道的東西，跑到咱們家門口來鬧，連老天都看不下去，要收她的命！自個兒跌死了，也是為村裡除去一個禍害！」

這可是徐家村，村裡大半數都是徐氏宗族的人，外來戶少。徐氏家族好不容易出了個秀才，不可能讓一個外姓醜女給毀了。

見村民們紛紛點頭附和，有了村裡人的維護，徐氏父子就放心了。

然而，這個時候蕭遠山衝進人群，抱起了劉春芽，臨走前撂下狠話。「你們家最好求神拜佛，保佑我媳婦沒事，要不然老子定然要告上縣衙，治你兒子一個害命之罪！」

他一身的戾氣毫不收斂，周遭人嚇得不由自主地往後退了退。

「茂文別怕，老蕭家的人好拿捏，他不敢去！」村長徐豐收走到徐茂文身邊，拍了拍他的肩膀，安他的心。

有了村長這句話，徐家父子這回真安心了。

也是！老蕭家的人都是窩裡橫，最好拿捏了，況且蕭遠山一直是被自家爹娘兄弟壓著不敢吭聲的那種人，他放的狠話根本就不作數。

再說蕭遠山那邊，郎中徐德文仔細地看過劉春芽之後，就搖頭嘆道：「準備後事吧……」

蕭遠山聞言眸色便是一沈，徐德文瞧他這模樣，心裡也嘆氣，便拍了拍他的肩膀道：「遠山啊，這劉春芽到底是個累贅，她死了也好，你也解脫了，往後再找個媳婦，好好過日子。」

劉芷嵐一醒來，頭疼欲裂且不說，還隱約聽到有人說她是個累贅、死了也好，偏生這會兒眼皮子重得要命，根本就睜不開。

她正在心裡咒罵說這話的人，腦子忽然一脹，伴隨著撕裂般的疼痛，湧現而來的是無數不屬於自己的記憶——一個叫劉春芽的姑娘悲催短暫的人生。

她穿越了！

好不容易撿了個身體還魂，卻面臨再次被放棄治療的局面，劉芷嵐的心一片悲涼，可就在這個時候，她的耳邊響起男人低沈醇厚的聲音。

「德文叔，還是麻煩您替她包紮一下，再開服藥吧！她還有氣，到底是條命！」

「唉……這不是浪費銀錢嗎？救這麼一個禍害累贅，你們家也不寬裕啊！」

「德文叔，麻煩您了，我不會少了您的藥錢。」

行，蕭遠山都不心疼銀錢了，他一個外人瞎操什麼心？

徐德文便不再言語，快速地包紮完傷口後，又開方子抓藥。

知道自己並沒有被放棄，劉芷嵐終於鬆了口氣，接著，她覺得身體一輕，落入一個溫暖且充滿雄性氣息的懷抱裡。

她被緊緊地摟抱著，頭靠在他堅實的胸膛上，耳畔響起節奏有力的心跳聲，她心裡莫名地感到踏實和安心。

蕭遠山在村民們異樣的目光中將自家媳婦抱回家，剛進院門，便被撲過來的楊氏狠狠地搧了一巴掌在背上。

「你這個不孝子，管她做什麼？讓她死了得了，省得丟老蕭家的臉，又浪費糧食！」

蕭遠山就像是沒聽見似的只皺了皺眉頭，腳下的步伐不停，抱著自家媳婦直接走向自己的小破屋。

楊氏見狀，氣到直接癱坐在地上哭嚎起來。「我不活了！這日子沒法過了！給那醜八怪抓藥，不是拿銀子打水漂嗎？醜八怪嫁進咱們家，還不守婦道，心心念念的都是徐家秀才，真是作孽喔！這個家還怎麼過啊，一張張嘴都等著吃飯呢，老大這個不孝子卻不管這個家，只顧他不檢點的醜媳婦！」

楊氏這麼一哭嚎，就引來左鄰右舍瞧熱鬧，大家一邊指指點點，一邊議論，都覺得楊氏嚎得有理。

蕭萬金一臉陰沈地從堂屋走出來，把自家大門給關了，指著楊氏罵道：「妳給老子閉嘴，一天就知道瞎吵，這日子還要不要過了？」

楊氏爭辯。「是你大兒子不讓咱們家過日子，都還沒分家呢，就藏私房錢……」

蕭天佑手裡拿著一卷書，黑著臉從屋裡出來，埋怨道：「爹、娘，你們有完沒完，成天吵吵鬧鬧，還讓不讓人讀書了！」

楊氏聞言頓時就閉嘴，老臉一變堆起笑意，宛若盛開的菊花。「是娘不好，娘不鬧騰了，你餓不餓？娘給你煮碗雞蛋麵。」

蕭天佑的眼底閃過一絲厭惡，很是冷淡地道：「娘，我同巧珊商量過了，要去鎮上住，在家我沒法子靜心讀書。」

楊氏很是不捨，但蕭萬金卻是一口答應下來。

他們家是外來戶，總是被村裡人排擠，要是家裡出個秀才，那他們家就能在村裡揚眉吐氣地生活了。

蕭天佑淡漠地道：「那爹就給我準備銀錢吧，雖然我跟巧珊去岳家吃住不花銀子，可也沒有總是白吃白喝的道理。」

蕭萬金點頭道：「成，那你再等兩天，我讓你大哥去縣裡把獵物賣了，就把銀錢給你。」

蕭天佑「嗯」一聲，就回屋把門關上了。

家裡的吵雜聲，蕭遠山權當沒聽見，一心為自家媳婦熬了藥並端進屋。

劉芷嵐這會兒雖然有意識，眼皮卻怎麼樣也睜不開，身體自然也是動不了。

蕭遠山試著用勺子餵藥，結果藥湯都順著她的嘴角漏出來。他瞧了兩眼那張滿是痘子、發炎紅腫的臉，只猶豫了片刻，便喝了一口藥，俯身把唇湊上去。

劉芷嵐的腦子瞬間宛如五雷轟頂。

他……用嘴給自己渡藥？

依著原主的記憶，這蕭遠山其實也是個受害者，被塞了這麼個醜媳婦不說，醜媳婦還總給他找事。

關鍵是原主這副「尊容」，就連劉芷嵐多想一會兒都想吐，可蕭遠山竟然還親得下去！

漢子！真服了你！

感覺到自己的牙關被他溫熱的舌頭撬開，苦澀的藥液瞬間充滿口腔，並順著喉嚨滑了下去。

他一口一口地餵，沒有絲毫不耐煩，認真地把藥渡給她。

劉芷嵐的心頓時又酸又脹，同樣是意外將死，她想起自己的老公魏雲澤，這個男人嘴上說愛她、沒有她就活不了，卻轉頭在她車禍之後，跟醫生說要放棄急救。

明明自己的千萬家財都在他手中，明明自己還能再搶救……

蕭遠山則恰恰相反，在原主的記憶裡，他跟她就是相看兩厭，可是在所有人都勸他放棄她的時候，他卻堅持給她抓藥救治……

蕭遠山剛餵完藥，就聽見蕭萬金在外頭隔著房門說話。「老大啊，趁著天色還早，你趕緊去鎮上把獵物賣了，你四弟要去鎮上住，身上沒銀錢可不成。」

蕭遠山聞言，將門拉開，小山似的身子堵在門口，冷冰冰地盯著蕭萬金。「爹，這次的獵物是要還郎中的藥錢。」

蕭萬金萬萬沒想到一向聽話順從的兒子竟然會跟自己唱反調，一時間沒反應過來，愣住了好半晌才出聲。「老大，賣了獵物，還了藥錢，剩下的給老四吧。其實你娘說得也有道理，你這個媳婦又醜又不守婦道，沒了就沒了，咱們家也仁至義盡了，不必在她身上浪費銀錢，將來爹再給你尋個好的。」

蕭遠山沒說話，冰冷的眼裡暗潮翻湧，包含太多的東西，一時間蕭萬金都看傻了。

蕭萬金很不舒服地移開眼瞟向別處，就聽到蕭遠山悶悶的聲音響起。

「獵物是給春芽看傷補身子的。」說完，他就退回屋子，甩手關門。

「砰」一聲，跟在身後也往裡走的蕭萬金被關在門外，鼻子結結實實地撞在門上，疼得他直冒眼淚。

逆子！竟然敢甩他門！還對獵物的事兒不鬆口！

蕭萬金氣個倒仰，但他到底不是楊氏，是個知道輕重的人，畢竟這個家還要靠蕭遠山撐著。

揉著鼻頭緩了一會兒的蕭萬金還不死心。「老大啊，你四弟是要唸書的人，咱們家太吵不利於他唸書。可他到鎮上去親家住，總不能空手去，要麼現在日頭還高，你再進一趟山吧？你放心，春芽這裡，有你娘呢。」

「我不放心！」門內傳來蕭遠山硬邦邦的聲音。

蕭萬金差點被他給氣得吐血，這還是那個順從呆板的大兒子嗎？

怎麼劉氏一受傷，他大兒子也跟著變了？

碰巧從灶房出來的楊氏瞧見這一幕，就跟被踩到尾巴的狗一樣頓時就炸毛了，跳起來罵道：「不孝的東西，老娘白生養你了！為了個醜八怪、破爛貨，竟敢頂撞爹娘！也不怕被天打雷劈了！」接著她又跑去踢蕭遠山的房門。「還敢閂門了？啥爛茄子也當寶貝，這敗壞門風的東西，老娘要退回去他們老劉家！」

因大兒子頂嘴而老血翻騰的蕭萬金正心煩著，便狠狠地瞪了楊氏一眼。「妳有完沒完啊？也不瞅瞅什麼時辰了，還不快下地去！」

楊氏亦是心氣不順地罵道：「你個死老頭子，老娘下地誰煮飯？」

蕭萬金沒好氣地道：「這不是有老四媳婦嗎？」

話音才落，蕭天佑就出來了，板著一張臉不高興地道：「爹，你這是說什麼話呢，當初咱們家求娶巧珊的時候，可是講明了她過門啥活兒都不幹。巧珊在家可是有丫頭伺候，沒道理來了咱們家還要做粗活，再者，我還指望岳父給我指點學問呢！」

他這麼一說，蕭萬金就啞火了，從牆角抄起鋤頭就出門幹活了。

楊氏則滿臉堆笑地去安撫兒子和媳婦。「老四，你別聽你爹的，他被你大哥給氣糊塗了。老四媳婦，妳晌午想吃什麼，娘做給妳？」

季巧珊沒出屋，懶洋洋的聲音從蕭天佑的身後飄了出來。「娘，我想喝雞湯。」

楊氏忙道：「成！妳大哥進山應該有打了野雞回來，娘等他拿來就燉給妳吃。」

蕭萬金前腳剛出門，蕭遠山後腳從屋裡出來。

因著不放心家裡的人，他還專門拿鎖頭把房門鎖上，並且全程無視楊氏等人，大步流星地走出蕭家院子。

從蕭遠山出去並鎖上門之後，劉芷嵐的精神力便進入一方神奇空間，故而一丁點也沒注意到外界的吵嚷。

這方空間不大，是一間裝滿書籍的木屋。木屋裡除了書架外，還有一桌一椅，桌上擺著筆墨紙硯，以及一個毫不起眼、灰撲撲的石碗。

瞧著熟悉的木屋，劉芷嵐激動地哭了起來。

她穿越了，空間也跟著她穿越過來，這下她再也不用擔心自己會死掉了。

正是書桌上這個毫不起眼的石碗，每天都會分泌出一碗靈液來。

這靈液不但能強身健體、改善體質，還能培育植物、治療疾病。即便是癌症，只要長期服用靈液，癌細胞也會漸漸消失。

前世，她能賺那麼多錢，正是在售賣的藥膳中加入靈液，讓藥膳格外有效，可魏雲澤並不知道。現在想想，自己出車禍那天，正是魏雲澤得到所有藥膳方子後發生的事情，說不定那場車禍，也是魏雲澤策劃的……

可即便是這樣，那又如何呢？在原來的世界，劉芷嵐已經死了。

劉芷嵐壓抑住心裡複雜至極的情緒，忙凝神轉移石碗裡的靈液。

她現在頭部受傷，精神不濟，並不能轉移所有的靈液，費盡力氣，腦袋疼得快爆炸了，才從石碗裡汲取一滴靈液。

劉芷嵐感覺喉嚨裡忽然有一丁點濕潤感，一股熟悉的清冽味道順著喉嚨一路滑到胃裡，似乎有一股若有似無的力量從胃裡散發開來，浸透到四肢百骸中，她這才真正放心。

因著從空間中弄出一滴靈液到自己的喉嚨裡，劉芷嵐衰弱的精神力耗費得厲害，瞬間就被彈出空間。

此刻，她滿身已然是冷汗津津，整個人卻輕鬆很多。

有了些力氣的劉芷嵐終於睜開雙眼，人也能勉強地動一動。

即便是腦子裡有原主的記憶，她還是被眼前屋子的破敗給驚呆了。

這哪裡能叫房子，充其量就是一個胡亂用土磚搭建起來的窩棚；所謂的床，不過就是幾塊土磚頭支撐著一塊破門板。
難怪她躺得不安穩，原來這門板的爛毯子下，竟然連棉絮都沒有！
蕭遠山端著雞湯進屋，就瞅見自家媳婦皺著眉頭，眼珠子亂轉。
「妳醒了？起來喝點雞湯吧。」
冷不防冒出來的聲音嚇了劉芷嵐一跳，人還沒回過神，就被一隻有力的臂膀給環住了。他滾燙的手，一手緊緊圈著她的腰，一手穿過她的脖頸，摟住她的肩膀，將她扶起來。可這會兒蕭遠山才發現屋裡並沒有什麼東西可以拿來讓她墊著腰，那薄薄的一個枕頭根本墊不住。他只得坐在床上，讓她靠在他的身上，然後端起碗，一勺一勺地餵她喝雞湯。
男人的胸膛很是寬闊，劉芷嵐靠在他的胸口，能聽見他結實有力的心跳聲，一抬眼就能看見他下頷上的鬍碴和蜜色的脖頸。
猝不及防的親密接觸，讓劉芷嵐整個人一僵，近乎機械般喝完他餵的雞湯，如擂鼓的心久久無法平復。
彷彿沒感受到懷中人兒的異樣，蕭遠山淡淡地開口道：「妳只管放寬心養傷，等妳傷好了，妳要和離，我就跟妳和離。」
瞧著她乖巧地喝完雞湯，沒跟他鬧騰，蕭遠山就覺得有些奇怪，但這絲奇怪只是一閃而逝，他轉眼就拋開了。
前世，這個醜女人在這次意外中死了，他蕭遠山連剋三妻的名聲傳遍十里八鄉。至此，他便再也討不到老婆，在這個家做牛做馬地幹活，供養一家子人，直到他做不動了、病了，便被這家人遠遠地扔到山上、他打獵住的臨時小木屋裡，他們沒有管過他，任由他活活餓死。

老天開眼，竟給他重活一次的機會，這一次他不會讓這個女人死，她嫌棄他，心裡沒有他，他就如她的願，放她走。

此生，即便是孑然一身、孤獨終老，他蕭遠山也不願再背上連剋三妻的名聲，給這個家再賣一回命！

「我不和離！我要跟你好好過日子！」

懷裡的人虛弱的聲音把蕭遠山飄遠的思緒給拉了回來，他有些訝異地看向她，怔了片刻之後，小心地把她放平躺下。

見蕭遠山只冷眼看著她並不說話，劉芷嵐就有些急了，她抬手抓住蕭遠山的袖子，盯著他的眼睛，很認真地說：「我知道我以前……做的混帳事讓你丟臉了，那時我只是不甘心，畢竟那婚約是我爹用命換來的。我承認自己從小就喜歡他，但這次……我已經死過一回，自然不會再犯傻了。我想好好跟你過日子，真的。」

劉芷嵐已經消化原主的所有記憶。

開玩笑，她怎麼能和離呢？原主的那個家，好不容易才花銀子把她送走，怎麼可能要她回去？即便她能回去，等著她的也絕對不是什麼好日子！

還有她再醜也是個女的，在大周朝，一個沒有人護著的單身女人要獨立生存下去太難了，而她又沒有其他穿越女的特工技能，這村裡娶不上媳婦的單身漢多了去，若是晚間被誰爬了牆，她反抗得了才怪呢！

她沒有路引，又沒有戶籍，想要出門，那更是千難萬難，還不如老老實實、安安分分地先待下來、活下去再說。

況且這個蕭遠山雖然窮，原主又醜、又作死，他並不喜歡她，但在所有人都說要放棄原主、讓原主去死的時候，他還是不放棄救治，就憑這一點，劉芷嵐就覺得他值得自己再冒險拚一把。

蕭遠山神色複雜地看著她那雙亮晶晶、滿是祈求的眸子，到底是說不出拒絕的話，悶悶地「嗯」了一聲，便拿著空碗轉身出去了。

他這是答應了？

劉芷嵐的心裡總算鬆了口氣。

蕭遠山剛走進灶間，舀水把碗洗了，楊氏後腳就跟了進來，指使蕭遠山。「老大，趕緊把獵物拿回來，你弟媳婦要喝雞湯，你把野雞留下給你弟媳婦燉湯，你再跑一趟縣裡，把獵物賣了。」

「獵物我全都賣給方嬸了。」蕭遠山也不瞧楊氏，只舀水進鍋，再點了柴火，燒起熱水來。

方嬸的娘家姪兒要辦婚宴，託她幫忙採買些肉食，正巧蕭遠山急著給郎中付醫藥錢，就把獵物便宜賣給方嬸。其中，有兩隻野雞是他先寄放在方嬸家，之前端給劉芷嵐喝的雞湯，就是方嬸幫忙熬煮的。

「啥？全賣了？你這個敗家的玩意兒，賣給那老婆子能賺幾個錢！趕緊把獵物給老娘要回來，拿去縣裡賣！」

「那娘拿錢吧，統共賣了兩貫錢，我都還了德文叔的醫藥錢。」

楊氏聞言頓時就炸毛了，她氣得抄起牆邊的掃帚，就往蕭遠山的身上招呼。「我打死你個敗家子，你敢亂花老娘的銀錢！那丟人的醜八怪死了就死了……」可她還沒能打下去，自己的手腕就被蕭遠山一把抓住，她愣了一下，不可置信地看著蕭遠山。

這還是往常那個任她拿捏的老大嗎？

蕭遠山冷漠地看著楊氏，嘲諷地開口。「娘就這麼想我再死一個媳婦？這已經是第三個了……」說完，他就奪了楊氏手中的掃把，扔了出去。

反了天了！

一向任由自己拿捏的老大忽然間轉了性子，敢跟她硬對著來？

楊氏心裡便有一股氣，直衝天靈蓋，她轉身跑出灶房，跑到自家門口，一屁股坐在地上，哭嚎起來。

「老天爺啊，您睜開眼睛瞧瞧吧，蕭遠山這個不孝的東西，自己剋妻，偏要賴在老婆子的身上，我不活了！他剋妻，老婆子我給他說幾個媳婦容易嗎？不孝的東西，為了個醜婆娘，就忤逆老娘，打回來的獵物也不拿回家，這還沒分家呢，就藏私……」

楊氏一哭嚎，漸漸地有些村民們圍了過來看熱鬧。

「蕭家嬸子，你們家老大是咱們村頂頂老實孝順的人，妳說他忤逆，不可能吧！」

「就是，你家老大是啥人？鋸嘴葫蘆一個。說不定啞巴會開口跟妳吵，但妳家老大絕不會開口牽連妳！」

蕭萬金扛著鋤頭一回來就瞧見這一幕，他氣得衝上去就給楊氏一腳。

這婆娘，怎這麼會找事呢？

蕭萬金把看熱鬧的村民們勸走，轉身關了院門，一張臉發黑如墨。

他們家老大從小就在地裡幹活，年紀稍微大一點，就跟山腳下的一個獵戶學本事，往山裡跑。至此，他就農忙下田，農閒上山，一家的生計至少有八成都是壓在他身上。

整個村裡人都知道蕭家老大是個老實人，只會埋頭幹活，任由楊氏罵不還口、打不還手。

楊氏這會兒在門口鬧這一齣，誰信？

老大變了，他也察覺出來了，可是鄉親們不信啊！

「妳就不能消停點兒？老蕭家的臉都要被妳丟光了！」罵完，他把鋤頭一扔，把楊氏嚇得一抖，以為蕭萬金要揍她。

但她還是忍不住要爭辯。「啥被我丟光了，你搞清楚，丟人的是老大媳婦！我說那個醜婆娘死了倒是清靜，可你的好兒子非得要醫治她，花了整整兩貫錢呢！」

蕭萬金聞言眉頭一皺。「妳少瞎說，老大哪來的銀錢？」

楊氏跳腳罵道：「呸！你當老大是個老實人，他可是背著你把獵物都賣了！」

獵物？

蕭萬金想起老大跟他說的話，要把獵物賣了給媳婦看傷勢，心裡雖然不舒服，但還是說：「老大跟我說過。」

楊氏聞言就瞪著三角眼道：「你瘋了！死老頭子你答應了？哎，這日子還怎麼過啊！家裡處處要銀子，你還讓他把獵物給賤賣了……」

蕭萬金很煩躁。這哪裡是他同意的，大兒子說這個決定的時候，根本就不是跟他商量，只是告知他一聲。

這會兒，蕭遠山正好從灶房端了一盆熱水出來，往自己屋裡去，根本就沒理會杵在院子裡的兩人。

偏生老四屋裡又傳出蕭天佑的聲音。「娘，雞湯燉好沒？巧珊餓了。」

野雞都沒有，哪來的雞湯！

楊氏怨恨地瞪了一眼蕭遠山的屋子，恨不得裡頭的人立刻就死了！

轉過頭，楊氏就換上一副討好的模樣。「老四，今天喝不著雞湯了，野物都讓你大哥給賣了。」

「那正好，娘，妳把銀錢給我。」

「哪有啥銀錢，你大哥把銀錢給了郎中！」

「啥？大哥怎能這樣啊？不知道我等著花用啊？真是的，等我中了秀才，到底是誰沾光？一點兒輕重都不知道掂量！」

蕭萬金沈著臉道：「都給我消停點兒，等你大嫂好些了，你大哥再上兩趟山就有銀錢了！」

房內，劉芷嵐和蕭遠山將他們的話都聽得清清楚楚。

雖然在原主的記憶裡，這一家子就是吸附在蕭遠山身上的吸血螞蝗，可親自見識了，還是給她帶來很大的衝擊。

劉芷嵐悄悄地打量著替她擦臉、擦手腳的蕭遠山，覺得自己面臨的生活挑戰不是一般的困難啊！

「妳先睡一覺，我去給妳熬藥。」

媳婦的目光一直落在他身上，蕭遠山有些不自在，從前她可是從來不拿正眼瞧他，滿心滿眼都是徐秀才。

「嗯。」劉芷嵐輕輕地應了一聲，就聽話地閉上眼睛。

蕭遠山緊繃的面容總算有了一絲和緩，他瞧著劉芷嵐滿是痘瘡的臉，心道：這也是個可憐人……

劉芷嵐也不知睡了多久，等屋裡瀰漫著藥味，她才醒了過來。

休息一會兒後，她的精神力養回來了一些，便又能從石碗裡轉移出兩滴靈液。

這次，她把靈液直接轉移到藥湯裡，因著有了靈液，藥湯會更好作用，藥效也會提升好幾倍。

蕭遠山還是像餵她雞湯那般，把她半抱在懷裡，一口一口地用勺子餵。

等她喝完了，就往她嘴裡塞了一顆糖，頓時，絲絲甜意驅散了苦澀。

「糖是向方嬸討的，妳收著吧。」說完，蕭遠山就從懷裡掏了個小紙包出來，塞到她手上。

劉芷嵐捏著糖包，低聲道謝。「謝謝……」

她的眼睛忽然有些酸澀，曾經她的老公魏雲澤也是如此體貼入微，可直到死前，她才看清，他的體貼周到、愛意溫柔，都是看在錢的分上。

而蕭遠山，劉芷嵐想想原主的狀況……他圖什麼啊？

蕭遠山明顯沒預料到她會跟他道謝，目光一閃之後，便悶聲道：「妳歇著吧，晌午我把飯食給妳端進來。」

說完，他就起身走出屋子。

晌午，吃飯的時候，又是一場風波。

因為楊氏根本就沒有準備大媳婦的飯食，可蕭遠山卻不管那麼多，拿夠了他們這一房的飯食轉身就走。

楊氏。「……

「哎，要死了，外頭幹活的爺們還沒有吃，就讓你搶了餵那個不守婦道的醜婦！天殺的，你個不孝的東西，當初老娘把你生出來就該扔尿桶裡，溺死你這不孝子！這還怎麼活啊，要人命了……」

蕭遠山門上房門，對自家媳婦道：「妳不必理會他們，往後妳好了，這個家該咱們幹的活兒咱們幹，該咱們吃的飯咱們吃。」

這是不用忍讓的意思，太好了！

雖然現在蕭遠山表現出來的態度，跟原主記憶中的不一樣，可她才不管他的過去呢！只要他現在態度硬起來，那他們的未來便有盼頭。

「妳要如廁嗎？」蕭遠山又問。

如廁？

蕭遠山悶聲解釋。「妳今天喝了不少雞湯，還有藥……我等下要去砍幾根竹子，編兩個凳子並兩個箱子。」

意思就是，等下我沒時間伺候妳出恭！

蕭遠山見她呆呆愣愣的，也沒工夫跟她磨蹭，上前打橫將她抱起，往茅廁去了。

還沒走進茅廁，劉芷嵐就聞到一股撲鼻的惡臭味道，忍不住發了乾嘔。

蕭遠山皺了眉頭，只得把她抱回去，接著轉身鎖門出去了。

劉芷嵐頓時懊惱不已。

完了，男人生氣不管她了！哎……矯情個什麼勁兒啊！

古代鄉下的條件就這樣，難不成她還能一輩子不上廁所？

劉芷嵐正忐忑煩躁著，過沒一會兒，蕭遠山就回來了，而且還不是空手回來的。

他把手裡的木桶放牆邊，然後上床扶她。「往後妳就用這個，用完了，我再去倒了刷乾淨。放心，我刷得仔細，到時候保證沒有味道。」

他沒有生氣，竟是去給自己找木桶！

這個男人並不是因為喜歡原主才這麼做，其實他不喜歡原主，甚至是有些厭惡原主，但他卻為了盡一份責任，願意為她做到這種地步。

劉芷嵐有些小感動，於是指著門。「你……你先出去。」

「妳好不容易撿了一條命回來，可不能再磕碰著了。」蕭遠山並沒有聽她的，說完，就把她扶到木桶邊上，動手脫了她的褲子。

劉芷嵐頓時窘了，而且他忽然來這麼一下，她完全沒有反應過來，等屁股一涼，她反射般就坐了下去。

蕭遠山好心扶穩她，可這樣她尿不出來啊！

「你先出去吧，我真的可以自己來。」劉芷嵐都要哭了，恨不能把頭埋地上去，小臉兒滾燙，紅得能滴血。

蕭遠山固執道：「不行，郎中說了，妳這次的傷很危險！」

他的話音落下，屋子裡就響起淅淅瀝瀝的聲音……

劉芷嵐簡直想挖坑把自己埋了！

等聲音沒了，蕭遠山就幫她把褲子提上來，他粗礪的手指不經意地劃過她的腰間，帶起一連串的雞皮疙瘩，讓劉芷嵐忍不住顫慄起來。

「還有尿？」蕭遠山以為她打的是尿顫，問話的同時又將她的褲子脫下來。

劉芷嵐。「……」真沒臉活了！

「我冷！」劉芷嵐垂著頭，從牙縫中擠出兩個字來。

蕭遠山安頓好她之後，再度鎖門走出去。

瞅見動靜的季巧珊朝著鐵將軍把門的屋子，啐道：「呸，啥玩意兒！一個不守婦道的醜八怪，還當寶似的藏著掖著，還怕人偷了去不成？」

因為蕭遠山造反，家裡的活兒沒人幹，楊氏只好自個兒去河邊洗衣裳，她到的時候，河邊已經有好幾個婦人了。

大家瞧見她來了，有招呼她的，也有調侃她的。

「蕭家嬸子，妳家老大媳婦救回來了啊？」

楊氏淡淡地應了一聲。「嗯。」

「蕭嬸妳可太厚道了，妳家老大那媳婦，我瞧也就是妳這個婆婆能容得下！要是我媳婦，老娘早就一紙休書把她給休回去了，又醜又不守婦道，留著幹麼！」

她也想啊！可是有啥辦法，老大護那臭婆娘跟護著眼珠子似的……

想到這裡，楊氏的臉就陰沈下來，但嘴上還是牽強地道：「好歹是條人命，她現在又傷了腦袋，咱們家現在趕她出去，那不是讓她死嗎？我這個人就是心軟，見不得作孽的事！」

可要是老大媳婦真死了就好了，她怎就那麼命大呢！

「蕭家嬸子，你們家今兒晌午喝雞湯啊？真是羨慕你們，有個能幹、會打獵的兒子，想吃肉就吃肉，想喝雞湯就喝雞湯。」

楊氏手一頓，瞪大眼睛看向說話的婦人。「妳說啥？我家啥時候喝雞湯了？」

「今兒晌午啊，我瞧見了你們家老大從方嬸的院子裡端出來！我好像聽他跟方嬸說，是給他媳婦喝的。原來您沒撈著一口啊，怪不得他要在外頭端雞湯呢，原來是背著妳這個親娘！

「對了，你們家老大今兒早晨不是打了很多獵物嗎？我瞅著可是有麃子、野雞，還有野兔，他可都給了方嬸！」

楊氏聞言，這還得了，竟然背著她喝雞湯！

哼，說什麼東西賣給方家老婆子，指不定是老大這個白眼狼拿來堵她的話呢！他把東西藏在方家，打算慢慢吃獨食，寧願便宜外人也不拿回來孝敬她！

楊氏哪裡還有心思洗衣服，端起盆子就往家裡跑。她這麼一跑，就惹得身後的婆婆媽媽們哈哈大笑起來。

楊氏跑回家，把盆子往院裡重重一扔，氣勢洶洶地衝進方家，搶了裝雞湯的瓦罐就走。

「臭不要臉的，拿咱們家的雞熬湯，吃了也不怕拉肚子，拉死你們！竟敢昧下咱們家的獵物，老娘等會兒再來跟你們算帳！」

方嬸是個老實嘴笨的人，讓楊氏這麼一罵，只知道著急，都不知道怎麼還嘴。偏生她沒有楊氏壯實，這會兒家裡只有她一個人，搶也搶不過楊氏。

等蕭遠山拖著幾根楠竹到家的時候，楊氏剛刷完空空如也的瓦罐，拿回自家灶房放了。

她這是連方家的瓦罐都要昧下！

「大哥，難怪你捨不得把雞湯拿回來，原來這野雞燉的雞湯竟這麼香！」

之前明明聞到雞湯味，可灶房卻連一根雞毛都沒有，敢情雞湯沒拿回來，藏在方家老婆子那兒了。

「大哥，這就是你的不對了，你就算是捨不得我們吃肉喝湯，可你眼裡怎就沒有爹娘呢？有雞湯不孝敬爹娘，拿去孝敬方家，不知道的人，還以為你是方家的兒子呢！」

季氏連著喝了兩大碗雞湯，也吃了大半雞肉，剩下的雞湯和雞肉都是蕭天佑解決了。

這會兒兩人吃飽喝足，在院裡消食，瞧見蕭遠山一進門，就開口挑撥。

楊氏半點沒撈著，不過瞧著兒子媳婦吃得高興，她雖然饞得吞了半斤口水，可心裡還是舒坦。只是這會兒瞧見蕭遠山回來了，加上聽了老四夫妻的話，她心裡的怒火就往外冒。

「你個不孝的東西，吃裡扒外，老娘白養你二十幾年了！」

蕭遠山看見這般動靜還有啥不明白的？雞湯被老虔婆從方家搶回來了。

他冷笑一聲。「娘白養了我，覺得虧，也可以不用養我啊！」

楊氏被他氣個倒仰，險些吐血。「好、好，你翅膀長硬了，敢頂撞老娘了，你等著，總有一天你這不孝子要遭天打雷劈！」

「您放心，若論在咱們家，不孝順要被天打雷劈的人，第一個絕對輪不到我，前頭有人頂著呢！」說完，他就似笑非笑地盯著蕭天佑夫婦。

蕭天佑夫妻被他看得不自在，轉身就回屋。

楊氏挨了蕭遠山的軟刀子，氣得左一個不孝、右一個短命這般罵著。

蕭遠山要麼不出聲，要麼說一句出來，楊氏老半天才能回過神來。

劉芷嵐在屋裡聽著外頭的動靜，被蕭遠山的腹黑給逗樂了。

楊氏自從拿雞湯回來，就站在門口罵了至少一刻鐘，這會兒又開始了，不過……她這個大兒子現在可不好惹了！

第二章

劉芷嵐躺在床上快一天了，床板又硬，讓她渾身難受。

這會兒她就摸索著起床，從門縫往外看，就見蕭遠山動作索利地把竹子劈成篾片，他的手在篾片間翻飛著，不一會兒就編好一個大箱子。等兩個箱子編完之後，他又拿剩下的篾片和竹竿做了兩張凳子、兩把椅子。

認真做事的人身上總有著一層若有似無的光輝，而籠罩在這層光輝下的蕭遠山，很有一番別樣的味道。

「妳怎麼起來了？」蕭遠山拿著東西進門，就瞧見她站在門邊。

劉芷嵐對他笑了笑。「我已經好多了，這傷瞧著凶險，其實不礙事的。再者，我已經躺了一天，實在是躺得骨頭疼，想起來走動走動。」

蕭遠山聞言就瞧了一眼硬邦邦的床板。「那妳先在椅子上坐會兒吧。」

他抱起床上的被子，鋪在新做的竹椅上，再將劉芷嵐攙扶過去。然後，他話也沒有多說，轉身便出門。

等他再回來的時候，就帶回來兩捆穀草。

蕭遠山把穀草放床板上鋪好。「妳放心，這些穀草是曬過的！」說完，他就把劉芷嵐打橫抱起，又重新放到床上。

劉芷嵐這一天被這漢子接連感動好幾回，她輕聲問：「這些穀草是哪兒來的？」

鋪床的穀草可不是隨隨便便能在外頭撿的。

「我今兒瞧見村頭的徐痲子家曬了穀草，就去他們家要來的。」

「他們能白給你？」

「我許諾過兩日打隻野雞送去給他。」

原來是這樣，穀草換雞，這麼好的事，村裡人都會答應！

「謝謝你！」除了謝謝，劉芷嵐都不知道該說什麼好了。

蕭遠山聞言先是一怔，目光落在她身上。「是我委屈了妳。」

回想起前世，醜媳婦討厭他，可他何曾擔當起做丈夫的責任？天天只知道埋頭為這個家做牛做馬，以至於……

若是前世他能多看顧著點兒醜媳婦，說不定她就會像今生一樣，好好活著，不會死了吧？

「往後……我會努力讓妳過好日子！」蕭遠山說完就轉身出去了。

他的話硬邦邦的，可卻是劉芷嵐穿越過來之後，聽過最好聽的聲音。

這會兒天色已經暗了下來，在田裡幹活的人都回家了。

蕭家院子一下子就嘈雜起來。

老二蕭天富不滿地埋怨蕭遠山。「大哥，你怎回事，今兒怎不下地？害得咱們活兒都沒做完！兩個小崽子都在地裡頭幫著幹活，大哥這麼大個人了還閒在家裡，明兒我們也不下地了！」

老三蕭天貴也跟著沒好氣地道：「大哥，大肚婆都在地裡忙活了一天，你這個當大哥的，閒著也能安心？」

老三的媳婦袁氏挺著個大肚子，聞言扯了扯蕭天貴的袖子，小聲勸道：「這不是大嫂出事了嗎？你就別怪大哥了。」

蕭天貴抬手就甩開袁氏扯著他的手，差點把乾乾瘦瘦的袁氏給摔在地上，好在她眼明手快地扶了牆，這才站穩了。

袁氏神色黯然地摸著肚子，垂下頭，也不敢吭聲了。

蕭萬金見狀，狠狠地瞪了幾人一眼，道：「都給老子消停點兒，好好的日子不過，鬧啥鬧？誰要鬧，今晚就甭吃飯了！」

老三蕭天貴道：「爹，不該吃飯的是大哥，他又沒幹活！」

蕭天富也跟著道：「是啊，大哥不幹活還吃啥？今晚上他那一份就該給我們兩兄弟分了！」

蕭萬金聞言氣得要死，呵斥道：「你們都在說啥？這是親兄弟說的話嗎？」

老大不一樣了啊！你們這樣說，萬一他真不幹活了怎麼辦啊？

讓這個家的人都去喝西北風啊？

楊氏站出來幫腔。「怎不是親兄弟說的話？老蕭家哪裡有銀錢養著閒人！老二、老三說得有理，今晚上老大夫婦的飯食就都分給你們！」

聞言，蕭天富的兩個兒子蕭習文和蕭習武拍著手歡呼了起來。

「好喔，能多吃一個餅了！」

「還能多吃一碗飯，要是大伯天天不吃飯就好了！」

見蕭萬金又要開口幫蕭遠山說話，楊氏就開始挑撥離間。「老頭子，你還不知道吧？你的大兒子偷偷在外頭藏雞湯，寧願把野雞便宜方家老婆子，也不拿回家孝敬父母！」

蕭天富幾人聽見這話就炸毛了。

「啥？有雞湯？」

「蕭遠山敢吃獨食？」

蕭天佑道：「是啊，不過娘把雞湯搶回來了！可不能便宜姓方的那一家子，等會兒吃完飯，你們都跟我上方家去，把獵物都拿回來！」

說話間，老二媳婦徐氏已經跑去灶房翻了一圈，並沒見著雞湯，餿水桶裡倒是瞧見不少雞骨頭。

徐氏咋咋呼呼地問：「娘，雞湯呢？」

楊氏的眼睛閃了閃，就道：「還不是……老大屋裡的人受了傷嘛，都給她喝了。」

這怎麼可能？

自家兒子還能不知道自己的娘？有好東西能給那個醜八怪？不用想，那雞湯肯定是給老四夫婦吃了！

蕭天富和蕭天貴不敢得罪蕭天佑他們，只得不甘心地道：「走，那咱們現在就去要獵物，今晚也弄點肉吃！」

蕭遠山冷眼瞧了半天，這個時候才開口。「爹，我說了，獵物是賣給方嬸的，賣的錢都給了徐郎中。這件事，徐郎中可以作證。你們這樣去人家家裡拿東西就是搶，要是鬧上了縣衙……蕭天佑的秀才也不必考了！」

蕭萬金本來懷疑蕭遠山之前說的話是唬他們的，也想去方家討回東西，可這會兒聽蕭遠山說徐郎中做了見證，那就是真的了，還拿什麼啊？

「都給老子消停點兒！不想吃飯，今晚上就誰也別吃了！」蕭萬金跺腳將人都趕到堂屋吃飯去。

可蕭遠山卻高聲道：「爹，這事還沒完呢！」

怎就還沒完呢？

蕭萬金有些不高興了。「老大，爹這不是沒有怪你把獵物給賣了嗎？再者，你弟弟他們不是沒有去方家嗎？還能有什麼事？趕緊去吃飯吧！」

蕭遠山回道：「那雞呢？搶了就搶了嗎？」

楊氏瞪著眼睛，扠著腰，朝蕭遠山的房門口吐了一口唾沫。「呸！還有臉說雞，那還不是你媳婦吃了！」

這真是睜著眼睛說瞎話！

蕭遠山才要反駁，就聽到屋裡傳來自家媳婦還有些虛弱的聲音。「遠山哥，爹不讓管就不管了吧。爹既然這麼說，定然是有成算的，等方家的人去找了村長，爹自然要給方家一個交代。」

這老婆子擺明不要臉，硬要說雞是她吃的，沒有證據的事，怎麼樣都扯不清楚，那還浪費精神扯什麼啊？

「是我操心過了！」蕭遠山一說完，就去灶房拿吃的。

見他拿了四個粗糧餅和一大碗公的粥，蕭天富和蕭天貴兩個人頓時就不悅了。

「大哥，你活兒都沒幹，怎能拿這麼多吃的？」

「就是！大哥還是把餅放回去，這粥也得倒回去一半！」

他們沒喝著雞湯，這往後的事他們也不樂意管，但是眼前的吃食卻不一樣了，蕭遠山多拿一口，他們就少吃一口，這哪成啊！

蕭遠山聞言也不說什麼，只是看了一眼不出聲的爹，然後由著蕭天富和蕭天貴把他手裡的東西搶去。

蕭萬金尷尬地看了眼蕭遠山，然後道：「老大啊，他們幹了一天的活兒，包含你們夫妻的分兒……再者，晌午你們也吃得不少，我看晚上這頓就算了吧。」
蕭遠山冷聲道：「成，爹說什麼是什麼。」
蕭萬金往常聽慣了這句話，只是今天聽起來，怎麼感覺就怪怪的呢？
不過蕭萬金還是沒有往深處想，而是對他道：「至於方家那邊，你明兒就上山一趟，打點兒獵物回來，順便獵隻野雞還給他們，爹這就去他們家說一聲！」
「爹，我這晚飯都沒吃，哪裡來的力氣上山打獵？」瞧蕭萬金發愣的樣子，蕭遠山又開口。「我已經跟你說過了，春芽一天不好，我就一天不上山！」
說完，他就轉身進了屋，關門前也不忘提醒蕭遠山一聲。「爹，方家二小子也不是好惹的，娘搶了人家的雞，你還是早些打算吧！」
蕭萬金聞言，差點氣得噴出一口老血來。
是啊，方家老二可不是個好惹的！這可怎辦啊？
這個死老婆子，就知道給他找事！
想了想，他只得上自家雞窩，尋摸一隻半大的雞，打算給方家送去。
楊氏見著了心疼得要命，立刻跟殺豬似的嚎叫起來。「殺千刀的！臭不要臉的東西，喝了雞湯，要老娘去還債！小心天打雷劈，拉死在茅坑裡！」
蕭遠山聽了，眉頭皺起來。
劉芷嵐見他生氣了，就從床上坐起來勸道：「你給我喝的雞湯不用還，她搶人家的雞湯才要還。所以，她罵的人也不是我！」

果然，她的話音一落，外頭就傳來蕭天佑不悅的聲音。「娘，妳別瞎說，不過是一隻雞嘛，啥天打雷劈？」

楊氏訕訕地回道：「娘又沒有罵你和巧珊。」

蕭天佑。「……」妳這麼說，不就是告訴大家，這雞湯是我們夫妻吃了，一點兒都不留給大家？

然後，堂屋裡的兩個孩子就鬧起來，撒潑打滾地吵著要喝雞湯，還說楊氏偏心要餓死他們。

嘖，怎一個亂字了得！

這會兒在屋裡，蕭遠山的目光對上劉芷嵐那雙亮晶晶的眼睛，心情忽然覺得好了起來。他的這個醜媳婦，腦子受傷之後，似乎變聰明了。

「妳餓了吧？」蕭遠山問道。

劉芷嵐回想起之前蕭家兩兄弟搶蕭遠山的吃食，後頭蕭家老爹又直接說他沒幹活，晌午也沒少吃，直接就讓他餓著，這樣的爹娘家人……

「不餓。」劉芷嵐下意識不想讓他為難，可她的肚子卻在這個時候不爭氣地咕嚕叫了起來。

蕭遠山眼色深沈地看了看她，想了想又問：「妳的頭真的好多了？」

劉芷嵐點點頭。「好多了！」

「那可以下床走動了嗎？」

「嗯，可以。」

瞧著她的確是有精神，蕭遠山才試探著問一問。

她要是真能下床走動就好了。

他本想著這會兒出去摸點活物來給媳婦補一補，可想著今兒一碗雞湯就搞出這麼多事來，若再弄些東西回來定然還會找麻煩。

他不怕事多，可這一家子這麼鬧鬧嚷嚷的，不是煩人嗎？他的醜媳婦還傷著腦袋呢！

劉芷嵐不知道蕭遠山要幹什麼，只見他去拿了件乾淨的衣裳替她包在頭上，又拿了件自己的乾淨衣裳讓她穿。

說來也辛酸，這兩件補丁衣裳，是他們兩個唯一的換洗衣物。

劉芷嵐不解地問：「這是要幹麼？」

「我帶妳出去找吃的，夜裡涼，得多穿點兒。」說完，他就蹲下了身子。「我揹妳！」

「我能走！」

可蕭遠山像沒聽見她的話一樣，逕自把她攬在自己的背上，揹起來就走。

去灶房洗碗的徐氏一瞧見蕭遠山揹著大嫂出門，便忙跑去找楊氏。「娘，大哥揹著那醜婆娘出去了，也不知道去幹麼？」

楊氏朝著門唾罵道：「管他們去死！快幹活去！」

挨罵的徐氏眼珠子一轉，忙把自家兩個小子扯到一旁叮囑。「去跟著你大伯，瞧他們去幹麼了？你大伯有打獵的手藝，今晚沒飯吃，莫不是偷偷帶著醜婆娘去吃獨食了？」

「肯定是去吃獨食了！娘，妳放心，我們跟著，定給妳也搶些回來打牙祭！」

徐氏忙捂了他的嘴，眼睛朝四房的方向瞟了瞟，小聲道：「哎喲喂，我的小祖宗，可小聲點，讓旁人聽見了，哪裡還有你們的分兒！」

兩個孩子忙閉嘴，接著風一樣地跑了出去。

母子三人猜得不錯，蕭遠山的確是出去弄獨食吃，可他們沒有碰到一塊兒。

兩個小孩崽子只想到大伯要找肉食得上山，出門就直接往山裡跑，而蕭遠山和劉芷嵐兩人則是去了河邊，方向不一樣，雙方自然碰不見。

天空中掛著一輪圓月，清淺如薄紗般的月光灑下來，倒是讓這夜色淺了很多。

月光下，蕭遠山挽起褲腿下河，沒一會兒就摸了好幾條魚上來。

她眼睛都瞪圓了，這男人真厲害！

劉芷嵐瞧見雜草叢中有藿香，就忙採了些，然後又讓她找到野蒜和水芹，這讓她高興不已。

她找到這些東西之後，蕭遠山已經把魚收拾乾淨，並串上樹枝準備火烤。

劉芷嵐忙道：「遠山哥，讓我來料理這些魚吧，你從旁幫忙好嗎？放心，我做的肯定好吃！」

蕭遠山抬頭就瞧見她一雙期待的眼，想著這些東西他都收拾好了，只剩下抹調料、烤熟，確實是不累人，於是點頭答應了。隨即，他又從懷裡掏了一個小荷包出來遞給她。

「這是粗鹽。」說完，他又解釋。「我上山打獵要帶些，回不了家的時候，就在山裡自己找吃的。」

因著打獵是力氣活，楊氏就算再苛扣蕭遠山，也不敢不給他鹽，畢竟人不吃鹽可沒勁兒，沒力氣可就不是人打獵，是獵物打人了。

這不是楊氏心疼蕭遠山，實在是因為蕭遠山若是沒了，誰給他們家掙錢去啊！

劉芷嵐讓蕭遠山去洗藿香、野蒜等物，她則趁著把魚抹鹽的時候，悄悄弄了兩滴靈液在上頭，接著又把蕭遠山洗乾淨的藿香葉子和野蒜等物塞進魚肚，再把魚放到火堆上烤。

很快地，烤魚的香味就瀰漫開來，劉芷嵐趕緊讓蕭遠山把火弄小點。

好香呀！

兩人都忍不住吞了吞口水，等魚徹底烤好了，蕭遠山把最大的分給她。

劉芷嵐吹了吹，用手撕了一塊魚肚皮上的肉遞給蕭遠山。「遠山哥你嚐嚐。」

蕭遠山只是猶豫片刻，便低頭張嘴含住魚肉。

劉芷嵐沒料到他會直接張嘴，且還含住她的手指，那轉瞬即逝的溫潤感立刻帶起一股顫慄傳遍她全身，她的耳根子頓時就紅了。

而蕭遠山愣了，舌尖還有她手指的觸感，跟蔥段似的，他好想再嚐嚐……

蕭遠山的耳根子也紅了，忙將心底升騰起的莫名情緒甩開，認真地吃起魚來。

真好吃，比他往常只抹點鹽烤得好吃多了！

他又忍不住偷偷瞥了她一眼，她的臉雖然滿是紅紅的疙瘩，但那雙映著火光的眼卻是格外明亮。

跟天上的星子似的，一閃一閃……

嗯，醜媳婦弄的魚很好吃，不但沒有腥味還很香，吃到肚子裡暖乎乎的，整個人都舒坦不少。

「山哥！」

有人來了。

劉芷嵐跟蕭遠山一起看向來人，是五個老徐家的小夥子，他們手裡拿著衣裳，看起來是來河邊洗澡的。

「山哥，你家又不給你吃飯？」小夥子們瞧見兩人腳邊的一堆魚骨頭。

雖然蕭遠山沒吭聲，可都是一個村子裡的人，誰不知道他在蕭家的處境。

當下有個小夥子義憤填膺地道：「真是黑心肝，只知道叫人幹活，都不給飯吃！」

劉芷嵐連忙解釋道：「是我連累了遠山哥，是我不對，遠山哥今兒若不是照顧我，不想讓我死了，也不會沒去幹活，家裡人也就不會不給他飯吃。」

說完，她偷偷瞄了一眼蕭遠山，瞧他沒有生氣，就放下心來，繼續訴苦道：「遠山哥也是沒法子，咱們村就出了一個秀才，若是我死了，即便村裡人瞞著，可是架不住衙門查啊！畢竟是秀才又牽扯到人命，學政那裡第一個就會盯著徐秀才不放。故而……故而遠山哥才帶我出來，背著家裡人抓魚吃。」

這番話乾淨俐落地戳中了幾個年輕人的心窩，這五個後生也不洗澡了，趕緊就往回跑。這個劉氏又醜又討厭，她什麼時候都能死，但現在不能死！若是蕭家不給他們夫婦飯吃，蕭遠山倒是能撐得住，可她劉氏受了重傷，撐個屁啊！

他們得把這件事跟家裡人說。

等他們都走遠了，劉芷嵐才局促地跟蕭遠山道歉。「對不起，我自作主張了！」

蕭遠山見她話裡話外都是在維護自己，嘴角就忍不住翹了翹，勾勒出一抹笑容來。

「妳很好！」他說。「我們回去吧。」

說話間，蕭遠山蹲了下來，示意劉芷嵐趴上去。

劉芷嵐忙道：「遠山哥，我想走一走，都躺了一天，而且現在吃過東西也有力氣。」

蕭遠山也覺得吃了東西之後渾身都是力氣，就不再堅持，攙扶著她往家裡走。

到家之後，蕭遠山推了推門，院門竟然從裡面上鎖了。

蕭遠山敲了敲門，裡頭立刻傳出徐氏的聲音。「阿文、阿武，你們怎這會兒才回來。」

徐氏一打開門，卻瞧見蕭遠山夫婦，她跑到他們身後又看了一圈，沒見著自己的兒子，整個人頓時就慌了，指著他們，聲音尖利地吼了起來。「蕭遠山，你們夫婦把我兒子藏哪兒去了？」

「大晚上的哭喪啊！」

「真是的，二嫂妳幹麼，別人家還要不要睡了！」

「妳個臭婆娘，三更半夜不睡覺跑出來鬧啥？」

沒一會兒，老蕭家的人都披著衣裳出來，打著哈欠，一臉的倦意和怒容。

「蕭天富，你是死人啊！你兒子不見了，你還能睡得著！」徐氏上去就用拳頭狠狠地捶了蕭天富兩下。

「啥？兒子不見了？」蕭天富聞言愣了一下，忙回屋裡瞧，果然外間的床上空蕩蕩的，半個人影都沒有。

「老二媳婦，好好說話，阿文、阿武上哪兒去了？」

徐氏也是心慌狠了，一屁股坐在地上，就嚎啕大哭起來。「還能去哪兒？跟著他們夫婦出門了，如今他們回來了，可是阿文、阿武卻沒回來！蕭遠山，你把我兒子弄哪兒去了，趕緊把我兒子交出來！」

楊氏聞言，她的大孫子不見了那還得了，當即脫下鞋，就往蕭遠山夫婦身上招呼。

「你個黑心肝的，把我孫子藏哪兒去了？」

蕭遠山冷著臉將妻子護在身後，一把抓住楊氏的手腕，再使勁一甩。「娘，我們沒看見阿文、阿武，也不知曉他們在哪兒！」

楊氏在蕭遠山這邊吃癟，胸中的火氣越發旺盛，她也跟徐氏一樣，癱坐在地上呼天搶地起來。

「老天爺呀！您老睜開眼睛好好看看吧！蕭遠山這個不孝子要打死老娘啊！不孝的東西，也不怕天打雷劈，死了下地獄被拆骨剝皮！」

「娘啊，地上涼，您快起來吧，要是凍個好歹來，那可怎麼辦啊？」蕭天佑跟季氏使了個眼色，夫妻倆假意去攙扶楊氏。

楊氏自然不肯起來，蕭天佑夫婦也只是做做樣子而已。

他們才不管兩個孩子的死活呢，要是人死在外頭更好，既能少兩個人的吃用花銷，還有未來娶親的銀錢呢！

蕭天佑擺出一副義正詞嚴的樣子。「大哥，這就是你的不對了，天下無不是之父母，娘打你，你受著就是了，推她幹麼？這要是把娘摔個好歹來，你擔得起這個罪名？」

季巧珊也扭著腰走過來附和道：「是啊，大哥，不敬老的事咱們先放到一旁，待會兒再說。現今最為要緊的是兩個孩子，你們把兩個姪兒藏哪兒去了，趕緊說出來，也省得二哥、二嫂和大夥兒擔心！」

蕭萬金此刻的臉色也陰沈不已，他怒喝道：「老大，你們把兩個孩子弄哪兒去了，還不快說！」

蕭遠山冷眸一瞥。「爹，我說過了，我們沒有見過阿文、阿武！」

徐氏見蕭遠山不認，哭嚎得更厲害。畢竟是自家兒子不見了，蕭天富也紅了眼，扭頭走向牆角，抄起牆角的鋤頭就往蕭遠山身上砸去。

蕭遠山閃過了，可蕭天富一擊不成，就將主意打到劉芷嵐的身上，他再掄起鋤頭的時候，就對準她砸下去。

蕭遠山的神色頓時就變了，他忙衝過去抓蕭天富手中的鋤頭，劉芷嵐這個時候卻乘機跑了出去。

當鋤頭被蕭遠山扯開之後，狠狠地砸在地上，砸出一個不小的坑來。

「殺人了！老蕭家殺人了！」

「老蕭家要殺我！救命啊！」

吃啞巴虧不是她劉芷嵐的風格，哼，想打她，她就讓蕭家人瞧瞧他們打不打得起！

蕭家人完全沒有料到老大媳婦會來這麼一齣，往常她心裡只有徐秀才，在蕭家幹活時受到欺負也是不吭聲的人，跟蕭遠山有得拚，可現在……還沒碰到她的人呢，她就嚎叫起來，那聲音和氣勢比楊氏強而不弱，哪裡像腦子受過傷的人！

而劉芷嵐現在能有力氣吼、有力氣跑，全靠她一點一點地往外挪靈液喝，要不然，她現在恐怕連床都下不了。

「還愣著幹麼？趕緊把她給我追回來！」蕭萬金忙吼道。

這大半夜的，還嫌不夠亂嗎！

蕭家人慌慌張張地追了出去，沒追幾步就瞧見遠處有火光閃現。有人來了！

原來是鄰居方家聽到蕭家的動靜，怕出事，忙讓兒子去找村長。

恰巧在河岸遇見蕭遠山夫婦的徐鐵柱和幾位後生，回去添油加醋地轉述了蕭家不給他們夫婦飯吃，要餓死他們，逼得他們大晚上去河邊撈魚貨吃，接著又把劉芷嵐的話傳神地說了一遍。

家裡人一聽便意識到，劉氏可不能死！那還等什麼？趕緊找村長去啊！

往常他們覺得劉氏死了就少個禍害，可是劉氏是瓦片，徐秀才是瓷器，可不能因為一個爛瓦片傷了上好的細瓷！

且說村長才打定主意，第二天要去找老蕭好好講道理，方家二小子就來了，說老蕭家鬧起來了。

這還得了！他們這是真想折騰死劉氏啊！

村長聽了，立刻就帶上老徐家的青壯年，還有些媳婦婆子們也都跟著，一群人點著火把浩浩蕩蕩地就往蕭家去。

這一行人還沒到蕭家，就聽到撕心裂肺的慘叫聲，接著，就見一名女子跌跌撞撞地跑出來，蕭家的幾個男人全跟在後頭追呢！

「村長救命！」劉芷嵐瞧見村長徐豐收，忙喊了起來，喊完後，她還慌張地回頭瞧了一眼身後。

待村長夫人郭氏走近的時候，劉芷嵐就「體力不支」地暈了過去，直挺挺地倒在她的懷裡。

這下村長立刻氣炸了，他先是招呼郎中徐德文給劉芷嵐把脈，一面陰沈著臉呵斥蕭家的人。「你們老蕭家也太無法無天了，這是要殺人啊！」

蕭萬金忙辯解。「村長，您誤會了，我們也沒對老大媳婦怎麼樣啊！」

蕭天富紅著眼來到他爹身前，看著徐豐收等人道：「村長，您來得正好，這個醜婆娘和蕭遠山把我兩個兒子弄沒了！村長，您要給我們一個公道！」

徐氏是徐家人，她也呼天搶地呼喊道：「三叔，您可要給姪女作主啊！阿文和阿武可是姪女的命根子啊！都是他們、他們把我兩個兒子給弄沒了啊！得讓他們給我兒子賠命！」

徐氏的爹娘和兄弟也跟著來了，這會兒聽到徐氏說孩子不見了，頓時就忘了自個兒是跟來幹麼的，立馬就要朝蕭遠山捲起袖子拚命。

「你們幹麼？都給我退回去！」

「三叔，村長！蕭遠山跟醜婆娘把我外甥弄沒了，他得賠命！」

徐茂文和他爹對視一眼，他爹便知道他的意思，忙把村長扯到一旁，悄悄在他耳邊道：「這老蕭家要這兩人賠命，劉氏死了，可跟咱們沒任何關係！」

村長聞言，心裡頓時就亮堂了。對啊，這婆娘留著，遲早是個禍害！之前礙於秀才公的名聲不敢讓她死，可現在是蕭家讓她賠命！

大夥兒可都見證了，這劉氏是從蕭家院子裡頭衝出來喊救命，若她沒了命，也是蕭家人做下的事！

心裡一有了定計，徐豐收就沈著一張臉，面朝抱著劉氏的蕭遠山道：「蕭遠山，你和劉氏到底把孩子弄哪兒去了？你們還是趕緊說出來吧！要不然，就算我是村長，事關兩個孩子的安危，也不可能幫著你們！」

劉芷嵐一聽，心道：壞了，這村長是要幫著蕭家的意思。

只是在心裡稍微一琢磨，她就知道了村長在打什麼主意，無非就是借蕭家的刀殺人！可她依舊沒有後悔自己鬧這麼一齣，至少讓村裡人知道了，蕭家人想殺她。不過，她怕蕭遠山擔心自己，忙偷偷用藏在袖中的手指在蕭遠山的腰上戳了戳。

蕭遠山之前擔憂極了，生怕自家媳婦有個好歹，這會兒感受到她在自己腰上做的小動作，一顆快要躍出胸膛的心頓時就放下了。

但他的面色卻是沒變，一臉擔憂，嘴裡悶聲回答村長的話。「我們沒有見過兩個孩子，也沒有將他們弄沒了！」

徐氏撲向蕭遠山，一副拚命的樣子。「胡說！阿文、阿武就是跟著你們出去的！」

蕭遠山一個側身，把劉芷嵐緊緊護在懷裡，任由徐氏的拳頭落在他身上。「我們沒胡說！」

蕭天佑忙站出來打圓場。「二嫂，妳說是大哥帶走了孩子，但大哥什麼時候帶走的？」

醜婆娘死不死，姪兒找不找得回來，他都無所謂，可老蕭家這個壯年勞力可不能損了，要不，誰掙錢給他花？

他故意等事情鬧大才站出來，為的就是讓蕭遠山欠他一個人情，往後好心甘情願給他做牛做馬。

「是啊，二嫂，我們可沒瞧見大哥把阿文、阿武帶走了！」季氏也幫腔道。

她哪會不明白自家相公的打算，這會兒自然是要幫著他。

聞言，蕭天富就去拽徐氏的胳膊。「老四問妳話呢！到底怎麼回事，妳倒是說啊？」

徐氏猛地被扯開，便指著蕭遠山和劉芷嵐，尖聲吼叫了起來。「他們兩個大晚上偷偷出門去吃獨食，兩個孩子就跟了去！」

「大哥，你聽見了，孩子跟著你們出去了，你別抵賴！」

「好啊！老大，你竟然敢背著一家子人吃獨食！你這個天打雷劈的不孝東西！你吃獨食就罷了，把我孫子藏哪兒啦？」

背著父母和家人吃獨食，在貧窮的農村可是要被人吐唾沫、戳脊梁骨！

徐氏和蕭家人這麼一嚷嚷，村裡那些人聽了這話，看蕭遠山的眼神也有些變了。

蕭家老大該不會是假老實吧？

怎麼能背著長輩出去吃獨食呢？這是不孝啊！

聽到周遭人議論蕭遠山，徐鐵柱幾個人就站出來為蕭遠山打抱不平。

什麼東西，怎能這麼欺負人！

「跟著跑的跟拐帶跑的，這可不一樣。再者，人帶出去了，難道妳兒子就不是吃獨食了？徐招弟，妳知道山哥要出去吃獨食，讓兩個兒子跟著都不跟父母說，妳這也是不孝啊！若要天打雷劈也得帶著妳！」

「你們老蕭家想餓死人，這會兒倒是責怪山哥吃獨食了！而且咱們瞧見山哥和劉氏，卻沒瞧見那兩個孩子，恐怕是你們自己弄丟孩子，想賴在山哥的頭上。可山哥啥也沒有，你們賴在他頭上有啥用？是能訛兩個錢，還是你們的兒子能回來？要山哥還命！呵呵，山哥真把命還給你們，誰給你們家幹活打獵賺錢？」

他們的嘴巴這麼一說，頓時就提醒了所有人。

對啊，因為老蕭家不給飯吃，蕭遠山夫婦才去河邊撈魚。

而且他們正好也說破蕭天佑的小心思，他不就是指望著蕭遠山給他掙銀子花嘛！

幾人的話音落下，大家就紛紛指責起蕭萬金和楊氏來，他們要牛耕地又不讓牛吃草，就是想餓死蕭遠山夫婦。

兩人雖然氣憤不已，可楊氏向來是個家裡橫，在外頭就慫了，面對村裡人的指責，屁都不敢放一個。

徐茂文的眼底則是閃過一絲失望，事情到了這個地步，他想借蕭家的手弄死那醜婦恐怕是不能了。

他心裡清楚的事，村長和徐德功也清楚，都不約而同地怪徐鐵柱等人多事。

村長的眉頭皺得能夾死蚊子，沒好氣地道：「孩子丟了不去找孩子，拽著蕭遠山鬧啥？孩子沒了不先找孩子，就只一味歪纏蕭遠山夫婦，我瞧著你們是不想要孩子吧！」

聞言，蕭天富這時候總算清醒過來了。

是啊，他們歪纏大哥做啥？這蠢婦，拎不清的東西，這會兒找兒子才是正經事！

一想到這裡，他就想給徐氏一腳，可到底還是顧忌著這周遭都是徐家人，就忍著沒踢下去，忙求助徐豐收。「村長，求求您，求求大夥兒了，請幫忙找找我兒子吧！」

徐豐收不耐煩地瞪了他一眼，這才發話。「大家都各處找找去！」

雖說他心裡不喜歡這家人，但終歸是丟了孩子，且都是同個村裡的人，也不能坐視不理。

蕭天富忙補充。「還有山裡！阿文、阿武一定以為大哥去山裡了！村長，三叔，您讓村人去山裡找！」

他這麼一說，村裡這些人就不幹了。

「山裡？蕭天富你在想啥，大晚上的誰敢往山裡去？」

「就是！讓咱們去山裡，這不是找死嗎？你們老蕭家男丁這麼多，怎麼不進山？咱們頂多在村裡幫你找找！」

這個時辰，就連蕭天富自己也不敢進山，頓時就急了！

可不管是蕭天貴還是蕭天佑，這會兒都往後縮，一副「你可千萬別找我」的模樣。

蕭萬金想了想，沒準兒兩個孩子真往山裡去了，便拉住蕭天富示意他閉嘴，自己則對蕭遠山道：「老大啊，你趕緊上山一趟，去山裡找找。」

見蕭遠山不動彈，他又道：「都是一家人，你二弟夫婦也是孩子沒了著急。阿文、阿武再怎樣，都是你的親姪兒，你趕緊去找找吧！」

蕭遠山聞言，眼神複雜地看著蕭萬金，道：「爹，這大晚上的，一個人進山就是送死，要不，咱們四兄弟一起去吧！找孩子重要，可沒有讓村裡人跟著咱們冒險送死的道理！」

村民們聞言紛紛點頭，都覺得蕭遠山說得在理。

楊氏卻氣炸了，她可捨不得其他兒子去送死。

「呸！你哪次打獵不是一個人在山裡待十天半個月，這會兒又說夜裡進山危險了。蕭遠山，你個不孝的王八犢子，你就是不想救你的兩個姪兒，想讓他們死！黑心肝的東西，老娘當初為啥要把你生出來？」

此時，劉芷嵐就「恰巧」醒了過來。「遠山哥，我頭疼。」

開玩笑，這個時間進山，這不是要人去送死嗎？

兩個孩子的安危重要，可蕭遠山又憑什麼拿自己的命去冒險！連孩子的親爹都不敢進山，偏生要讓蕭遠山去，平常打獵能跟突然晚上進山一樣嗎？

劉芷嵐很是擔憂地看著蕭遠山，急迫地盯著他，眼裡的意思再明顯不過了，就是不想讓他進山。

蕭遠山給了她一個安撫的眼神，將她放下來，改為扶著她，可一開口就讓劉芷嵐失望至極。

「成，我進山！」

這話一說出來，村民們就向他投去同情的目光。

這老蕭家真沒將蕭遠山當人看，雖說獵戶十天半個月都在山上是常有的事，但即便是在山上，也是天一黑就趕緊找地方躲起來，並沒有人敢在夜裡就瞎晃蕩，更何況是要找兩個孩子。

「不過，找兩個孩子，我一個人肯定是不成的，就算是找到了，我一個人也帶不回兩個孩子。您看，是老二跟著我去，還是老三跟著我去？」

蕭遠山的話音一落，現場便安靜下來。

所有人的目光都隨著蕭遠山，落在蕭天富和蕭天貴兩兄弟身上。

「那啥……我這幹一天活兒太累了，可不能上山給大哥扯後腿。」蕭天貴一聽說要上山就打退堂鼓。

「那就老二去。」蕭萬金開口。「去找你兒子，也該你去。」

徐氏聞言立刻就跳了出來。「爹，萬一兩個孩子沒找到，他們爹再有個三長兩短，我們這一房可就絕後了啊……你不能讓孩子他爹去送死啊！」

徐氏哀求，她可不樂意當寡婦！

蕭萬金看著兩個兒子，然後又看向蕭遠山。「老大啊……你看你的兩個弟弟沒打過獵，也沒進過山，這進去了也是給你扯後腿。」

「呵……剛才還讓鄉親們幫著進山找，敢情鄉親們的命就不是命，蕭家老二、老三的命才是命……」劉芷嵐恰到好處的低聲嘲諷，正好眾人都能聽到。

「也知道人跟著去是扯後腿啊，那遠山哥獨自去山裡找人，沒找到就算了，要是找到了，帶兩個累贅，怕是很難毫髮無傷地回來……虧你們還是當爹娘的人呢，自己兒子走丟了自己不去找，哭嚎兩聲就完事了，耽誤這麼多時間，也不知這孩子被狼叼走沒有？」

「妳這個毒婦……妳瞎說啥呢？我撕爛妳的嘴！」徐氏聞言，就朝她撲了過去。

蕭遠山忙擋在劉芷嵐身前，徐氏一爪子下去，就在他的脖子上撓了幾道血印子，可見這力氣有多大。

劉芷嵐躲在蕭遠山身後。「我說錯了嗎？自己兒子丟了不去找，就在這兒瞎鬧，妳兒子要是被狼叼走了，那也是你們害的。讓遠山哥一個人上山找，虧你們也想得出來，就是找到了，他自己一個人能帶出山來？現在更好了，妳把遠山哥的脖子撓破了，有血腥味，上山就能把狼招來。

「二弟妹，妳跟妳兩個兒子是不是有仇？大夥兒都聽見了，是妳指使兩個兒子大晚上的出門！哪有這麼黑心的親娘，難道說……這兩個兒子不是二弟的孩子，妳怕被蕭家人看出來，所以才想弄死他們，來個毀屍滅跡？」

瞎說潑髒水，呵，誰不會？

這話禁不住琢磨，一琢磨還真覺得有點意思，村人開始對徐氏指指點點起來。

「我殺了妳！」徐氏哪受得了這般侮辱，瘋了似的要去打人。

可有蕭遠山護著，她連劉芷嵐的一絲衣角都摸不到。

「老大，別愣著了，趕緊帶傢伙去山裡找阿文、阿武。」眼看事情鬧得不成樣子，蕭萬金忙開口催促蕭遠山。

反正等他走了，這醜婆娘還不是由著他們收拾？

蕭遠山看了看在場的眾人，又看了看蕭萬金等人，然後拱手對周遭的村民們道：「諸位鄉親，獵戶都是早進山，沒有晚進山的，不管去問哪家獵戶都是這個規矩。猛獸多是晝伏夜出，晚上進山的人活下來的機會很少。我爹既然捨不得老二、老三、老四進山，我可以答應他們，獨自一人進山找人，但我不保證能把人帶回來。此番，還請諸位鄉親做個見證。」

「老大，你可不能耍花花腸子，必須把阿文、阿武給帶回來！」楊氏聞言就跳腳。「你以為老娘不知道你在想啥，你就想去山裡躲著，咱們也不知道你有沒有找人……」

「娘，遠山哥說再來個兄弟跟他一起進山，是妳不肯，現在遠山哥一個人進山，妳又怕他不找人。這活兒換成誰都幹不了！」劉芷嵐從蕭遠山的背後探頭出來，完全無視徐氏殺人般的目光。

徐豐收不耐煩了，呵斥道：「楊氏，妳想要妳孫子活命就別胡攪蠻纏！蕭家老大，我們都瞧著、都聽著呢！你只管去，能不能找到人全憑天意！蕭萬金，這事就這麼定了，你家還要鬧，老子就不管了！」

蕭萬金只得點頭同意。不同意不成啊，橫豎家裡這幾個人都不敢進山。

見蕭遠山執意要進山，劉芷嵐就抓著他的袖子道：「遠山哥，我跟你一起去。」

若是她留下來，指不定蕭家人就能弄死她。

「嗯。」蕭遠山看了看她，他本來就打算帶她一起上山，於是答應下來。「回去帶點東西，咱們上山。」

說完，他就跟徐郎中說：「德文叔，我的傷藥沒了，您再賣給我兩瓶吧。」

徐德文點頭道：「我去拿給你。」

「多謝德文叔了。爹，您把傷藥錢給了吧，兩個孩子說不準在山裡受傷了，得備著藥。」

「爹，你快給錢啊！」蕭天富催促道。事關他兒子，他自然不會計較銀錢。

這回，楊氏沒吭聲，蕭萬金雖然不痛快，但還是掏了銀錢。

第三章

蕭遠山回去收拾好東西，就帶著劉芷嵐出門了，走到半路瞧見徐郎中，就讓劉芷嵐在原地等著他，他快走兩步迎上去。

待蕭遠山回來，劉芷嵐沒問他跟徐郎中說了什麼，只是舉著火把默默地跟在身側。

「怕嗎？」蕭遠山牽著劉芷嵐的手問道。

劉芷嵐低低地道：「怕你扔下我。」

她說完，蕭遠山牽著她的手就是一緊。「不會丟下妳的。」

他的聲音不大，但在夜裡卻是十分清晰沈穩，讓人聽了莫名安心。

蕭遠山另外一隻手拿著一根木棍，他一邊走，一邊拿木棍四處敲打。

「你這是在做什麼？」劉芷嵐好奇地問。

「打草驚蛇，先把蛇嚇走，以免不小心踩到被咬，還有，這山上不少地方，有人放置捕獸夾，用棍子探一探，也能避免不小心踩到而受傷。」

「上山的學問還真多。」劉芷嵐輕嘆道。

蕭遠山頷首。「嗯，上山的學問多，若不注意，一個疏忽就可能喪命。」

劉芷嵐歪頭看他。「你多大開始上山打獵？」

蕭遠山想了想，那已經是很久遠的事情了。「好像是六、七歲的樣子，餓得不行，自己上山找吃的，結果掉進陷阱裡，讓我師父給救了，後來他就帶著我進山，教我打獵。」

他說得風輕雲淡，可一個六、七歲的孩子就進山打獵……劉芷嵐光是想想那個畫面就心疼。

「遠山哥。」劉芷嵐望著他。

「嗯……」蕭遠山感覺到她的目光注視，也轉頭來看她。

「我會對你好的。」

她想對他好，不只是償還他不放棄她的恩情，更多的是想給自己一個機會，相信她否極泰來，離開錯的就會遇到更好的……

蕭遠山先是愣了一下，然後抓著她的手緊了緊。「走吧。」

漢子沒有多餘的言語，他的神情淡淡的，看不出情緒波動。

不過劉芷嵐不在意，她只是想表達自己想好好跟他過日子的意願，現在說給他聽，以後做給他看。今後不管她和蕭遠山會走到哪一步，至少她該做的努力都做過了，便不會留下遺憾，自然也不會後悔。

劉芷嵐跟著蕭遠山走沒多久就停下來了，天色黑漆漆的，一路上七彎八拐，又是上山又是下坡，有幾處地方是蕭遠山揹著她通過。

蕭遠山帶她繞過兩棵灌木，然後把一堆枯枝抱走，露出一個大約高兩米、寬一米多的洞口。

這後頭竟隱藏著一個山洞！

「小時候打獵無意中發現的，後來每次打獵，我都會先在周邊隨便獵點東西來山洞烤著吃了再進山。」

哪怕他進山打獵，那一家人都捨不得讓他吃飽，為了活命，他只能自己想點辦法。

劉芷嵐聽得心酸。

山洞裡面很寬敞，裡面存著不少柴火，蕭遠山搬了些木柴把火塘點燃之後，整個山洞就亮堂起來。

劉芷嵐這才發現，這個山洞至少有一百平方米，最高的地方大約有五米高，而且最裡面居然還有一線山泉從上而下匯入一條小溪裡，小溪又沿著岩壁，通過一個小洞口流淌出去。

這裡頭還搭了一間小茅屋。茅屋外頭放置著一些工具，比如彎刀、柴刀、篩子、簸箕、掃把等東西，都整整齊齊地靠著岩壁。

蕭遠山拿了瓦罐從小溪裡舀水，掛在火塘上燒，忙完這些就喊劉芷嵐進茅屋。

「今晚咱們先在這兒待一宿，明日再下山。」

茅屋裡床和桌椅都有，很粗糙，劉芷嵐知道，這應該都是蕭遠山自個兒做的。

不過有兩口木頭箱子是紅漆的，雖然掉漆掉得厲害，但能看出是好東西，上頭的雕花和銅釦都很漂亮。

床上鋪著被褥，比蕭家的好些，劉芷嵐去摸了摸，倒是不潮。

「我昨日烤過被褥。」蕭遠山昨夜就是在山洞度過。

「這些東西是我師父留給我的，他沒有老婆、孩子，他死了以後就把自己的東西都留給我了。不過他囑咐過我，留給我的東西只能我和我媳婦用，不能給蕭家人，否則……他會從地裡爬出來打死我。」

劉芷嵐被他給逗笑了。

「你師父也知道蕭家沒把你當人，知道他們一家人都是吸血水蛭，沾到你身上就扯不下來了。」劉芷嵐已經很明白蕭遠山的態度了，所以才敢在他面前說這樣的話。

蕭遠山拉著她坐到床邊，垂眸道：「是啊，師父以前總是勸我，但我一直不開竅，經常把他氣得翻白眼，他總說我是愚孝。那時候，我一直認為，我的命是爹娘給的，就是他們要拿回去也是應該的。」

「那你現在怎麼想通了？」劉芷嵐問。

蕭遠山眸色深沈地看著她，沈默良久才道：「情分總有被榨乾的時候，再說，現在也不是我一個人了，我若還像往常那樣，榨乾了自己，也會害了妳。妳是無辜的。」

說完，他就出去看水去了，過沒多久，就端了一盆熱水進來。

「洗一洗再睡吧，夜裡寒涼，妳身子弱，又跟我走了這麼久的山路。」

「咱們不去找孩子嗎？」劉芷嵐問。她當然不是聖母，在自己的安全都保證不了的情況下非要鬧著去找人救人，況且，這茫茫大山，烏漆墨黑的上哪兒去找人？

「不去，那兩個孩子沒上山，有人帶著他們兩個藏在蕭家的柴火垛後頭。」

聞言，劉芷嵐就瞪大了雙眼。「你怎麼知道？」

蕭遠山道：「我長年打獵，眼力和耳力要比常人好一些，聽到柴火垛後頭有些細微的動靜。」

「你是說，有人帶著兩個孩子故意藏起來！那個人為什麼要這麼做？為了逼你上山找孩子？夜裡上山很危險，村裡人都不敢上山，就是孩子的爹娘都不敢上山，他非逼著你上山是想要你的命嗎？」

「應該是想要妳的命。」蕭遠山冷了語氣。

「徐家人想借刀殺人？」劉芷嵐喃喃低語。

又或者是劉家人？除了這兩家人，劉芷嵐想不出還有誰想要她的命。

「這事兒咱們回頭慢慢問，總能問出來的。」兩個小崽子，給點吃的就什麼話都能掏出來。

「快睡吧！」

因為沒有擦腳的帕子，蕭遠山撈起劉芷嵐的腳往他的衣襟上蹭。

他的手上滿是繭子，觸碰之下，粗礪的觸感帶起一股又一股的癢意。

劉芷嵐的臉瞬間就紅了，慌忙把腳抽出來，然後裹進被子裡，扯了被子蒙住頭臉。心怦怦地跳得厲害，那頻率似乎隨時都能從胸腔蹦出來。

蕭遠山就將她用過的水把腳洗了，然後端盆出去。

一連串的動靜之後，蕭遠山進屋上床，竹床在他的動作下「嘎吱」響著，這聲音很是曖昧。

身上的被子被一股力道扯開，漢子火熱的身軀鑽了進來。

劉芷嵐露出頭，整張臉都紅透了。

「睡吧，別捂著頭，透不過氣。」蕭遠山道。

竹床不大，蕭遠山的塊頭卻大，劉芷嵐已經儘量靠邊縮著，漢子依舊和她緊緊地貼在一起。

他身上很火熱，跟暖爐似的。

劉芷嵐覺得自己這一晚睡下來怕是要被他烤乾了。

原本她以為身邊躺著一個陌生的男人會睡不著，卻不承想，在這個男人的氣息籠罩下，她竟然很快就睡著了，還睡得很是安穩。

蕭遠山盯著沈睡中的劉芷嵐看了一會兒，也閉上眼睛，沈沈地睡去。

從此刻起，以後的每一天晚上，他的身側都將會有一個人挨著他安睡。

這種滋味，好像不錯……

劉芷嵐是被烤肉的香味喚醒的。

她睜開眼，身側沒人，便起身推開門，就見蕭遠山坐在火塘邊烤兔子。

兔子很肥，油脂一直往下流，散發出陣陣香氣。

瞧著劉芷嵐吞口水的模樣，蕭遠山指了指一旁的陶罐。「妳喝雞湯。」

劉芷嵐走過去挨著他，在小凳入座。

蕭遠山又開口了。「小心燙。」

「你出去打獵了？」

「洞口兩側有幾個陷阱，野雞和兔子就是在陷阱中撿到的。」有媳婦在山洞裡，他怎麼能走遠。

「我想先洗把臉再吃。」劉芷嵐看著蕭遠山。

蕭遠山聞言就把兔子給她，起身去幫她打水。

等蕭遠山走了，劉芷嵐忙往兔子上弄了點靈液，接著又往雞湯裡放了靈液。

積累一晚上的靈液這會兒讓她全分了。

蕭遠山很快就端著盆子過來，他取下火塘上的瓦罐把裡面的熱水倒進盆裡兌了冷水，就招呼劉芷嵐過去洗漱，自己則接過兔子繼續烤。

「雞湯很好喝，遠山哥也喝一點？」

加了靈液的雞湯就算沒放味精等作料也很香，喝下去渾身都暖洋洋的，劉芷嵐明顯感覺到自己的身體狀況比昨天好多了。

「妳若是吃不完，剩下的……」剩下的他解決！

這時，蕭遠山的烤兔肉也好了，直接拿手撕開了往嘴裡塞。

這兔子的味道……好像比他往常烤的要好吃多了。

蕭遠山也沒多想，趁熱兩三下就將一整隻兔子解決完了。

即便是這般風捲殘雲的吃相，劉芷嵐卻一點兒都不覺得難看，也不知是不是心理作用，當你覺得一個人好的時候，他就算渾身都是毛病，這些毛病在你眼中也會成為優點。

一不小心，雞湯就見了底，劉芷嵐有些尷尬，她明明說了要給蕭遠山留些的……

「妳好些了嗎？」蕭遠山把山洞收拾乾淨，就問劉芷嵐。

劉芷嵐點頭。「好很多了，不用再吃藥了。」

蕭遠山見她的精神很好，臉上也有血色，遂放下心來。「想去山上蹓躂一圈嗎？」

「走吧。」她也想舒展一下筋骨。

蕭遠山揹了個背簍，然後牽著劉芷嵐從山洞中出來。「前些日子下了雨，這會兒山裡應該有蘑菇，我們去撿些蘑菇回來晾山洞裡。」

「好。」

「再看看別的陷阱裡有沒有獵物。」

「嗯。」

劉芷嵐乖乖地跟在蕭遠山身側，他說什麼她都應著。

山下，蕭家。

一大早，村長就帶著不少村民上門來，進門就見蕭習文和蕭習武兩個孩子在院子裡玩泥巴。

「哎喲，還是蕭家老大厲害，這大黑天的也能把孩子找回來。」

「可不，咱們這幾個村子裡，打獵就數蕭家老大最厲害。」

「老蕭頭，你家老大啥時候回來的，可受傷了？」

眾人你一句、我一句地問，都瞧著蕭家人。

這會兒蕭家人剛吃完飯都還在家，沒出門下地，被村裡人一問，臉上的神色都不大好看。

「老二媳婦，趕緊把孩子帶屋裡去換一身衣裳，髒得跟泥猴似的。」蕭萬金沈著臉吩咐徐氏。

徐氏忙將兩個孩子拽走了。

「沒瞧見你們家老大和老大媳婦，他們兩個受傷了？」村長問。

蕭萬金咳嗽了兩聲，有些尷尬地道：「他們還沒回來，兩個孩子是昨晚自己回來的。」

沒回來？

村長和徐德功對視一眼，心道：這兩人死在山上才好，就沒人能歪纏、威脅秀才了。

「現在都沒回來，你們家幾個人不去找一找？」村長盯著蕭萬金道。

「我大哥肯定會沒事的，每回他出去打獵不都安然無恙地回來了嗎？」蕭天富道。

「是啊，我大哥打獵是個好手，不會有事的。」蕭天貴也跟著道。

讓他們上山？別說門了，窗戶都沒有！

蕭萬金對著周遭鄉鄰一拱手。「多謝鄉親們惦記著咱們家老大，遠山也不是一、兩天往山裡跑了，知道輕重分寸，會平安回來的。說不定他是遇到了獵物，往山裡追獵物去了。」

蕭遠山沒回來，蕭萬金的心情也不好，他擔心蕭遠山會遇到危險，不過他擔心的不是人身安全，而是蕭遠山若是受傷或是死了，他們家就少了頭會悶頭幹活的黃牛，也少了為家裡掙錢的釘耙。他看了看山上的方向，盼著蕭遠山能盡快回來，最好回來時再帶些獵物。

老蕭家這副模樣，鄉親們都覺得太涼薄了。

孩子回來了，找人的沒回來，他們竟然一點都不擔心？這老大，彷彿不是他們親生的。

但這是老蕭家的家事，外人最多議論，沒資格去管。

且說劉芷嵐一直乖乖地跟在蕭遠山的身後，他們只在山洞附近不遠處轉了轉，並沒有去深山。

他們撿了不少蘑菇，其中有些品種，劉芷嵐認識。

蕭遠山很耐心地跟她講解在山間行走要注意些什麼，採蘑菇的時候哪些是無毒的可以摘，哪些是有毒的不能觸碰。

劉芷嵐都很認真地記了下來。

「雞肉絲菇！」在一個小土包上，劉芷嵐看到一大片雞肉絲菇，頓時就興奮地叫了起來，上輩子她做藥膳生意，對一些常見藥材和食用菌還是有瞭解。

「那是傘把菇……」蕭遠山道。

劉芷嵐一愣這才反應過來，她太魯莽了，實在是太喜歡吃雞肉絲菇了，所以一下子太激動，沒克制住自己。

不管是哪種可食用的菌菇，她都喜歡且無敵美味。

劉芷嵐一本正經地道：「在書上學到的，傘把菇也叫雞肉絲菇。」

「妳喜歡？」對於蕭遠山來說，這些蘑菇煮熟的味道都差不多，填肚子還成，若想好吃……他就沒吃過好吃的蘑菇。

「嗯，喜歡。遠山哥，我們把這些雞肉絲菇全採了吧！」劉芷嵐眼睛發光地望著蕭遠山。

蕭遠山點頭。「成。」

雞肉絲菇太多了，蕭遠山的背簍本來就裝了不少蘑菇，這下把背簍裝滿了都還沒採完。

他看著劉芷嵐失望的臉，想也沒想就放下背簍，然後脫了衣裳鋪在地上。「放衣服裡。」

「遠山哥，我們多跑兩趟吧！你趕緊把衣服穿上，別著涼了。」劉芷嵐是因為當著蕭遠山的面，不能把這些蘑菇放空間裡而失望。一看到蕭遠山脫衣裳，她便知道自己失態了，忙阻止他。

「我不冷，趕緊採吧！」說話間，他已經扔了一捧雞肉絲菇放到衣服上。

劉芷嵐見狀也不好再堅持。

採完雞肉絲菇之後，蕭遠山便把衣裳綁成一個包袱挎在臂彎，又蹲下身揹上背簍。「走吧，去陷阱看看。」

陷阱裡有一隻野兔，還有兩隻肥碩的野雞。

劉芷嵐要幫忙拿獵物，蕭遠山不讓，他把獵物用藤條拴著綁在自己腰間，騰出手來牽她。

兩人回到山洞已經晌午了，蕭遠山將蘑菇倒在洞口鋪散開來，就拎著獵物往洞裡走，隱藏在洞穴深處的小溪簡直幫了大忙，在這裡處理獵物，血腥味不會傳到外頭去，其餘不要的部分只會順著溪流不知道流到什麼地方去。

劉芷嵐在洞裡找了個竹篩，裝了些雞肉絲菇和別的蘑菇，還將在路上順帶採摘的野薑、野蒜、野蔥、水芹菜和野山椒等放了進去。她走到蕭遠山的上游，蹲下來洗蘑菇，順便跟他道：「遠山哥，晌午我來做飯吧！」

「放下我洗。」蕭遠山沒抬頭看她，只專注地處理雞和兔子。

劉芷嵐看他把血都放進小溪裡隨著水流沖走，她為此挺心疼的，要知道酸辣血旺可是一道十分下飯的菜。

不過山洞裡可以用的瓦罐不多，所以劉芷嵐也沒吭聲。

「沒關係，我兩下就洗完了。」劉芷嵐道，說著就抓了幾個蘑菇要洗。

「我說叫妳放下。」蕭遠山的聲音忽然變大。

劉芷嵐嚇得手一抖，抓著的蘑菇全掉進溪水裡了。

可能是意識到自己剛才太凶，把醜媳婦給嚇著了，蕭遠山轉頭過來看她，解釋道：「妳頭上還有傷，不能老低著頭，再者妳身子弱，別沾涼水。」

見劉芷嵐愣著，他又道：「去火塘邊坐會兒暖和，或者去床上躺會兒，等洗好了我來叫妳。」

他這麼說，也就是答應了待會兒讓她來做菜了。

「好。」漢子的一片好意，她自然是要領情。

劉芷嵐依言起身離開，但她沒有去火塘邊，而是把整個山洞都探索了一遍。因為之前天色太晚，她沒好好打量過山洞，這會兒正好閒著。

她主要是找能做菜的工具，想著利用這些工具能做些什麼菜餚。

眼前沒有鍋子，只有幾個瓦罐，大大小小的都缺了口子。

獵物是兔子和雞，劉芷嵐琢磨著就燉個蘑菇雞湯，再做道鮮椒雞肉絲菇兔煲。

蕭遠山把獵物收拾乾淨拿了過來，劉芷嵐問他能不能把兔肉、雞肉宰成塊狀，他回說可以。

劉芷嵐請他在剁宰之前，把皮割下來單獨放。

蕭遠山聞言，就拿了個木墩去溪邊，然後按照劉芷嵐的吩咐將兔和雞宰好。

劉芷嵐先是燒水將雞焯水，然後放進瓦罐裡，加薑、蔥架在火上燉煮。

她一番行雲流水的動作，蕭遠山都看愣了，整個山洞瀰漫著一股濃郁的香味，勾得人直吞口水。

哪怕是現有條件差成這樣，她還是能從容淡定地做菜，彷彿她面前是大戶人家裡一應俱全的廚房。

蕭遠山不禁想起了前世，眼前的姑娘直到死，他都沒好好跟她說過兩句話，更別說待在一起去瞭解她了。

他重生了，才發現，他這個在村裡名聲差到極點的媳婦，其實……很好。

劉芷嵐不知道蕭遠山在想些什麼，她的注意力都在兩個瓦罐裡，火塘的火比較旺盛，不像廚房的火那麼好掌控，她就只能緊盯著瓦罐，若是水耗過大就趕緊添水進去，以免一個沒注意就焦糊了，這兩道菜都需要時間。

她在給雞湯添第三次水的時候，就把蘑菇放進去。

隨著時間的偏移，山洞裡的食物香味就越來越濃郁了。
蕭遠山從未想過蘑菇竟然會比肉還好吃。
這是一次全新的味蕾體驗。
明明醜媳婦用的調料都極為簡單，可是做出來的菜……卻是驚為天人！
「調料不夠，你先將就著……以後等調料夠了，味道會更好。」見蕭遠山沒表情，劉芷嵐補充道。
這還不算好吃？
蕭遠山看了看劉芷嵐，心裡想著更好，是多好吃？
實在是……這可憐的漢子，兩輩子加起來吃的東西，最多就抹點鹽，不是烤就是煮，弄出來能下肚就不錯了，這會兒嚐過劉芷嵐做的菜，他自然十分驚豔。
現在聽劉芷嵐這麼說，蕭遠山不由得憧憬起將來的日子。
「還能更好吃？」他忍不住問。
劉芷嵐點頭。「對，油太少了，又沒有澱粉，兔肉老且不香，雞湯還好，但味道仍差了些。」
蕭遠山。「……」
「咱們下山就分家。」蕭遠山愣了半晌才道。
劉芷嵐轉頭看他，目光很是驚詫。「分家？他們能願意？一大家子人都等著你打獵養活呢！」

蕭遠山冷笑道：「放心吧，若是我受傷下山，他們不會留我們在蕭家的。」

「受傷？」劉芷嵐手一抖，竹筷上挾著的蘑菇就掉到了地上。「你打算用苦肉計？」

她驚訝之後就平靜下來，苦肉計……確實是最好的辦法。

想著空間石碗中的靈液，劉芷嵐心裡是有底的，只要有靈液，就算蕭遠山受再重的傷，她也有信心讓他恢復如初，甚至比以前更好。

「會流血、會疼的。」她不禁想起自己經歷過的車禍，那徹骨的疼，真是……

「我不怕疼，也值得。」蕭遠山見醜媳婦是真擔心他，忍不住抬手揉了揉她的頭。

她的頭髮枯黃跟乾草似的，臉色也不好。

「分家以後，我會努力讓妳過上好日子的。」蕭遠山說。

這個漢子還真是……

劉芷嵐不想承認自己被感動了，但這是事實。

漢子簡簡單單、樸樸實實的一句話，還是對一個曾經肆無忌憚傷害他、醜得要死的女人說。

就因為，她是他的妻子，所以他要承擔起責任來。

「我不會有事的，已經跟德文叔說好了，他會幫我遮掩。我師父留給我的遺物裡還有些銀子，在我傷好之前，咱們尚能過日子。還有，妳也不用擔心住的地方，咱們就住我師父的房子。他的房子雖然破舊，但我每年都會去整理，還能住人。唯獨就是距離村子遠了一些。不過到時候咱們養兩條凶一點的狗，在牆角邊種些菜……」

蕭遠山不知道劉芷嵐的想法，為了打消她的顧慮，他很有耐性地跟她說話。他的聲音有些低沈，語速緩慢，聽著讓人很舒服、很放鬆。

在他說話間，劉芷嵐的腦海中就描繪出一幅畫面：一個小小的農家院子，破舊的土房子，牆角攀爬著豆角藤、黃瓜藤、冬瓜藤。她坐在小院裡曬太陽，看書也好，摘菜也罷……蕭遠山在小院裡照料蔬菜，兩隻小狗不是圍著他打轉，就是趴在她腳邊吐舌頭……

這樣寧靜的日子，正是她想要過的。

沒有人打擾，簡單而快樂。

「你有成算就行了……只是做做樣子，你可別真把自己傷狠了。」劉芷嵐說完，把瓦罐遞給蕭遠山。「還剩一些雞湯，我吃不下了。」

漢子已經不是第一次吃她剩下的，前兩次她還有點不好意思，第三次臉皮就厚了，動作還十分自然。

蘑菇燉野雞，雞湯別提多新鮮了，當然，要是條件允許，劉芷嵐還能讓湯頭更鮮美。

蕭遠山可不客氣，兩三下把剩下的雞湯和雞肉解決了，就去洗陶罐。

「咱們下午就下山，這些蘑菇就留在山洞裡，等咱們安頓好了，我再上山來取。」

「嗯。」劉芷嵐應下。

「要歇會兒再走還是？」蕭遠山問劉芷嵐。

「現在走吧，回去還得跟他們說清楚呢。」劉芷嵐道。

蕭遠山聞言，就牽她的手出去。他重生回來第一件想的事情是救她，第二件就是分家。只是他沒想到分家的機會來得這樣快，回想起兩個孩子躲在柴火堆後頭不出現，蕭家人逼他大半夜的上山……

原本他打算，等醜媳婦把傷病養好了，他再上山打獵，到時候把自己弄傷下山……那樣一來，他想要分家少說也得一、兩個月以後才成。

快到山腳的時候，蕭遠山忽然停下腳步。「妳等等我。」

他鬆開劉芷嵐，走到一個陷阱旁邊，只是略看一眼，便縱身躍下陷阱。

等他上來的時候，劉芷嵐就見他的右腿鮮血淋漓，腿上還扎著一根削尖的竹片……

劉芷嵐的眼淚瞬間就滴落下來，撲過去扶著他，想讓他坐下，給他簡單包紮一下。

「沒事，不疼，我是看準才跳的，這點傷不算啥。」蕭遠山笑著跟劉芷嵐說。

劉芷嵐抹淚。「怎麼能不疼，又不是泥人兒！我先幫你包起來。」

蕭遠山笑著搖頭。「不用包紮……蕭家人不好糊弄，咱們走吧。」

他抬手去替她擦眼淚，粗礪的手指拂過她的眼角，劉芷嵐一僵，但立刻就恢復如常，攙扶著他的手臂，往山下走。

「我可以自己走，進村後妳再攙扶我……」他的腿在流血，臉色慢慢地變得蒼白。

走。

「不成，咱們得快點下山，血流多了會死人的。」劉芷嵐不同意，倔強地扶著他往山下走。

蕭遠山彎曲著右腿，光憑左腿單腿往前跳，有劉芷嵐的攙扶倒是很穩當沒有摔跤。

等到了村口，遇到村裡人，蕭遠山的臉已經慘白跟紙一樣。

「這不是蕭家老大嗎？這是怎麼了？」

「大叔，請你幫忙請下郎中吧，遠山哥昨晚找了一宿都沒找到兩個孩子，今天找了一天，太疲倦了，不小心掉陷阱裡傷了腿……」

劉芷嵐本來就哭過，這會兒擔心著蕭遠山的腿，她心裡難過，眼淚如開閘的水往外流，演都不用演。

「成，我這就幫妳叫德文。快來人啊！蕭家老大受傷了，趕緊把他抬回家去……」這大叔答應了劉芷嵐，邊跑還邊嚷著，很快就有人放下田裡的活兒跑過來。

大家瞧見蕭遠山的慘樣都唏噓不已，有身強力壯的小夥子揹著蕭遠山往家裡跑。

「遠山家的，這是怎麼回事？」一些跟著跑過來的婦人就圍住劉芷嵐問。

劉芷嵐痛哭著把之前的說詞又講了一遍，大夥兒就你一句、我一句地討伐起老蕭家來。

「造孽喔，這兩個孩子根本就沒上山！」

「老蕭家的人昨晚怎睡得著覺？」

「這老蕭家，幹的啥倒楣事啊？」

「我家要是有這麼能幹的兒子，老娘得把他弄神龕上供起來，這老蕭也不知道腦子怎想的……」

一路小跑，劉芷嵐身邊的人越聚越多，大家都在說老蕭家做人不地道。

到了蕭家門口，果然已經聚集不少人。

蕭遠山被放在院裡的躺椅上。這是蕭遠山的意思，在院裡才能讓村人好好看他的慘樣。

「老大……怎弄成這樣了……」蕭萬金聽到消息從外頭趕回來，看見受傷躺在椅子上的大兒子，臉色就不好了。

老四需要銀子花用，還指望老大上山打獵呢，他這一受傷又得耽誤好久……

蕭天佑夫婦也一臉不高興地杵在一邊，這一會兒時間，季氏已經在蕭天佑的腰處擰了好幾下的軟肉。

蕭遠山白著一張臉，有氣無力地跟蕭萬金說：「爹……對不住……我沒能找到阿文、阿武……爹，您就是打我、罵我，我也認了……我找了一夜……」

「山哥，你家兩個姪兒根本就沒上山，你這傷白受了、累也白受了。」有看不過去的小夥子搶在蕭萬金前頭出聲。

蕭萬金的臉一陣青一陣白。

這個時候，蕭家其他人也從田裡回來了，兩個小子也跟著回來了。

「大伯，你出去吃啥獨食了，現在才歸家，趕緊把獨食拿出來，要不然我不讓奶奶給你吃飯！」

楊氏是個欺善怕惡之人，見蕭遠山被揹回來，身後還跟著不少村民，她心虛，就躲在灶房不出來。

這會兒，兩個孩子從外頭進門就朝蕭遠山大聲說話，話語中還這麼不客氣，簡直……

「老蕭，你這孫子怎教的？說的是人話嗎？」

「就是，你家老大是為誰傷的？」

「孩子小，不會說話……」蕭天富忙將兩個兒子往屋裡推。

兩個小子還不服氣。

「爹，你幹麼？大伯還沒把吃的交出來呢！」

「娘說了，大伯是偷偷出去吃肉了……」

蕭萬金。「……」太尷尬了。

村民們鄙夷、不屑、嘲諷的目光，讓他渾身又刺又撓，感覺老臉都丟盡了，還好這時，郎中來了，倒是幫他解圍。

徐德文瞧見蕭遠山的樣子，臉色凝重極了，竹片還插在他的腿裡，血順著竹片和褲腿往下滴，地上已經有一小灘血。

「怎傷成這樣了？」他仔細檢查一番。「筋斷了，往後你這條腿就廢了。」

「啥……」蕭萬金一聽就傻眼了。「德文兄弟，你說啥？我們家老大這腿……」

徐郎中冷冷地瞪了他一眼。「我說筋斷了，這條腿廢了！不過你們若是願意把他送府城的大醫館去治，花個一、二百兩銀子，倒是有幾分可能痊癒。」

「一、二百兩銀子……瘋了嘛！」一聽說銀子，楊氏忍不住衝了出來。

蕭萬金瞪了她一眼，她頓時就消停了。

「好歹能有三、四成的機會，把他的腿給治好。腿廢了，可幹不了活、打不了獵，老蕭，你好好考慮考慮吧，我先幫你家老大把傷處理一下。」

徐郎中說完，當眾拔出竹片，血噴得到處都是，濺了他一臉，把眾人嚇得不輕。

這傷看起來太嚇人了！

徐郎中打開醫藥箱，拿出傷藥和布，幫蕭遠山把傷口包紮起來，然後站起身來對蕭萬金道：「你家老大失血過多，得好好補一補，我就不收出診費了，但藥錢是二十兩。」

「你怎不去搶！」楊氏一聽就怒了。

二十兩，花在誰身上都行，就是不能花在老大身上。

蕭萬金開口。「老徐啊，咱們家不富裕，拿不出這二十兩，這藥是不是斟酌斟酌，用點便宜的啊……」

村民們一聽這話，就紛紛出聲嗆他。

「老蕭，你們家老大可是為了救孩子，被你們逼上山，結果孩子沒上山，這會兒你們家老大受傷了，你們不送醫館救治，連藥錢都想省……你們能心安理得？」

「就是！明明讓你們早上去山上找人，你們就是不願意，若是上山一趟，說不定你家老大不會有事。」

「做人要有良心，人在做，天在看。」

「老蕭，我還得提醒你，你們家老大可不是吃一帖藥就能好。」徐郎中補了一句。

蕭萬金沈默了，他現在簡直下不了臺。

「實在是這個家的銀子，不是老大一個人的，我不能為了老大，不管家裡其他人吧？不能為了給老大治傷，就讓家裡人餓死吧？徐郎中，你行行好，我們實在用不起貴的藥材，咱們能不能……」

「對！大哥受傷是為了二哥，憑什麼我們要跟著受連累。」蕭天貴站出來道。

季巧珊一直跟蕭天佑在角落裡嘀嘀咕咕，這會兒聽徐郎中的意思，蕭遠山今後不但是個殘廢，還是個藥罐子，心裡就有了想法。

「爹，分家吧。」蕭天佑這個時候站了出來。「分家，給大哥分點銀子，讓他能夠去找大夫醫治傷勢，這樣對咱們也公平。至於二哥，到底大哥是為了阿文、阿武而受傷，就讓二哥把私房銀子拿出來，給大哥一些補償。」

一個累贅，可不能留在他們家！

「對，分家！」另外兩兄弟也反應過來，紛紛要求分家。

「我願意拿私房銀子補償大哥。」

私房銀子……此時，他說有多少就有多少，等村裡人走了，他一個銅板都不給，大哥又能怎樣？

「你們這麼做不地道啊。」有村民開口。

「就是！這不是明擺著不管你們家老大了嗎？」

蕭家人連忙爭辯道：「啥叫不管啊，分家了不也是一家人嗎？」

「也沒讓大哥給爹娘養老銀子，這不是已經夠為大哥著想了嗎？」

「總不能爹娘一把年紀了，讓爹娘反過來供養他！」

見狀，蕭遠山開口道：「你們別說了，我同意分家，別的我不要，爹您給點銀子讓我抓藥，另外多給我兩床被褥就成，我師父那屋啥也沒有，沒被褥這夜裡太涼，我怕凍死……」

「你這孩子，可要想清楚啊！」方嬸看不下去，出聲提醒蕭遠山。

「嬸兒，分吧，若是不分……我跟遠山哥……」劉芷嵐紅著眼站在蕭遠山身邊，話不說完，只留一半，讓眾人去想。

果然，徐鐵柱幾人跟蕭遠山交情好的就嚷嚷起來。

「分了好！若是不分，山哥還不知道能活幾天，搞不好就會餓死。」

「既然老大有分家的意思，我這個做爹的也不能攔著，翅膀硬了，該飛了。」事情到了這個地步，蕭萬金也不堅持了。

現在名聲不好……總比蕭遠山死在家裡好。再說，家裡就這情況，確實沒能力養閒人。

分出去，老大是死是活，都跟蕭家沒關係。

「老四，去寫個分家文書。」蕭萬金吩咐蕭天佑。

蕭天佑忙回屋寫文書。

「村長，還請您給做個見證。」蕭萬金又向村長拱手。

後到的徐豐收知道了前因後果，便點點頭，心想：蕭家這麼鬧也好，若是蕭遠山夫婦過得不好，劉氏最終沒保住命，這就是蕭家作的孽，跟他們徐家沒關係。

蕭天佑的分家文書寫得極其簡單，並沒有寫清楚要分給蕭遠山多少銀兩、什麼物件，只寫了「至此分家，不論生老病死，雙方都互沒瓜葛」，講明爹娘以後不管怎樣，蕭遠山都不必管。

這是生怕蕭遠山往後找上門來纏他們啊。

蕭天佑當著眾人的面，朗讀分家文書，村民們聽了，越發可憐蕭遠山。

他為老蕭家賣了這麼多年的命，一旦沒有用處，老蕭家立刻就像扔垃圾般將人掃地出門，這哪裡是分家啊……

「大哥，你看，奉養爹娘本來是我們四兄弟的事，可是弟弟我知道大哥有難處，以後爹娘就不用你操心了。」

言下之意，爹娘不用你管，你也別給臉不要臉，活不下去了就回來歪纏，到時候他們是不可能出手幫忙的。

蕭遠山點點頭。「放心吧，出了這個門，我就是要飯也不會要到老蕭家門口的。這麼多年，家裡的田地，基本上是我種的，這些我就不說了，打獵的收入供養你唸書，供養一家人嚼用，我算了算，這麼多年打獵掙的銀子，少說有幾百兩。你唸書的花用就不止三百兩……

「這些銀子我都是交給爹娘，也算是提前把供養爹娘的銀錢給了，至於爹娘怎麼安排，我這個當兒子的管不了……今後也該你們三個照料爹娘了。希望你們能有我當初那麼孝敬爹娘。」

一家人在分家文書上畫了押，村長這個見證人也簽字畫押，又找了三名村老一同見證畫押，完事之後，蕭遠山就說了這番話。

這個家，他走，要走得明白。

他今後傷勢會恢復，還會上山打獵，到了那個時候，老蕭家的人說不定會找上門來。雖然有分家文書了，但還不夠，皇帝以孝治天下，到時候，蕭萬金一出面訴苦，村民們該又站到老蕭家這頭了。

所以，他要把話說清楚，再者……

蕭遠山的眼神在幾個兄弟臉上掃過，見他們看蕭天佑的時候果然浮現出不滿的神色。

這就對了。

即便是走，他也得在兄弟們心裡埋一根刺。

蕭天佑上輩子一直沒考上秀才，因為有他掙錢，家裡人都能吃飽飯，所以沒人說什麼，當然，也是因為另外兩兄弟不知道蕭天佑具體花了多少銀子。

現在他把銀子數目說出來，這三兄弟還能繼續兄友弟恭？

他等著瞧！

「天哪……幾百兩銀子！」

「都讓蕭家老四給揮霍了？」

「老大，都分家了，你還胡說啥？」蕭萬金見狀，忙呵斥蕭遠山。

蕭遠山倒是沒吭聲，但村民們的議論就響了起來。

「哎……蕭家老大可是在山裡獵了幾回大傢伙，這銀子他只有少算了，絕對沒有多算。」

「就是，那野雞、野兔也沒少獵，拿到縣裡就能立刻換銀子。」

「可惜啊，傷了腿，以後這兩口子怎麼活……」

蕭遠山順勢開口道：「爹啊……您還是把銀子分給我，被褥給我，趁著鐵柱他們在，我也好拜託他們幫我把東西搬過去。」

這銀子得當眾要，否則村民們一散，他休想從蕭家拿到一分一毫。

「我也不多要，爹給我二十兩，我把這一服藥吃了，說不定還能撿回一條命。」

「二十兩，家裡哪來那麼多銀子！」楊氏尖聲道。

蕭萬金到底是要點臉面，畢竟家裡還有讀書人，他瞪了一眼楊氏，轉頭對蕭遠山道：

「你等著，我去拿給你，這是最後的家底，全給了你，家裡就一個銅板都沒有了。」

這二十兩銀子，蕭遠山直接當著圍觀群眾的面，拿給徐郎中。

一紙分家文書，幾卷鋪蓋加上他之前編的竹製箱子、椅子等東西，蕭遠山算是被老蕭家掃地出門了。

第四章

徐鐵柱、徐二娃、方家老二、方嬏等人，由於跟蕭遠山交情較好，於是好心送他們夫婦一程。

那房子蓋在半山腰，距離上山的主要道路還有很遠一段距離。幾個人走了一會兒工夫，方嬏就喘得不行。

上山前，蕭遠山就一直勸方嬏別上去，方嬏不聽，她說空了這麼多年的房子，他們得幫著收拾，否則怎麼住人。

等到達了目的地，眾人愣了愣神。

眼前是一座土磚房，並沒有坍塌，瞧著維護得很好。院子裡有落葉，但也沒到荒蕪破敗的地步，灰塵也不是想像中那麼多。

柳獵戶不怎麼跟村裡人打交道，除了蕭遠山，根本沒人往他這兒走。

進了院子，他們瞧見院裡擺著一個大水缸，用竹管從山上引山泉下來直接流進水缸裡，多餘的水透過水缸下的地槽流淌出院子。

方嬏稱讚道：「沒想到你師父還是個心思如此巧的人。」

蕭遠山笑了笑。

方嬸在角落找到一個木盆，就打水開始擦拭灰塵。徐鐵柱等人把東西放下，將蕭遠山放到從老蕭家帶來的躺椅上，便找掃把開始清掃院子。劉芷嵐則去每間屋子瞧了瞧，然後去清理房間。

蕭遠山看了看她，很想叫她別打理，晚點由他來做，可現在有外人……

「春芽啊……」方嬸進屋跟她一起收拾，就開口勸她。「遠山是個好人、老實孩子，妳要好好待他，跟他好好過日子。他這腿雖然沒得治了，但我知道這孩子就算腿瘸了，他能編一手好竹器，也能賣錢養家。秀才公雖好，可妳已經是遠山的媳婦了……」

「大娘，我以前是豬油蒙了心。我爹跟我說，他是我的未來夫婿，我從小就認定他，把我爹給我的銀子全都花用在他身上，誰料，他就看上了我妹妹……我都是死過一回的人了，現在也明白，以往他跟我來往，就是為了我手頭上的銀錢。現在他考上秀才，而我的銀錢也花用光了，他自然不會要我這麼個醜八怪。

「我想明白了，不會再幹蠢事了。大娘，您放心吧，我會跟遠山哥好好過日子，等我傷好了，我也能掙銀子，以前我爹還沒死的時候，曾教過我木雕的手藝，雖然不精通，但也能雕一、兩根木頭簪子來賣。您不知道，我往常銀子不夠了，就偷偷雕過木雕。」除了藥膳，她的拿手絕活就是木雕。

「那就好、那就好……」方嬸真心實意地笑了起來。「離了那家人，你們的日子會越來越好的。」

劉芷嵐笑著點頭。「承您吉言……」

把屋裡的床擦乾淨之後，劉芷嵐就把被褥鋪上。

徐鐵柱等人將蕭遠山挪置到床上躺好，轉頭就告辭了。

劉芷嵐去送客。「真的不好意思，家裡什麼都沒有……等遠山哥好些了，再請你們來喝酒。這回太麻煩你們了。」

「照顧好山哥。」徐鐵柱警告地看了劉芷嵐一眼。

劉芷嵐也不生氣，就原主那樣……這小夥子沒揍她為朋友出氣，算他涵養好。

「嗯，我會的。」

幾個人送他們上山時，方嬸順道回家拿了抹布和一些米麵，雖說是雜糧，但這份情誼實在厚實。而且方嬸還把蕭遠山擱她那兒的野雞也一起帶過來。

「方嬸，米麵過些日子還妳。」

「說啥呢，給你們的，你們別嫌棄少就成了。」方嬸嘆道，家家日子都不好過，她也只能幫到這裡了。「你們在山上，山裡也有不少吃食，只要肯找，混著這些粗糧也夠你們吃一個月了。」

「嗯，方嬸放心，我不會讓遠山哥餓著。」劉芷嵐笑著把幾人送出門。

半路上，徐鐵柱嘟囔道：「這劉春芽怎跟換了個人似的，她往常根本就看不上山哥啊！」

方嬸道：「她都是死過一回的人了，還是被徐秀才傷的，從鬼門關走了一遭，換成是你，你也會變。」

徐鐵柱嘿嘿笑道：「她變了還挺好……至少山哥有人照顧了。」

屋裡，劉芷嵐詢問蕭遠山。「晚上就熬粥成嗎？」

因為她不會殺雞，所以只能煮些米麵。

「我來吧。」蕭遠山說著就翻身起床。

劉芷嵐把他按回床上。「你好好躺著，熬粥又不累。」

灶房有些木柴，是方家老二方栓子去後頭林子現撿的，他還把乾燥的落葉收拾到灶房。

劉芷嵐向蕭遠山要了火摺子。因為腦子裡有原主的記憶，所以她也會生火。

灶房裡的鐵鍋是壞的，中間有個大洞，劉芷嵐找到一個缺角的瓦罐，把它洗乾淨，將糙米放進去淘洗後，再放進鐵鍋裡，那個洞剛好卡住瓦罐。

因著蕭遠山有傷，劉芷嵐往粥裡放了不少靈液，希望他能快點恢復。

至於自己，她後腦勺挺癢的，想來是傷口結痂了。

灶房裡有個碗櫃，劉芷嵐將兩個碗洗乾淨，等粥熬好了之後，就分別倒進碗裡，她先將其中一碗粥端進去給蕭遠山，自己則在灶房吃。

暖暖的粥水下肚，渾身都暖洋洋，舒坦極了。

吃完粥，劉芷嵐也沒閒著，她把瓦罐清洗了，舀水燒滾，兌了一盆水端進屋子。

沒帕子用，她就把自己的內衫撕下一塊，搓洗打濕了幫蕭遠山擦臉。

蕭遠山明明傷的是腳，手是能動的，但是醜媳婦伺候他，他沒有拒絕，只是耳朵微不可察地紅了。

這布……

他聽到灶房傳來的布帛撕裂聲，自然知道這布的來歷。雖說浸了水，但彷彿還是有她身上的味道。

蕭遠山的心忽然跳動得有些快，呼吸也略微急促了些，就像是他發現大型獵物時的感覺。

劉芷嵐沒發現他的異樣，而是十分認真地擦了他的手和臉。

輪到她自己洗臉的時候，劉芷嵐就往洗臉水裡滴了幾滴靈液。

她也是愛美的，頂著這一臉的紅疙瘩，真的是……十分難受，得早點好起來才行。

兩人洗過臉，天差不多就黑了。

屋裡沒有油燈，她只能摸黑爬上床，一回生，二回熟，同床共枕完全不是問題。

劉芷嵐過沒多久就睡著了，睡著之後，她不自覺就往漢子身邊靠，實在是因為漢子的體溫跟火爐似的，在這麼冷的夜裡，往熱源靠近真是人的本能。

她倒是睡得香甜，漢子卻怎麼樣都睡不著了。

明明之前在山洞還睡得挺香的。

漢子閉著眼睛，腦子裡全是那塊從自家媳婦內衫扯下來的布……

天快亮的時候，漢子才迷迷糊糊地睡過去。

早晨，劉芷嵐醒來，發現自己趴在漢子身上，手腳都纏著他，她的臉瞬間爆紅。

瞧了瞧，漢子還沒醒，她心裡就鬆了口氣，小心地挪開手腳，下床後才發現，自己的膝蓋濕了，還有一股腥膻氣……

她轉頭看了看閉著眼睛睡覺的蕭遠山，羞恥地想著：漢子夢遺，是不是跟自己有關係？自己的腿怎就好死不死地搭在那兒了？

到了這個時候，她才後知後覺地回憶起來，剛才覺得有啥頂著腿。

要死了！

沒臉了！

劉芷嵐迅速穿好衣裳出門，跑到院子裡就大口大口呼吸。

真要了她的老命。

她絕對不能接受自己用這張醜臉去占蕭遠山的便宜，如果兩人間要發生些什麼，她希望不留瑕疵，希望自己美美地跟他滾在一起……

……羞死人了！

蕭遠山是在劉芷嵐離開之後才起床。其實他早就醒了，卻刻意裝睡，有點作賊心虛。

看見蕭遠山跛著腳從屋裡出來，劉芷嵐尷尬地移開眼，可又覺得自己這般太刻意，於是便問：「徐郎中那裡的藥，是咱們去拿還是他要送來？」

蕭遠山不敢看她。「沒必要吃藥，那二十兩銀子是請他幫忙的謝禮，我腿上這點兒傷算不得什麼。」

「二十兩都給他？」劉芷嵐忍不住驚呼，二十兩銀子可夠一個中等農戶一年的花銷了。

蕭遠山笑道：「只要能脫離老蕭家，就是一百兩也值當，妳放心，等我傷好了，我就進山打獵，把銀子掙回來。」

「不著急。」劉芷嵐忙道。

「一會兒我去山洞裡把蘑菇都採回來。」蕭遠山找話說，有了早上那一齣，兩人之間的氣氛太尷尬了。

「不行，你的腿還傷著呢。」劉芷嵐搖頭。

「真不疼了，要不然我杵著根棍子去？」蕭遠山試圖說服劉芷嵐。

劉芷嵐想了想就道：「先吃粥吧，吃完後你把雞殺了，中午咱們燉雞湯喝，喝完了我看看你的傷，若是真如你所說好了不少，咱們就去山洞。」

「好。」見劉芷嵐堅持，蕭遠山也就沒再強求，清洗了髒褲子後就乖乖地去殺雞。

劉芷嵐拿了一個裝淡鹽水的瓦罐出來，讓他將雞血裝進瓦罐裡，還囑咐他野雞的內臟都別扔，可以炒雞雜吃，也順道告知他該怎麼處理雞腸、雞胗。

等她將粥熬好了，蕭遠山這邊的雞也處理好了。

喝了加入靈液的粥，蕭遠山癱在椅子上，舒坦地摸了摸肚子。「媳婦，妳熬的粥真好喝！」

聽他改了稱呼，劉芷嵐的臉就紅了起來，有些小羞澀地道：「喜歡的話，晌午再幫你熬。」

蕭遠山看劉芷嵐忙前忙後地收拾，心裡一下子就被某種莫名的情緒填滿了。

這才是家。

有人關心你，有人變著花樣幫你做吃食。雖然她長得不好看，但好看不能當飯吃，這樣的劉氏，非常合他的心意。

「讓我看看你的傷。」劉芷嵐收拾好灶房，擦了擦手就走到院子裡，蹲在蕭遠山的面前，解開他小腿上的紗布。

蕭遠山眼也不眨地看著她的臉。其實她的五官長得挺好，杏眼，鼻梁也挺，嘴唇不薄不厚恰到好處，臉型也好，跟鵝蛋兒似的，就是一臉的紅疹……不對，她臉上的紅疹好像消了些。

劉芷嵐一心在他的傷口上，她將紗布拆開，黑色的藥粉露出來，味道十分刺鼻，她忍不住打了個噴嚏，手一下子就按在他的傷口上。

蕭遠山悶哼一聲，劉芷嵐慌忙道歉。「對不起、對不起，我弄疼你了。」

思。

「不疼。」蕭遠山看著她說。

她怎麼會弄疼他，要弄也是他……不由自主想歪了的蕭遠山，連忙打住自個兒邪惡的心思。

劉芷嵐見他傷口果然癒合得很好，也就放心了。她很清楚靈液的功效。

「我看你這傷口癒合得不錯，不然就別包起來，讓它透氣，聽說傷口總是捂著也不行。」她抬頭看向蕭遠山，並詢問他。

蕭遠山被她拉回思緒，看了看自己的腿，心中訝然。

徐郎中的傷藥什麼時候效果這麼好了？還是他的恢復能力變強了？

蕭遠山並沒有糾結多久，傷口癒合得快也是好事。

「那就不纏綳帶了。」他站了起來。「走吧，咱們去山洞。」

因山洞十分隱蔽，所以師父死後留下的值錢東西，他都搬山洞裡去了。

傷口癒合得再快，但還沒有完全好，蕭遠山走路還是比較小心，右腿不敢十分用力，走起來一跛一跛的。

他現在是有家室的人，自己的身體得注意，否則往後怎麼掙錢養媳婦？

劉芷嵐一路緊跟著他，攙扶著他的手臂，試圖讓他能行走得輕鬆一點。

但是到了洞口前那段路，蕭遠山就強硬起來，跟昨天一樣，來回都將她護在懷裡。

他們只是從山洞裡把眼前要用的東西拿走，其餘都留著，打算往後有時間再回來拿。即便是這樣，東西也多得不行。

劉芷嵐暗自吐槽，明明昨天在山洞的時候，覺得東西少得可憐，這會兒要搬家了，才發現東西多到一趟根本就拿不完。

等回家清點東西，劉芷嵐發現，他們帶回來的箱子裡竟裝著三百多兩銀子！

「這銀子今後妳就收著，明天咱們去雙水鎮買東西。」

徐家村是隸屬雙楠鎮，而去雙水鎮不用從村裡經過，可以從山裡的小道斜穿過去，這樣就不用驚動村裡人。

不過壞處是路遠，又不是很好走。

「你就不怕我拿著銀子跑了？」劉芷嵐問他。

若依著原主的性子，搞不好真能做出這種事來，不過原主肯定不會跑，而是拿銀子去倒貼徐秀才。

蕭遠山被她一本正經的樣子逗樂了，問：「妳會嗎？」

劉芷嵐搖頭。「我會不會是一回事，你信任我又是另一回事，我們其實……你這麼隨隨便便就相信一個人不好。」

蕭遠山笑了。「妳是我的娘子，我自然是要相信妳，至於妳值不值得我相信，像妳說的，那是另外一碼事。如果妳真的拿銀子走了，我其實也無所謂，銀子是死的，人是活的，沒了這些銀子，我進山打獵還是能養活我自己。」

「所以你覺得用三百兩銀子看透一個人很值得？那代價也太高了。」劉芷嵐知道他的意思，心裡還是替他覺得虧。

但她又想一想，她不會離開啊，他怎麼會虧？轉念一想，漢子這一手其實挺高明的，像現在，她不就是被他感動了嗎？

「你還真狡猾。」她忍不住吐槽。

蕭遠山笑而不語，只抬手揉了揉她的頭。

劉芷嵐沒躲過，哼聲道：「髒啊……」

好多天沒洗頭了……

「你歇著吧，我去做飯了。」

見她逃跑般走出屋門，蕭遠山不再逗她了，留在房間中整理他們拿回來的東西。

由於沒有獵物，晚上劉芷嵐依舊熬粥。

他們從山洞裡拿了兩個大瓦罐回來，在熬粥的同時，劉芷嵐燒了一大瓦罐的水拿來洗頭。

她實在忍不住了，這頭上都有味道了。

想到蕭遠山摸了她的頭髮弄得一手油膩的情形，劉芷嵐就受不了。

洗完頭，她找了件衣裳隨意擦過頭髮後，就去灶房看著粥。

蕭遠山拿著一件自己的衣裳跟她去了灶房，站在她身後幫她繼續擦乾頭髮。「夜裡天涼，不把頭髮擦乾了小心受風寒。」

動作間，他的手一次次地滑過她的耳朵，那粗礪又溫熱的觸感，帶起一陣陣的電流，劉芷嵐整個人都僵了。

「在熬粥呢……一會兒頭髮掉粥裡怎麼吃啊。」她不好意思地扭著身子，試圖避開蕭遠山。

「別動，馬上就擦好了。放心，我很輕的，不會有頭髮下來。」

漢子的氣息就這麼包圍著她，呼吸間全是他的味道。

劉芷嵐的心越跳越快，原本僵著的身子軟了下來，心裡希望漢子趕緊擦完，因為再這麼下去，她覺得自己可能會忍不住把漢子摟到懷裡親了。

真是見鬼了！

「妳的傷好了……」蕭遠山幫她擦頭髮的時候，仔細檢查過她的傷口，已經結痂了。

「嗯，原本就不是很重的傷。」劉芷嵐道。「徐郎中的本事就那麼點程度。」

「妳說得對，好大夫都在縣裡或者府城坐堂。」對於劉芷嵐的說法，蕭遠山還是贊同的。

說完，他就停下手中的動作，劉芷嵐心頭一鬆，蕭遠山不再跟她的頭髮較勁，她才能專心用竹筷子去攪粥。

蕭遠山拿著衣衫回屋，他將衣衫搭在床頭晾著，忍不住俯身埋頭在衣衫裡深深地呼吸起來。

晚上吃飯，兩個人誰也沒說話。

飯後，劉芷嵐幫蕭遠山燒水洗腳，她在洗腳水裡加了靈液，並提醒蕭遠山把腿上的藥渣洗乾淨，別弄到床上不好收拾。

兩人洗漱妥當了，吹燈睡覺，各蓋一床被子。

望著媳婦背對著他的後腦勺，蕭遠山有些遺憾，但想到早上的尷尬，到底沒敢鑽入她的被窩。

她身子還弱，受不住……且等等。

第二天早上醒來，蕭遠山瞧了瞧自己的腿，傷口又好了不少，照這個速度下去，他覺得再兩天就能痊癒了。

劉芷嵐早上熬了粥，把方嬸給的雜糧麵團全做成麵餅。她從院子外摘了些野菊花，洗乾淨熬成水灌滿兩個葫蘆，不管是吃食還是水都加了幾滴靈液進去。

考量山路會走很久，喝些帶靈液的水能解疲乏。

出門的時候，劉芷嵐讓蕭遠山帶根木棍當枴杖，蕭遠山依著她。山上的小道並不好走，遇到不寬敞的地方，他便緊拉著劉芷嵐的手，讓她貼著自己的背脊走在身後。

「妳累不累？若是累，我揹著妳走。」半個時辰之後，蕭遠山問劉芷嵐。

劉芷嵐搖頭。「不累。」

她從背簍裡把葫蘆拿出來打開塞子喝了幾口水，身上的疲憊便消散很多。

「你也喝一點吧。」劉芷嵐提醒蕭遠山，他的背簍裡也裝著葫蘆。

「嗯。」蕭遠山應下，順手就從劉芷嵐的手裡拿過葫蘆，仰著脖子就狂灌。

他的喉結上下滑動著，因著喝得快，有水從嘴角滑落，順著他蜜色的脖子往下淌，滾過喉結，最終沒入微敞的衣領裡。

劉芷嵐別開眼，小臉有些發燒，低頭看著腳尖。

野菊花的清香充斥著蕭遠山的口腔，他想著這葫蘆是小媳婦之前用過的，她的嘴裡定然也都是這種味道。

喝完水，蕭遠山盯著劉芷嵐瞧了一會兒，他舔了舔唇，目光灼熱。半晌，才斂去放肆的目光，將手中的葫蘆遞給劉芷嵐。「走吧。」

也許是因為媳婦喝過這水，所以喝完水的蕭遠山覺得自己特別有力氣，一點都不累。

「遠山哥，山裡有果樹嗎？」又走了半個時辰，劉芷嵐問他。

「有。」

「那咱們開春了，移栽幾棵果木在房前屋後可好？」

「成。」

「我還想養幾隻雞，不知道鎮上哪兒有賣？」

「看看就知道了。」

「我還想養羊。」

「嗯。」

兩人就這麼有一搭沒一搭地說著話，一個時辰之後，終於到達雙水鎮。

「咱們找個地方吃飯、歇歇腳吧！」蕭遠山道。

這回劉芷嵐沒有拒絕，兩人找了個攤位坐下，叫了兩碗餛飩。

劉芷嵐分了一半給蕭遠山。「我還不太餓。」

見蕭遠山不相信，劉芷嵐就說：「還沒到晌午呢，這會兒就吃一些，晌午還得正經吃飯。」

蕭遠山想一想也是。「那咱們晌午在酒樓吃。」

去酒樓吃飯這件事，他上輩子就想做了。

上輩子他倔強又愚孝，雖然師父留了銀子給他，但講明蕭家人不能用，他又覺得自己花銀子不帶著父母就是不孝，又不能違背師父的遺命，所以到死都沒花用過一分。

真傻！

兩人吃完餛飩又坐著歇了一會兒，劉芷嵐打量著來來往往的人，眼下應該是大集市的日子，街上人很多，熙熙攘攘，非常熱鬧。

結了餛飩錢，擺攤的老太太很高興地跟兩人道謝，把幾枚銅板收進圍裙兜裡，發出清脆的哐噹聲。

「咱們先去買啥？」蕭遠山問劉芷嵐。

「去買衣裳和布疋。」她實在不能忍受身上的破衣裳，穿著還不保暖。

蕭遠山沒進過布莊，只打布莊門口路過。上輩子別說是布莊的成衣了，就連自家人做的新衣裳，他都沒穿過。

在楊氏沒生老二之前，他還穿過兩年好衣裳，但自打楊氏生了老二，他就再也沒穿過新衣裳，上身都是舊的。再後來，遇到他師父之後，他穿的衣裳都是他師父用自己的舊衣裳改的。

劉芷嵐在布莊一通採買，基本上她多看兩眼的，蕭遠山都會讓小二包起來，然後他自己覺得適合她的，也會讓小二包起來。

頗有點霸道總裁的味道。

小二樂得見牙不見眼，臨了還送他們幾個荷包、幾張帕子，以及一些碎布料和針頭線。

成交後，劉芷嵐和蕭遠山在小店後院的客房把衣裳換了。

終於不用穿那身補丁衣服，新衣裳穿上身可暖和多了。

換完衣裳的兩人相互打量了一番。

「遠山哥，你穿這套衣衫真好看。」頂級模特兒級別的身材和顏值，能把廉價的衣服穿出高尚的感覺。

「妳也好看。」蕭遠山笑了。

媳婦雖然臉上疙瘩多，但細看五官非常好，身材雖然瘦小，該鼓的地方鼓，該細的地方細。只可惜買的這套衣衫沒腰身，顯不出她如柳枝般的細腰。

他上手抱過，自然是清楚的。

劉芷嵐將舊衣服疊好做成一個包袱放進背簍裡，其他的東西則由蕭遠山揹著。

兩人走出布莊，小二滿臉堆笑地送他們。「兩位慢走，下次再來啊！」

出了店鋪，蕭遠山就道：「咱們現在去醫館吧，否則一會兒東西買多了不太方便。」

「聽你的。」

蕭遠山也不知道哪家醫館好，他想了想，還是去鎮上最大的醫館杏林堂。

大醫館的大夫，醫術水準應該要好些，他是這麼想的。

替劉芷嵐把脈的是個老大夫，把脈的時間很長，他的眉頭也一直皺著，就沒舒展過。

蕭遠山一下子就急了。「大夫……我娘子她……」

「她這是中毒了，積年的毒，不是一、兩天的事。」半晌，大夫才開口道。

劉芷嵐聞言，心裡就清明了，原來臉上的痘痘、疙瘩是因為中毒。

她其實沒有心理負擔，畢竟自己有靈液，早晚都會把身體調理好。

可蕭遠山不一樣，他聽到中毒，而且還是積年的毒，整個人都不好了。

「大夫……那這毒……」

「這毒不烈，否則你媳婦也活不到現在，而且最近有好轉的跡象，應該是一段時間沒有繼續服毒了。只是……在子嗣上暫時有些艱難，不過好好養著以後也不是不能有。我先給你們開兩服藥回去吃，只要她臉上的痘症好了，體內的毒也就除得差不多了。往後還是要靠將養為主。是藥三分毒，總吃藥也不成。」

行，光是大夫這番話，劉芷嵐就認為他是個好大夫，不像村裡那個徐郎中，沒有啥本事，眼睛還鑽錢眼了。

「多謝大夫，您儘管開藥，開好藥。」蕭遠山忙道。

老大夫哼了一聲。「藥就是藥，什麼好藥次藥，只要能對症、能治病的都是好藥！」

蕭遠山被老大夫訓得沒脾氣。

老大夫開了藥方，叮囑他。「你媳婦受不得寒涼，不能讓她沾染涼水，要注意保暖。」

「謝謝大夫，我記住了。」

老大夫將方子交給一旁的藥童，劉芷嵐就忙跟他道：「您老再幫他看看腿。」

老大夫聞言就對蕭遠山道：「把褲腳撩起來。」

蕭遠山把褲子拉起來，露出腿上的傷。

老大夫仔細瞧了瞧，就擺擺手道：「這傷不礙事，再過幾天就能全好了，不用上藥。」

「多謝大夫了。」劉芷嵐誠懇地道謝。

且不說醫術，光這醫德，老大夫沒有抓著病人開藥，甚至開很貴的藥，就值得尊重。

從醫館出來後，蕭遠山的臉色就不太好看。

劉芷嵐知道蕭遠山是在擔心她，便道：「遠山哥，大夫說了會養好的，跟了你……我相信，我會越來越好，我們的日子也會越來越好的。」

「嗯。」蕭遠山頷首，抓了劉芷嵐的手使勁地捏了捏，然後放開。

他心裡想著，要搞清楚是誰給她下毒，是徐秀才？還是劉家人？這事不能就這麼算了。積年的毒……他光是想一想，就覺得心口疼。

心裡想著事情，蕭遠山就把劉芷嵐帶到禾順樓，這是雙水鎮上最大的酒樓，他送過幾次獵物。

因著蕭遠山換了體面的衣裳，且他來的次數也不多，小二沒能將人給認出來，他熱情地將兩人迎進去。「兩位要吃點什麼，我給您報菜名……」

「不用，我看水牌點。」說完，劉芷嵐就看向牆上寫滿字的木牌。

劉芷嵐唸菜名給蕭遠山聽。「遠山哥，你想吃啥？」

「妳點。」蕭遠山想了想又道：「我啥都吃！」

劉芷嵐也就不推脫了，便指著水牌點道：「大刀回鍋肉一份、燒雞一隻、炒青菜一份、丸子湯一份。你們這兒主食供應的是米飯還是饅頭、大餅？」

在原主的記憶裡，這邊的人大多吃雜糧餅或是雜糧饅頭。

「您可問對人了，雙水鎮上也就咱們一家敢供應米飯，只是這價錢麼……有點貴，一碗米飯能抵五個大餅了。」

「那就一碗米飯、五個大餅。」蕭遠山道。

媳婦問起米飯，想來是想吃米飯，他怕媳婦捨不得花錢而委屈自己，就搶著開口。

蕭遠山並不會甜言蜜語，但是他的一舉一動處處顯現體貼。

劉芷嵐的神經不粗，能感覺到，他是真心實意對自己好。

「得，您二位稍等，菜馬上就上。」

在酒樓吃飯的人並不多，上菜的速度也夠快。

劉芷嵐嚐了嚐，只能說味道尚可，能入口。

米飯也是，大約是陳米，又煮得黏黏糊糊的……

「禾順樓的菜跟妳做的比起來差遠了。」兩人把飯菜都吃完了，當然主力是蕭遠山。

「以後我天天給你做好吃的。」劉芷嵐笑著說，她也認同蕭遠山這話。

「走，咱們該去買糧食和油鹽了。」想著以後可以放開手腳做菜，劉芷嵐的心情就很好。

兩人往糧油鋪子走去，一路上蕭遠山牽著劉芷嵐的手，把她護在內側，不讓行人衝撞了她。

「遠山哥……他推的是什麼啊？」劉芷嵐指著一個中年男子問。

蕭遠山順著她的手看過去，就見一個推著獨輪車的人。

「獨輪車，也叫雞公車，好多農戶家裡都有，要賣糧食和菜等東西就用獨輪車推來鎮上。」

「哪裡有賣？咱們也去買一個。」劉芷嵐道。「我幫你推，這樣應該比揹著更省力氣吧？」

「好，那咱們也買一個。」

劉芷嵐穿越前不缺錢，花銷很凶，對她來說，錢花完了再賺就好！

但蕭遠山不一樣，兩輩子他是第一次自己花錢，而且一出手就花錢如流水。他自己都覺得奇怪，竟一點都不心疼。

蕭遠山想，大約是媳婦說要買的緣故吧。

若是他獨自一人，他是絕對不會買獨輪車，在蕭家，他就是牲口，再重的東西都是他扛上扛下，扛進扛出。

媳婦說要幫他推車，她是怕他累著……

被人關心、在意的感覺真的很不錯，蕭遠山的唇角忍不住揚起，心裡跟喝蜜般甜。

木匠鋪子就有賣獨輪車，但蕭遠山不記得鋪子具體位置，便跟人打聽一下，就帶著劉芷嵐直奔那兒。

兩人只買了獨輪車，別的家具都沒買，考量到蕭遠山會用竹編之外，買太大的桌子也搬不回去。

買好獨輪車，他們就去隔壁的雜貨鋪買了鍋碗瓢盆、油鹽醬醋茶等物。

「你們沒有八角、山奈、桂皮、香葉嗎？」劉芷嵐問小二。

小二搖頭。「聽著這些像是藥材，我們雜貨店怎麼會有？」

聞言，劉芷嵐就沒再多說，兩人從雜貨店出來，將裝貨物的背簍放獨輪車上。

蕭遠山推著獨輪車走，劉芷嵐跟在身側。

在糧店把糧食買完之後，劉芷嵐就跟蕭遠山說去藥鋪，她得買香料。

幸好，她想要的香料，藥鋪裡都有。

不過大採購還沒完，他們得去買些肉。

這個時候已經下午了，肉攤沒剩下什麼好肉，僅有些骨頭、下水、肝等不值錢的下腳料。

「這些東西不好，妳想吃肉，我進山去打獵。」蕭遠山跟劉芷嵐說。

肉攤的老闆急了，道：「兩位，我即將收攤，給兩位算便宜些，下水跟豬肝就收你們二十文，這剩下的幾塊骨頭也送你們。」

「這豬血呢？」

一旁的桶裡還有兩塊豬血，這豬血不是拿來賣的，跟把肉剔得乾乾淨淨的骨頭一樣，是老闆當添頭送客人的。

「收攤了，妳如果不嫌棄，二十文，這些剩下的東西都歸妳！」

「成！」光是下水目測就有四、五斤重。

付了銅錢，兩人又跟攤主打聽哪兒在賣蔬菜種子。

在鎮上逛一圈下來，總算把東西採購齊全了，獨輪車也堆得滿滿當當，還多買了一條頗有精神的跑山狗。

劉芷嵐牽著拴狗的麻繩，土黃色的小狗就跟著她的腳邊左右跑竄，好幾次都差點害劉芷嵐摔倒了。

蕭遠山見了，乾脆將牠放進背簍裡，然後用舊衣裳把背簍的口子給封了。

劉芷嵐原以為小狗被關禁閉會鬧騰，哪知道牠撓了幾爪子沒能從背簍出來，就乾脆趴下睡覺了。

這心真大！

「遠山哥我幫你推。」出了鎮子，劉芷嵐就要幫蕭遠山推車。

「不用，妳攢著力氣，一會兒上山的時候，瞧見我費力氣，妳再搭把手，別早早把力氣耗費光了。」

劉芷嵐想一想也是，就沒堅持，安安靜靜地跟在蕭遠山身側。

快上山的時候，劉芷嵐就問蕭遠山。「我看，房契上畫的地盤好像是五畝地，但是那院子最多半畝地……」

「嗯，周遭的地都是師父買下來的，他說等以後我成親有了孩子，房子會不夠住，得早早把地備下來……」

「師父想得真周到。」劉芷嵐感嘆。

「嗯。」蕭遠山聞言，心裡暗樂著。

媳婦這是想給他生孩子，換成上輩子，他簡直想都不敢想。不過大夫說了，媳婦身體不好，要好生將養著，否則子嗣艱難。

漢子想，明天他就進山去打獵、設陷阱，抓些野雞、野兔，天天熬雞湯給媳婦喝，肯定能把媳婦的身子養好！

第五章

兩人回到家，天已經黑了。

劉芷嵐累得不行，雖然喝了有靈液的水，但這副身體到底不是平時經常鍛鍊。走了一整天的路，而且多半時間還是在走山路，她渾身痠痛，腳底板更是火辣辣地疼。不過她還是強忍著疼痛，進灶房簡單地煮飯菜、蒸米飯，做了一道麻辣血旺。

她指揮蕭遠山將其他下水料用草木灰洗淨，然後下鍋焯水，這樣就不容易壞，她打算留著第二天做滷肥腸。

麻辣血旺的香味很濃郁，可惜沒有酸菜，若是有酸菜，酸辣血旺會更有味道。

一大碗紅彤彤、油亮亮的血旺，上頭撒著野蔥花和野香菜，看起來就十分誘人，聞起來更是令人垂涎三尺。

一大碗白米飯，配上一口麻辣鮮香的血旺，那滋味……蕭遠山享受得瞇起了眼睛。

他從來不知道豬血竟然這麼好吃！

「過幾天還得再去一趟鎮上，咱們家缺的東西太多了。」

一大鍋飯食，劉芷嵐吃了兩碗，剩下的全被蕭遠山一個人吃光了。

他沒浪費麻辣血旺的湯汁，全拌了飯，最後裝血旺的大碗公跟洗過似的相當乾淨。

「好！」蕭遠山答應下來。

他其實不覺得家裡還缺東西，但媳婦說缺，那就是缺，就該買！

「我打算把師父買下的地都用籬笆圍起來。」

吃完飯，蕭遠山沒讓劉芷嵐做家務，他主動收拾碗筷洗碗。

「嗯，挺好。」劉芷嵐說。「圍起來也免得咱們家養的東西亂跑！」

她想養雞、養羊，羊能拴著，可是雞呢？總不能關在籠子裡養啊！再說，跑山雞的肉會好吃很多。

「明天我先砍柴，砍完柴就挖地基……後頭這一片林子，還有左邊一小塊竹林，右邊的荒地，一直到溝渠旁都是咱們的地。我尋摸著，還得在屋外搭個棚子放柴火和雜物……」

「對，得有個棚子，咱們家沒有堆柴火的地方……遠山哥，我有個想法。」劉芷嵐把腳擱在凳子的橫桿上，雙手抱著膝蓋，腦袋擱在膝蓋上，歪著頭看他。

蕭遠山這邊也收拾得差不多，又燒上一鍋水，他笑著走過來，拉了凳子在劉芷嵐對面坐下，垂頭看她。「啥想法？說來聽聽。」

「我想把堂屋弄成暖房，在裡面鋪上一層土，種些蔬菜，冬天咱們就能吃上新鮮蔬菜了。對了，遠山哥，我想燒炭，你會嗎？」

弄暖房那得有炭火才行。

蕭遠山點頭。「會！」

師父教過他燒炭，老蕭家冬天用的炭火全是他燒製的。

「遠山哥，你太厲害了！」劉芷嵐知道木炭燒製的基本原理，但這是個技術活，紙上談兵可不成！

她原本想著他們慢慢試，總能試出方法來，沒想到蕭遠山竟然會！

蕭遠山被她誇讚而感到不好意思，撓了撓腦袋就道：「村裡不少老人都會燒木炭，這真沒啥了不起。到了冬天，炭燒得好的人家，還會挑些好炭去街上賣。」

「那蕭家賣嗎？」劉芷嵐問。

她搜索一番原主的記憶，對村裡的情況大多都很模糊，只記得劉家每年冬天是跟村人買木炭來燒。

在原主的記憶中，最清晰的事都是關於徐秀才。

這傻姑娘……

劉芷嵐真為原主感到不值得。

蕭遠山嘲諷地笑道：「自然是不賣的，賣炭哪能跟賣獵物相提並論，我以前只需要燒夠家裡人用的，還有老四要去送禮的分量就夠了。冬天，可是打獵的好季節，獵物們個個肥肥壯壯，皮毛也是一年四季中最為厚實的……」

所以，老蕭家怎捨得讓他待在家裡燒木炭？

「好了，折騰一天，妳也累了，我替妳打水，家裡沒浴桶，妳先忍一忍，我明天先箍個浴桶出來。」

山洞裡有適合做木匠活兒的工具，明日他打算先去山洞裡把剩下的東西都搬回來。等把家裡弄妥當了，他再進兩次山，幫媳婦打兩身裘皮襖出來。

這個男人除了做飯……其他的真是全能，她好像撿到寶了！

「你真的好厲害！」

蕭遠山紅了臉。「不算什麼。」

若在榻上，他怕是還能更厲害。

劉芷嵐洗過臉後，蕭遠山替她換了水盆，讓她泡腳。

結果劉芷嵐剛把腳放進水裡就「嘶……」地扯了嘴角。

疼……

熱水裡瀰漫一股淡淡的血腥味，蕭遠山忙將劉芷嵐的腳抓起來放到自己腿上，他一看，心都緊了。

媳婦的一雙腳，被磨出不少水疱和血疱，有些破了，有些還沒破。

「回來的時候該讓妳坐車的。」蕭遠山十分自責，都是他太粗心大意了，用想的就該知道，媳婦以往去鎮上都是坐牛車，什麼時候走過這麼遠的路！

「獨輪車上那麼多的東西，根本就沒地方坐！」劉芷嵐笑道。「不礙事的，挑破就好了。」

「我可以揹一個背簍，這樣妳就能坐了。」蕭遠山還是難受。他用帕子把劉芷嵐腳上的水擦乾淨，然後將她打橫抱起。

「我能走的……」劉芷嵐十分不好意思，掙扎著想下去，可漢子把她抱得緊緊的，力量懸殊下，她的掙扎根本無效。

鼻尖充斥著他的味道，耳裡是他有力的心跳聲，劉芷嵐頓時心猿意馬起來。

「聽話。」漢子拍了拍她的屁股，示意她別動。

劉芷嵐。「……」

那手跟蒲扇似的，手勁又大，被他拍過的地方酥酥麻麻的。

漢子把她放在床上，然後就去翻針，買回來一大堆東西，都還沒好好收拾呢！

「把水疱挑破了會好得快一些。」蕭遠山道。

沒有酒，所以也談不上用酒精消毒，劉芷嵐想著自己有靈液，一會兒用靈液抹腳底就成了，遂也沒糾結。

「若疼的話，妳就打我。」蕭遠山下手之前看向劉芷嵐，很認真地跟她說。

打他是不可能，劉芷嵐只是緊緊地抓著他的肩膀，咬唇忍著疼。

漢子的肩膀跟岩石一樣硬邦邦的，她使了老大力氣抓著，手指關節都沒了血色。

蕭遠山每挑破一個水疱，劉芷嵐都會疼得發抖。

蕭遠山心疼地說道：「往後上街，妳坐車子，我推著妳去，回來的時候，咱們請個挑夫挑東西。」

「好。」這回劉芷嵐沒跟他倔強。

實在是從山裡到鎮上太遠了，她也走得絕望。雖然她還有得鍛鍊，但並不是一朝一夕的事情。

到時候實在走累了，坐車歇一歇也成。她可不想往後上街也像今日這般狼狽，滿腳的水疱，這麼難看……漢子還……

劉芷嵐心裡不自在，臉就更紅一些，彷彿能滴血了。

終於，挑完了水疱，蕭遠山又去拿藥膏給她搽。

想了想，劉芷嵐到底沒再加靈液進去，畢竟飯食裡就加了靈液，腳底的傷恢復起來會很快。

現在每天空間中用不完的靈液，她便拿瓶子儲存起來，往後要養雞、養羊，還要種果樹、種菜，都需要靈液。再者，蕭遠山還得進山打獵，她也得給他備著，萬一打獵的時候受了重傷，純淨的靈液可是能救命的。

「腳還是包紮起來，免得晚上睡覺把藥膏蹭掉了。」蕭遠山看了看劉芷嵐的腳。

事實上若是天氣暖和，能敞開更好，會好得快一些。

劉芷嵐點頭，正想著怎麼遮掩一下，腳板底恢復得太快，總是會讓人起疑。

蕭遠山翻找出新買的細布，然後撕下兩條布替劉芷嵐包紮，接著就幫她蓋好被子。「我去看看藥，妳先睡一會兒，等藥熬好了，我再叫妳。」

等藥熬好了，蕭遠山端進屋，劉芷嵐已經睡著了。

他有些糾結，知道媳婦累壞了，不想吵醒她，可是她還得吃藥……

想了想，漢子回憶起剛把媳婦扛回家時是怎麼餵藥給她，他紅了臉，但還是喝了一口藥，然後單手把小媳婦抱進懷裡，讓她的頭靠著自己的臂彎，然後低頭把唇貼了上去。

漢子的舌尖熟門熟路地撬開了唇，一口溫潤的湯藥混著漢子的氣息渡給了劉芷嵐。

劉芷嵐被漢子挪動的時候就迷糊醒來，這會兒苦湯藥湧入口腔，還有貼在嘴唇上溫溫熱熱、柔柔軟軟的觸感，以及舌尖那一閃而逝的糾纏。

嗡……

她腦子瞬間就炸了，眼睛忽然睜開，漢子正好來第二口，被劉芷嵐這麼一瞪，嘴裡的湯藥頓時嗆到他了。

「咳咳咳……」

好在蕭遠山轉頭及時，嘴裡的藥盡數噴在地上，否則恐怕全噴在劉芷嵐臉上。

劉芷嵐忙幫他拍背順氣。「我是睡著了，又不是暈了。」

又被親了，她覺得羞澀，也覺得好笑，但更多的是無奈。

漢子這是把她當成孩子嗎？吃藥還得用餵的……

「我……」蕭遠山緩過勁來，一時間不知道該怎麼說好，他心裡清楚，自己是十分喜歡用嘴渡藥給媳婦。

若說第一次的時候只想盡人事聽天命，讓她好歹能進兩口藥，能多兩分活下來的希望，那這次……

他自己都搞不清楚是捨不得叫醒她多一點，還是自己的私心多一點。

「我去洗漱。」

蕭遠山把藥遞給劉芷嵐之後就匆匆出門。沒害怕過山中猛獸的漢子此時竟有些落荒而逃。

看著他慌張的背影，劉芷嵐忍不住笑了。

照例往湯藥裡用一滴靈液，劉芷嵐捏著鼻子一口氣將藥給喝光了。

剛喝完藥，漢子就像風一般颳進屋，往她手裡塞了一顆糖，再如風似的颳出去。

若不是手心裡躺著一顆糖，劉芷嵐都會懷疑自己之前是不是眼花了。

小山般沈穩健碩的漢子……他是害羞了？

還挺可愛的！

劉芷嵐把糖塊塞進嘴裡，甜絲絲的滋味一直蔓延到心裡。

她斜靠在床頭閉眼假寐，腦海中浮現跟漢子相處的點點滴滴，雖然時間很短，但跟過了一輩子似的，明明陌生卻處處都和諧默契。

有時候，信任一個人，心悅一個人，不用多久，朝夕足夠。

窮山僻壤應不好，我心安處是故鄉。

過了一會兒，蕭遠山才進門。

劉芷嵐睜開眼睛，蕭遠山轉身關門。「怎麼還不睡？」

「想等糖吃完，漱漱口再睡。」漱口自然是要漱口的，否則容易齲齒，不過她故意慢慢抿，沒幾下把糖給嚼爛嚥肚，就是想等晚一點，睡前上廁所，以免半夜驚醒他。

蕭遠山在整理買回來的東西，劉芷嵐就問：「小狗崽呢？你把牠安置在哪兒？」

「灶房，是個聰明的，知道灶邊暖和。」

「你餵過牠了嗎？」

「餵了，把早上的饅頭扔給牠，吃得可香了。」

「遠山哥，給牠取啥名字好呢？」

「妳想怎麼喚牠？」蕭遠山轉頭看劉芷嵐，手上的動作停了下來。

「小黃？」

田園犬的名字嘛……都差不多。

「好聽，就叫小黃吧。」蕭遠山頷首。

「這也叫好聽？」劉芷嵐奇怪地看著他，這麼接地氣的土味狗名跟好聽搭不上邊吧。

蕭遠山笑了。「村裡有叫狗蛋、驢蛋、馬蛋、糞蛋的，還有叫狗娃、豬娃、牛娃的，跟他們比起來，小黃真的是非常好聽了。」

劉芷嵐聞言就忍不住笑了起來，聽漢子這麼一說，還真是這麼回事。

「村裡的老人們說，命賤好養活。在村裡，哪家不夭折一、兩個孩子？咱們村頭有一家叫徐三狗的，他媳婦接連生了三個男娃都沒活下來，生了個姑娘好不容易養活了，往後又生了三個娃，最終只活了一個娃。不過，到底活下一兒一女，也算是兒女雙全了。」

劉芷嵐恍然。對喔，古代各種條件都惡劣，還沒有先進的醫療手段，特別是這種偏遠的小山村，連接生婆都沒有，家家都是長輩替小輩接生，若是家裡沒長輩的人家，這才會提著糧食或是雞蛋去請經驗豐富的老人。

衙門裡有三姑六婆，這六婆中就包含接生婆，也就是穩婆。但官辦的穩婆基本都在鎮上，或是比較富裕、人口眾多的村莊，像徐家村這種偏遠小地方是沒有的。

在古代，不但小孩子夭折機率比較高，產婦的死亡率也是居高不下。

一旦難產，能活下來是運氣，活不下來是命，所以才有婦人生產如過鬼門關之說。

她有些犯愁，萬一將來她有了孩子怎麼辦？

這不是害羞的事，他們早晚會你中有我、我中有你，清白不了，生孩子只是早晚的問題。

劉芷嵐忽然有些害怕。

見劉芷嵐的情緒不對，蕭遠山就知道是自己的話把媳婦嚇著了。

他自己細細一想，也覺得可怕，村裡好幾個新媳婦都是死在生產上，有保住孩子的，也有保不住孩子的。
自己的血脈、自己的孩子若是有個三長兩短，他也承受不住，更何況是媳婦？
蕭遠山咬牙。「咱們可以不要孩子。」
「啊……」劉芷嵐沒想到蕭遠山竟會說這樣的話，一時間不知道該如何反應。
她是害怕，但也從未想過不要孩子。
劉芷嵐搖頭。「我想要孩子。咱們慢慢將他們養大，等我們老了，到時候，我們也能過上兒孫繞膝的生活。」
害怕歸害怕，有靈液傍身，劉芷嵐對自己和家人的健康非常有信心。
就算一腳踏入鬼門關，只要有靈液，也能把人從閻王手中搶回來。
「媳婦……」蕭遠山一把抱住劉芷嵐，把頭埋在她的頸窩。
這不是他第一次這麼抱她。
但確實第一次不為什麼，就想單純地抱她。
蕭遠山能感受到，之前談論孩子的時候，媳婦在害怕，可她依舊願意給自己生孩子，為自己延續血脈。
他上輩子孤獨地死在山裡，那個時候他多麼期望自己身邊有人，多想像別人家一樣，有妻有子，有人關心，有人等候，有人幫他料理後事、替他捧靈位。
重生歸來，他時常恍惚，覺得現今的日子跟在夢裡一樣。

她沒死，還一心一意跟他過日子。

她的廚藝很好，做的菜比大酒樓的師傅做得還好吃。

她跟著自己不嫌棄苦，也不嫌棄自己剋妻，跟著自己走了一天的山路也不喊累，腳底全是水疱、血疱也不喊疼，只因為不想讓自己擔心、不想拖累自己……

她把他當人，當夫君。

「我會對妳好的。這輩子，下輩子，下下輩子都對妳好，生生世世都對妳好。」

「哪有那麼多輩子，咱們過好眼前的日子就行了。」劉芷嵐笑了。

漢子把她抱得緊緊，他的身體微微地顫抖著。

「不，就要生生世世。」

漢子犯倔了，還有些幼稚，不過他的幼稚卻像一股暖風包裹著劉芷嵐。

劉芷嵐安安靜靜地被他抱了一會兒，便拍了拍他的肩膀道：「好了，遠山哥，我要出去漱口了。」

「我去幫妳把水端進來。」蕭遠山鬆開她，起身出門去灶房給她端漱口水。

劉芷嵐：……我還想順便放個水啊！

她原本以為在蕭家的時候，蕭遠山幫她脫褲子的事，是最羞恥也最尷尬的，這會兒她才曉得什麼叫真正的尷尬和羞恥。

真的。她現在連人都不想做了。

腳底板長個疱而已，那麼遠的山路她都走回來了，這會兒怎麼就不能下地了？怎麼就不能走道了？

他……

他竟然……

竟然幫她把尿！

蕭遠山坐在床邊，抱著劉芷嵐對著恭桶。

劉芷嵐覺得自己就算是憋成腎衰竭，也尿不出來！

偏生漢子太倔，武力值遠超她，她根本就掙扎不過。

「噓……」

劉芷嵐聽到蕭遠山的嘴裡冒出這個聲音，整個人都不好了。

「蕭遠山，你放下我……」她咬牙切齒。

「淅瀝瀝瀝……」

劉芷嵐好想認認真真地死一死。

沒臉活著了！

完事之後，蕭遠山把劉芷嵐放到床上。

她連褲子都沒穿好，就立刻用被子把自己蓋住。

知道她害羞了，蕭遠山對著被子道：「媳婦……咱們是夫妻。」

說完，他就拎著恭桶出去刷洗。因為媳婦不喜歡這味道。
蕭遠山回屋吹燈上床，劉芷嵐縮在被子裡裝死。
蕭遠山嘆了口氣，隔著被子摟住她。「媳婦……咱們是夫妻……妳不是說要跟我好好過日子嗎？妳難道後悔了？要反悔？」
「我睡著了！」
被子裡傳來甕聲甕氣的聲音，蕭遠山笑了，他鬆了口氣，然後把被子扯開一角，索利地鑽進去。
「大不了我放水的時候妳也看，咱們就扯平了。」
鬼才跟你扯平！
誰想看他的！
「蕭遠山，你夠了！」
劉芷嵐警告他，還把他往被子外頭推，可是蕭遠山不撒手，還拿腿壓著她。
然後……
然後她就覺得不對勁了。
這傢伙的那話兒要造反了，正戳著她。
劉芷嵐明白現況，頓時不敢亂動了。
「我累了，我要睡了。」她忙道。

生怕漢子對她做點什麼，她還沒準備好呢！

「睡吧！我就摟著妳。」蕭遠山也沒亂動，只緊緊地摟著她。

劉芷嵐原以為在這種警報拉響的情況下她不會睡著，哪知眼皮沈重的她，很快就在漢子溫暖的懷抱裡睡著了。

蕭遠山親了親她的臉蛋，也滿意地睡過去。

第二天，劉芷嵐醒來的時候，身側已經沒有人，她摸了摸一旁的褥子，已經涼透了。天光已經大亮，從窗外投進來的光線特別刺目。

她聽到門外有些動靜，起身穿好之後出去，就見蕭遠山用竹子在編椅子，手邊已經有兩個成品。

「妳醒了，怎麼下地了？該喊我一聲的。」蕭遠山忙放下手中的物件，雙手在衣裳上擦了擦，就走過去要扶劉芷嵐。

劉芷嵐忙讓開。「已經不疼了，都好了！」

蕭遠山不信，還是把她抱到椅子上，然後脫她的鞋，解開布袋子，檢查她的腳底。

還真是好了不少。

「是吧，遠山哥，你這傷藥是在哪兒買的，效果怎這麼好？」

蕭遠山一言難盡地道：「徐郎中那裡買的，他以前的傷藥效果沒這麼好。」

這次，他不但腿傷好得快，就連媳婦的腳也好得快。

「那是遠山哥運氣好，徐郎中瞎貓碰上死耗子般，弄出來的好傷藥讓你給得了。」劉芷嵐笑嘻嘻地胡說八道。

為了讓藥膏真這麼有效，她摻入一滴靈液，日後蕭遠山出去打獵的時候帶著，她也能放心些。

劉芷嵐穿上鞋子往灶房走，邊走邊問蕭遠山。「你可曾吃了早飯？」

蕭遠山搖頭。自打吃了媳婦做的飯菜，他就再也不想吃自己做的飯菜了。

不對，他做的那不叫飯菜，叫豬食。

「我想做早飯……就是太難吃了，怕浪費糧食。」蕭遠山有些不好意思，連耳根子都紅了。

「家裡的力氣活歸你，做飯歸我！」劉芷嵐挽起袖子進灶房，灶上有火，鍋裡是熱水。

蕭遠山跟進來，忙前忙後地打水拿帕子。「妳先洗漱，我……我替妳打下手，都要洗些啥？」

「你去洗一些野蔥和野香菜，我做豬肝麵。」

劉芷嵐喜歡酸辣豬肝，但是現在沒有酸菜，她就只能做糖醋豬肝，不過她也喜歡這道重口味的菜。

昨晚已將豬肝切成片，醃製過且裝在碗裡，天涼也不會壞，這會兒只需要拿出來現炒就成了。

劉芷嵐先爆炒豬肝再煮麵，等麵煮好了再將糖醋豬肝澆到麵上，再撒上青翠的蔥花和香菜，大功告成！

蕭遠山顧不上燙，拌了幾下就唏哩呼嚕地吃起來。

豬肝酸中帶甜，還軟嫩入口，麵條勁道又入味。

媳婦的灶上本事真是絕了。沒人要的下腳料，她都能做成人間美味。

他吃得滿意，偏生小媳婦在一旁挑剔。「沒有豬油，如果有豬油會更好吃！還有這鹽也不好，一會兒我們把鹽重新熬煮過。」

「明天我上雙水鎮去買豬油。」

銀子沒了再賺，只要不給老蕭家，他跟媳婦想怎麼花都成。

蕭遠山的話音才落，屋外就傳來喊門聲。

「家裡有人嗎？」

「來了，家裡有病人，稍等啊……」劉芷嵐應了一聲，就跟蕭遠山從灶房出來，然後關了灶房的門。

蕭遠山將院子裡的東西收拾到一邊，劉芷嵐則回屋快速把爛衣裳換上。

她去開門，蕭遠山去椅子上坐好，把傷腿擱在小凳上，用爛衣衫搭著。

門一開，來人是蕭萬金，他身後跟著兩個衙役。

「老大，朝廷派了勞役，你收拾收拾，跟兩位差爺走吧。」

兩名衙役見他們來了，蕭遠山都不起身，臉色都不好看。

其中一名差役不耐煩地催促道：「趕緊起來收拾東西，到村口集合。」

「爹，遠山哥傷了腿，這是全村人都知道的事，您怎不跟官差大哥說清楚？您是想害兩位官差大哥，帶個腿有重傷的人走，到時候遠山哥到底是去幹活還是養傷？」

劉芷嵐表情誇張，聲音尖銳，兩名衙役一聽，同時轉頭責怪地看著蕭萬金。

蕭萬金被他們的目光盯得一縮，咳嗽了兩聲道：「不過是小傷，不耽誤幹活……官差大人，您別聽她瞎說。婦道人家就是不想讓男人出去幹活。全村人都知道，咱們家就老大幹活是把好手。」

「媳婦，來扶我一下。」蕭遠山喊了一聲劉芷嵐。

劉芷嵐馬上過去將他攙扶起來。

蕭遠山單腿跳到兩位衙役面前，朝兩人拱手道：「兩位不知，草民因為傷了腿，沒辦法下地幹活，我爹就將我分了出來。有分家文書的，您二位去村裡打聽打聽就知道了，村長那裡還有一份分家文書。草民現在跟蕭家是兩戶人家，按道理，草民該服勞役，老蕭家也該出人服勞役，都是兩家人了，不能混在一起占朝廷便宜。」

他說得誠懇極了，兩名衙役的臉上就有了笑容。

「你說得對，正是這個理！」

「要是人人都有你這種想法，咱們的活兒也就好幹多了。」

「逆子，你瘋了嗎？咱們是分家了，可是還沒去衙門分戶……就不算！」蕭萬金聞言就怒了，衙役上門的時候，他就暗喜蕭遠山因為腿傷了，肯定還沒去衙門分戶。

衙役又不傻，怎麼會聽蕭萬金的，其中一名年紀大點的就呵斥道：「分家就是兩家人了，你這個大兒子是識大體的。你們兩家都該出人服勞役！想逃，門兒都沒有。要麼出二十兩銀子，要麼就出人！」

這兩家人還沒分戶，他們就能瞞著，若兩家人都出人，他們就能賣一個名額去頂替別人。若是其中一家願意花銀子，那這二十兩銀子就是他們自己的，分文不用上交給朝廷。

蕭萬金快氣死了。「蕭遠山！你……你不孝……」

「自古忠孝難兩全……爹，我們都是皇上的子民，得為朝廷分憂！可不能只為了一己私利，就做出有損朝廷利益的事。再者，這朝廷的工程也是為了利民，咱們更應該支持。」

劉芷嵐聽了蕭遠山這番話，在心裡給他豎起大拇指。

這漢子肚裡有貨啊，說話一套又一套的。

蕭萬金快氣得吐血了。他是真沒想到，這個大兒子竟要拖老蕭家下水。

來之前，他就想過，倘若是兩家人，蕭遠山也是要去服勞役，不管怎樣他都要去，那還不如就他一個人去。

誰承想，他竟不答應！

「好了，你趕緊回去商量讓誰去服勞役，一會兒我們再去你家。趕緊點，可別耽誤咱們的差事，若是敢耽誤，老子手中的朴刀可不答應！」一名衙役嚇唬蕭萬金。

蕭萬金沒辦法，只得垂頭喪氣地匆匆下山。

等他走了，劉芷嵐才將蕭遠山扶著入座。

「媳婦，去給兩位差爺湊些銀子，我這樣子去了也是累贅。」

「可咱們家統共就只有十三兩銀子……」劉芷嵐為難地扯衣角。

蕭遠山看向兩位衙役，十分誠懇地道：「兩位，我們實在是拿不出二十兩銀子……只有十三兩……要不，我還是跟二位走？」

「算了，十三兩就十三兩吧，我們會跟衙門好好說。」

這銀子就是白得的，兩名衙役會怎麼選一目了然。

「多謝兩位了，兩位的大恩大德，我們一定記著。」劉芷嵐忙回屋取銀子。

衙役收了銀子，囑咐道：「你們暫時不要去衙門分戶，等這次勞役完了之後再去。否則就十三兩銀子……我們怕衙門裡有人不滿，還是會要你們出人服勞役。」

劉芷嵐忙點頭。「放心吧，官差大哥，我們記住了。我們住得遠，跟村裡人也不來往，不會跟別人說的。」

「你們清楚就好。」兩名衙役見兩人明事理，就走了。

重新關上院門，劉芷嵐這才鬆了口氣。

「怎麼苦著一張臉？」蕭遠山站起來問劉芷嵐。「這不是沒事嗎？」

「麵應該煮爛了……」劉芷嵐道。

蕭遠山笑了。「煮爛的我吃，妳的另外煮。」

劉芷嵐搖頭。「反正沒剩下多少了，給小黃吃吧，我不餓。」

蕭遠山瞧見小黃在劉芷嵐腳下打轉，便不滿地把牠踢開。他用的力氣不大，小黃只是在地上滾了一圈，又屁顛顛地跑來纏著劉芷嵐。

「我吃完了有剩再給牠。」反正，他就是不想把媳婦的剩飯給小黃。

哼！想跟他搶，門兒都沒有。

兩人重新回到灶房，麵果然已經煮爛了。

蕭遠山先端了劉芷嵐的碗，把她碗裡剩下的麵吃完，這才去吃自己碗裡的。

「媳婦，妳再煮點什麼來吃吧？」蕭遠山從她的麵碗裡抬頭，那碗就跟洗過的一樣乾淨。

劉芷嵐笑著搖頭。「真不用了，我真吃飽了。第一次煮麵，沒掌握好分量，煮多了。」說完，她又問蕭遠山。「朝廷每年要徵發多少次民夫？」

蕭遠山道：「看情況，有時候一年一、兩次，有時候兩年一次，但也有一年三次的情況。不過一年三次還是少，畢竟田地裡的莊稼也重要，一般都是農閒的時候派發勞役。」

「二十兩一個人……真的是太貴了。」劉芷嵐嘆道。「普通老百姓可繳不起這個銀子。」

「衙門正是要讓多數人都繳不起，若是都能繳得起，哪裡有人願意去服勞役。每年服勞役總會死幾個人，傷殘幾個人，就算大難不死……身子骨也得熬壞。」

不管是修堤壩還是修路，他都去過，他們這種民夫根本就是被當成牲口用，有時候連牲口都不如，管事的官差寧願死人，也不願意死牛馬。

「爹，事情怎樣了？大哥跟官差走了沒？」

蕭萬金一回到蕭家，蕭天富和蕭天貴兩兄弟就圍著他問。

「一個快死的人，官差不要，勞役要你們兩兄弟出人。」蕭萬金沒好氣地道。

他要老臉，顧面子，不想讓家裡人知道自己拿捏不住老大，便沒將老大那番話轉述。

「啥……爹你說啥？」蕭天富和蕭天貴兩兄弟頓時就傻眼了。

楊氏也傻眼了。

一家人原本盤算好好的，這下可怎麼辦啊！

「爹，您拿銀子出來吧！」蕭天富道。

蕭天貴聞言，連忙點頭附和，他們兩兄弟都不樂意去服勞役。

「家裡哪裡來的銀子？一個個殺千刀的玩意兒，就想著銀子、銀子……二十兩啊！要交二十兩！老娘上哪兒去給你們找二十兩去？」一聽二兒子說用銀子，楊氏頓時尖叫起來。

「娘，您可不能這麼偏心，前兒四弟走的時候，我可是瞧見您給四弟二十兩銀子。這會兒怎麼到了老二、老三就沒有了？」徐氏陰陽怪氣地道。

她是徐家女，偶爾還是敢跟楊氏正面交鋒。

「放屁，這能一樣嗎？妳四弟是要考功名的，虧著誰都不能虧著他！只要他考上秀才，咱們家不但不用繳田稅，還不用出人服勞役！妳用屎糊的腦子好好想一想，這勞役可是每年都有！是要辛苦兩年等妳四弟考上，咱們家就輕鬆了，還是年年都要為這件事發愁？」

蕭萬金道：「妳娘說得對，現在咱們家的光景不如以往，沒了妳大哥打獵的收入，銀子可不敢亂花用。這次就老二去吧，下次就老三去。」

「不成，萬一下次分派勞役的時候，四弟考上秀才了，那我不是吃虧了？這樣吧，我跟三弟一人去幹五天，輪流著來，這樣我們還能都歇一歇，以免一個人承擔太累了！」

蕭萬金覺得這個主意不錯，於是無視蕭天貴的鬧騰，把這事給定了。

蕭天貴恨死蕭天富了。

往常家裡有老大賣命，其他幾兄弟之間沒有利益衝突，感情看起來還挺好的，可這賣命的人一沒了，矛盾頓時就凸顯出來。

「妳個喪門星杵在這兒幹麼？二嫂都知曉維護自己的男人，妳是死人，還是妳就盼著我死好改嫁？」

蕭天貴怒氣沒地方宣洩，轉頭就踹了袁氏一腳。

袁氏咬著唇不敢吭聲，她護著肚子，後背緊緊靠著牆，生怕摔傷肚子裡的孩子。

「閉嘴，安生點吧！」蕭萬金心情煩躁，見兒子打媳婦，怒斥了一聲。

蕭天貴氣哼哼地甩門而出，一家人鬧得不愉快。

第六章

山上。

蕭遠山應劉芷嵐的要求在院子後頭整地，他撿石頭，她扯雜草。

差不多收拾兩分地出來，蕭遠山用鋤頭把地翻了一輪，劉芷嵐再把從鎮上買的種子稀稀疏疏地撒了一些進去。

蕭遠山把水挑來之後，劉芷嵐藉著洗手的工夫，往桶裡加入兩滴靈液。

她不敢加太多，怕種子的發芽生長速度太快，太駭人。

「遠山哥，咱們把菜地的四周圍起來，弄個棚子擋霜雪，說不定這地裡真能長出菜來。」

「嗯，我這就先把棚子的框架搭起，砍幾根竹子就能弄成。」蕭遠山應道。

看著蕭遠山把地澆完了，劉芷嵐回家做菜，蕭遠山則拿了砍刀去竹林砍竹子。

劉芷嵐熬了滷湯，打算做滷肥腸。

灶房裡很快就傳出濃郁的香味，聞到香味的小黃直流口水，把地面打濕一小灘。

劉芷嵐扔給牠一塊油渣，小黃那尾巴都快搖斷了。

滷煮肥腸需要時間，劉芷嵐看著火候的同時，就用樹枝在地上畫起來。

還沒正式入冬，天兒已經很冷了，等入冬肯定是要下雪，那就更冷了。

她這個人怕冷，但是山上房子的條件，不管是弄地龍還是盤土炕，都不現實。畢竟村裡就沒有人家用土炕，到了冬天都是用炭火。

可是炭火容易出事，一氧化碳可不是開玩笑呢！

怎麼辦呢？

她盯了一會兒爐灶，忽然就有了主意。

壁爐啊！

西方的壁爐，她一直很嚮往，冬天坐在壁爐前喝點小酒，做些簡單小活……

鍋裡的肥腸滷好了，劉芷嵐就把肥腸撈出來裝進一個小竹籃子裡，把滷湯瀝乾之後，便將滷肥腸放進瓦盆裡。

接著，她把竹篩放置在瓦罐口上，用勺子將鍋裡的滷湯舀出來、倒進去，濾出的香料用碗裝了放進碗櫃，裝滷湯的瓦罐也讓她封好放進碗櫃裡。

滷湯能一直用，會越熬越香。

肥腸好了，晚上的菜就有著落了。

雖然沒什麼蔬菜，但從山洞裡拿回來的蘑菇還有剩。

劉芷嵐將一些蘑菇洗乾淨，打算做一道蘑菇燒肥腸。

最後她烤了些乾辣椒，跟花椒混合在一起，撒在切好的一小碟滷肥腸上。

菜端上桌，蕭遠山扛著工具回來了。

她忙幫他兌了熱水，蕭遠山放下工具，快步走過去從她手中接過木盆。「太沈了，以後這種事妳別動手。」

「嗯。」劉芷嵐也不爭辯，轉身就回灶房舀飯。

她給蕭遠山舀了滿滿一大碗公的飯。

「這就是滷肥腸？」蕭遠山進屋坐下，眼睛直盯著桌上的兩盤菜。太香了！

老蕭家也煮過下水料，這東西便宜，也算是肉菜，但是味道難吃還臭烘烘的。

他從來都沒有想過，下水可以這麼香！

劉芷嵐挾了幾塊蘑菇和滷肥腸到他碗裡，又給他挾了兩塊沾著辣椒和花椒的滷肥腸，笑道：「是啊，嚐嚐吧！」

蕭遠山迫不及待地吃了一塊肥腸，軟糯又有韌勁，但是很容易嚼爛。聞起來香，吃起來更香。

再吃一口蘑菇，一口咬下去，湯汁滿嘴竄，有蘑菇特有的鮮味，也有滷肥腸的濃郁味道。

混兩口米飯吃，那簡直絕了！

再嚐沾了辣椒的肥腸，味道更為濃烈，麻辣滷香混在一起，讓人吃得滿頭大汗又欲罷不能！

「這是第一次熬的滷湯，滷湯跟泡菜湯一樣是越老越好，以後咱們多弄些肉來滷，還會更好吃。」

劉芷嵐見蕭遠山吃得開心，知道他喜歡這個味道，於是這麼說。

蕭遠山頓了頓。還能更好吃？

他看了眼劉芷嵐，也給她挾了一筷子肥腸。「妳也吃。」

真的是感謝老天爺，讓徐秀才換人訂親，否則這麼好的媳婦怎輪得到他？

「好！」劉芷嵐笑著應下。

蘑菇燒肥腸這道菜，蘑菇放得多，肥腸放得少。她更喜歡吃蘑菇，浸滿滷汁的蘑菇十分美味。

可蕭遠山見了就不樂意了，他把燒蘑菇裡的肥腸都挑給她。「多吃肉。」

劉芷嵐哭笑不得，這漢子以為她是不捨得吃肥腸啊。

「你可別跟我搶蘑菇，蘑菇能養顏美容！再說了，蘑菇和肥腸一起燒，肥腸的精華都被蘑菇給吸收了！」

這漢子，是認定肉比蘑菇好。

她將碗裡的肥腸撥了三分之二給蕭遠山，這才又開始吃了起來。

「別再給我了，你再給我，我就給小黃吃。」見蕭遠山不信她的話，劉芷嵐又補了一句。

蕭遠山聞言，只得作罷，埋頭吃著。

守在桌下的小黃望眼欲穿都沒等來一塊肥腸，委屈地嗚嗚著。

肥腸是不可能有剩的，劉芷嵐雖然沒吃幾塊，但餘下的都被蕭遠山吃光了，連渣都沒放過。

兩人吃完飯，劉芷嵐就用肥腸湯汁給小黃泡了一個粗糧餅，小黃吃得可歡喜了。

「後頭的棚子搭好了，明兒一早我就用竹籬笆把四周圍起來。」

「不用全圍著，那樣就不透光了，只要在下面圍一圈，就圍三尺高吧。」劉芷嵐想了想就建議道。

蕭遠山點頭。「嗯，還得留門出來。明兒把家裡的活兒都做完，幾個棚子弄好，後天去砍柴火，圍欄再慢慢弄。大後天咱們去雙水鎮可好？」

蕭遠山惦記著媳婦說有葷油做菜更好吃，除了去鎮上買豬油，她還想買罈子做泡菜。他雖然不知道什麼叫泡菜，但她說要做，就一定是好吃的。

「好！聽你的。」劉芷嵐沒意見。

天黑了，兩人洗漱上床。

「遠山哥，我想在咱們屋裡弄一個壁爐，就像這樣，靠著牆，跟灶房似的把煙囪修到屋頂就成。你看你能弄嗎？」

上回去鎮上買的刻刀十分好用，劉芷嵐把自己雕好的壁爐給蕭遠山看。

蕭遠山看了看就點頭。「行，忙完這幾天我就來弄，去鎮上買些磚，雇一隻騾子馱回來就是了。」

土磚可以自己做，但是太耗費時間，還要晾乾，這天氣一天冷過一天，蕭遠山不想凍著媳婦。

「媳婦，妳雕得真好看。」蕭遠山把玩著壁爐讚嘆道。

劉芷嵐見狀，笑著遞給他一根木頭簪子。「遠山哥，送給你。木頭不好，你先將就用著。到時候你在山裡尋到好木頭，我再給你雕一根好的。」

劉芷嵐雕壁爐的時候順手雕了這根木簪，是一根簡單的竹節簪，簪頭上用鏤空技法雕了幾片竹葉，蕭遠山看一眼就喜歡。

「好看。」蕭遠山反覆瞧著手中的簪子，臉上的笑容燦爛得能讓太陽失色。「我喜歡。」

若是白天，他定然會立刻簪在頭上。

珍視半天，他才將簪子小心地放在枕頭邊。

「等我進山打獵的時候，就好好地尋好木頭。」他樂呵呵地說。

「嗯，睡吧。」見他是真喜歡自己送的木簪，劉芷嵐也很高興。

都累了一天，兩人很快就睡過去。

第二天一早，劉芷嵐起床的時候，蕭遠山已經砍了不少竹子拖回來。

男人在院子裡幹活，女人進灶房去做早飯，過沒一會兒炊煙升起，一條小狗在院裡玩……

男人溫柔的目光不時投向灶房，落在女人的身上。

這樣的日子過得才有勁啊！

男人手中的動作越發麻利了，日子有了奔頭，他覺得自己渾身都是用不完的力氣。

早上，劉芷嵐照樣做麵條。一道乾煸肥腸麵，蕭遠山吃得可香了。

兩口子才吃了兩口，小黃就箭一樣地衝出去，「汪汪」叫喚了起來。

「我去看看。」蕭遠山端著麵碗邊吃邊出門，實在是捨不得放下。

「山哥，我娘讓我送些柴火來。」方家老二方栓子挑著兩捆柴火，從蜿蜒的山間小道大步走來，他瞧見蕭遠山端著碗站在大門口望向自己。「我娘說，讓我來瞧瞧有沒有啥事，幫著你們做一點。」

蕭遠山把小黃吼回去，然後讓開門，兩三口把碗裡的麵吃完了。

「快進來，吃了早飯沒有？沒吃，就讓你嫂子幫你煮碗麵。」蕭遠山道。

「吃了。」方栓子把柴火放到牆邊，順口道。

只是……這是啥味，聞著怎這麼香呢？

「那我就不跟你客氣了，家裡活兒是真多。」蕭遠山把碗裡的湯喝乾淨，一旁盯著的方老二聞著味道直吞口水。

「晌午就在這兒吃，你嫂子手藝好，你也嚐嚐。」蕭遠山也不推拒，畢竟有人幫忙家裡，就能將事情做快一點。如今他不方便進村請人，方栓子能主動送上門，他自然是不會放過。

劉芷嵐吃完了，也跟著他出來同方栓子打過招呼。

蕭遠山把手中的碗塞給她。「洗碗用熱水，一會兒記得喝藥。晌午多做點飯菜，栓子會留下來一起吃。」

「嗯，我知道了。」劉芷嵐答應下來，轉身回了灶房。

方栓子幫蕭遠山劈竹子，看了眼他的腿，問：「山哥你的腿好了？」

蕭遠山點點頭。「好了，徐郎中瞧錯了，沒斷筋，就傷了點皮肉。」

方栓子歡喜地道：「那太好了，這也算是因禍得福，要不然你可分不出來。」

蕭遠山叮囑他。「別說出去，老蕭家不知道，這回能躲過勞役也是因著腿傷。」

「放心吧，山哥，我不會瞎說的。」說完，方栓子又瞧了眼灶房的方向，壓低聲音問蕭遠山。「她呢？沒再鬧事了吧？」

蕭遠山皺了眉頭。「你要認我當哥，就喊我媳婦嫂子。」

「嫂子！」方栓子忙糾正。「嫂子她沒再惦記徐秀才了吧？」

蕭遠山笑著說：「沒，她這回差點死了，去閻王殿逛了一圈啥都想明白了。往後就跟我踏踏實實地過日子。往常……也是老蕭家委屈了她，往後我不會委屈她。」

方栓子想了想，也是，就老蕭家那副德行，沒人願意把閨女嫁給蕭遠山，明知道嫁進去就會受折磨，可沒父母將自家姑娘往火坑裡推。

這劉氏也是可憐，明明是她跟徐秀才有婚約，她那個後娘為了擺脫她，讓這門親事落到自家閨女頭上，寧捨二十兩銀子，也要將人塞進老蕭家。

「嫂子願意踏實跟你過日子就好，我娘正擔心呢！」

蕭遠山「嗯」了一聲就沒再說話了。

有人幫忙，事情就做得快，一晃眼就到了晌午。

劉芷嵐弄了一大鍋的蘑菇燒滷肥腸，貼一圈鍋邊饃饃，菜餚就差不多了。

因著家裡多了個人，在灶房吃飯有點擁擠，劉芷嵐乾脆將桌子搬到院裡。

蕭遠山算準時間帶著方栓子回來，兩人洗過手臉坐下來吃飯，方栓子這才明白蕭遠山那句「你嫂子做飯手藝不錯」是啥意思。

這哪裡是手藝不錯，鎮上酒樓的大廚都比不上嫂子這手藝！

他就是個混混，平常雖然也幹正經事，但更多時候是去鎮上、縣裡跟那幫混混打交道，也曾經有機會跟道上大哥上酒樓吃過幾次飯。

鍋邊饃饃湯汁足，吃起來很夠味。饅頭中間有留空心，挾一筷子蘑菇燒肥腸進去，然後咬上一大口……

那滋味……美死了。

吃飽喝足，方栓子羨慕地盯著蕭遠山，打著飽嗝道：「山哥，要是每頓都能吃上這樣的飯菜，我都想上你家來當長工了……」

蕭遠山笑了笑。「我可請不起長工，不過這幾天家裡事情多，你要是沒啥事就來幫忙吧！」

媳婦的手藝被誇讚，他自豪得很。

「我沒啥事，就這麼說定了，來幫你，我娘也高興。」方栓子連忙道。只要他不在外頭亂動晃蕩，其實他娘都挺高興的。

「你們家勞役是誰去的？」蕭遠山問他。

「我大哥，過幾天我去代替他。」方栓子道。「山哥，你不知道，昨兒老蕭家可熱鬧了，為了服勞役的事，蕭老二和蕭老三差點打起來。最後還是跟咱們家一樣，老二先去，五天一輪，換老三。但我估摸著，這事還有得鬧。就蕭老三那副德行，到時候能老實地去輪替勞役？他們又是從未服過勞役的人……等著吧，蕭家肯定還會大鬧一場。」

說完，方栓子有些幸災樂禍。

「那是他們家的事。」蕭遠山淡漠地道。

老蕭家沒了他做牛做馬，鬧起來是遲早的事情。

劉芷嵐洗完碗，給兩人準備一大壺茶水，讓蕭遠山幹活的時候帶上。她聽見他們說的話，心裡不免唏噓，也慶幸已經分家了。

「一會兒我去幾個陷阱看看有沒有獵物，若是有就先拿回來。」蕭遠山出門前跟劉芷嵐說。

肥腸沒了，方老二幫著幹活，晚上總不能只給人吃雜糧饅頭。

其實只給雜糧饅頭也不是不成，村裡人的日子都不好過，能用乾糧招待人已經算是不錯了。

只是蕭遠山覺得，富在深山有遠親，窮在鬧市無人問。

他這個窮在深山的人，還有人惦記著送柴火，並幫著幹活……他領著這份情。

「好，你小心點。」劉芷嵐把揹著箭矢的蕭遠山送出門，看著他走遠才回屋拿起針線繼續做棉襖。

半個時辰之後，蕭遠山就提著兩隻野兔、一隻野雞回來了。

這山沒啥人上來打獵，就他一個獵戶，山裡的小獵物挺多的，只要他用心，每次都能有不錯的收入。

只是，往常獵物打得再多，也不夠老蕭家一屋子的吸血鬼揮霍。

蕭遠山把兔子和雞都殺了並處理好，他現在也知道劉芷嵐的規矩，不管是血還是內臟都沒扔，而是照著她之前說的方法做。

都收拾好了，他才出門去找方栓子。

劉芷嵐放下針線，先將野雞用砂鍋燉了，打算做一道野雞蘑菇湯。

她把一隻兔子剁成肉丁，再用鹽、蔥、薑、蒜、少許白酒等調味醃製起來。另外一隻兔子，只用鹽和料酒裡外抹了一遍，放進瓦盆裡，再用鍋蓋蓋好就不管了。她洗了手，繼續回屋內替蕭遠山做棉衣。

等到太陽快下山了，她才去灶房做飯。蒸上一大鍋雜糧饅頭，滷煮一部分兔肉，另外一部分打算做成涼拌。

嗯……再做個爆炒雞雜、麻辣血旺就成了。

劉芷嵐是算準時間做飯菜，等天色擦黑，蕭遠山和方栓子扛著工具回來的時候，飯菜正好上桌。

兩個人還沒進院子就聞到香味，進入院子，這嘴裡的口水就似黃河決堤氾濫了。

太香了！

晚上涼，不能在院裡吃飯，劉芷嵐在他們回來前就將桌子搬進堂屋。

因著有外人在，劉芷嵐只敢點一盞油燈。

燈光雖然暗，但一桌子菜還是能看清。

關鍵是，看不清也無所謂，能聞到香味就成了。

「嫂子妳怎這麼厲害呢！」

方栓子知道蕭遠山下午去獵野雞和兔子，他自己一個人幹了下午的活兒，只是沒承想，就兩隻野兔、一隻野雞，讓劉芷嵐做出這麼一大桌菜來。

劉芷嵐笑道：「我識字，以前背過不少菜譜，不過在家的時候沒機會琢磨，跟遠山哥獨自分出來，才有機會試試手藝，你將就吃。」

不管是方栓子還是蕭遠山，想著她往常對徐秀才的那股勁，便覺得這廚藝是為徐秀才所練就。

可惜……最後便宜了蕭遠山。

蕭遠山心裡酸酸脹脹的，他不喜歡媳婦是為了徐秀才背菜譜、學廚藝，但最後受益的人是他，他又挺得意的，覺得徐秀才就是撿了芝麻扔了西瓜！

大蠢貨一個！

不過美食在前，蕭遠山心裡那些念頭就是一閃而過，轉眼所有注意力都放在滿桌的菜上，一筷子接著一筷子下得飛快。

方栓子也吃得快，生怕晚了就被對方搶沒了。

不過蕭遠山還是記得給劉芷嵐的碗裡把菜都挾滿了。

一頓晚飯，兩人吃得肚子圓滾滾的，方栓子不停地打飽嗝。

空盤行動被兩人執行得非常徹底，小黃表示十分怨念！

「哥，我親哥，你就留我在你們家當長工吧！」方栓子現在嫉妒死蕭遠山了。

他再也不覺得劉氏是累贅，這會兒是打心眼裡認她這個嫂子。

「你可以滾了！」蕭遠山嫌棄地踢了他一腳。「你把小黃的口糧都吃了，我養不起！」

「哥，我明兒早點來。我自己帶饅頭……」方栓子不死心，眼巴巴地瞧著蕭遠山。

沒等蕭遠山說話，劉芷嵐就道：「今晚的菜我留了些，你來吧，不用你自帶口糧。」

「要帶！你們剛分家單過也難，等以後日子好了，我再來的時候就不帶了。」方栓子堅持。

「行吧，就這樣！」蕭遠山有些不耐煩地趕人。

這小子吃飽了還不走，太沒眼力了。

「這碗兔子肉，你端回去給方嬸嚐嚐，謝謝她還惦記著我們。」劉芷嵐塞了一個裝滿兔肉的碗給方栓子。「不多，別嫌棄。」

「怎可能嫌棄！謝謝嫂子，我走了！」拿了兔肉的方栓子忙往外走，卻被蕭遠山給拽住了。

「我不會搶你的。」蕭遠山無奈道。「你等等，我替你做個火把，黑燈瞎火的你摔了不要緊，可別把肉撒了！」

那可都是媳婦受累做的！

「嘿嘿，謝謝山哥。」只要不是想搶他的肉，他就放心了。

蕭遠山去灶房將火把引燃遞給他，再送他出門。「別偷吃，那是給你爹娘嚐的。」

「放心吧，山哥，絕對不會偷吃。」

方老二雖然混，但是對父母還是挺孝順的。

等方栓子走遠了，快看不見火把的亮光，蕭遠山才關院門。

他洗漱後進屋，媳婦就在燈下招呼他。

「遠山哥，你來試試，看合不合身。」她手腳快，雖然棉衣是雙面穿的，但不用繡花，一天時間還是做完了。

蕭遠山趕緊脫了身上的衣裳，本想自己穿上新衣，哪知劉芷嵐將棉襖抖開撐著，等他伸手過去穿。

他的喉嚨瞬間就堵了。這是他懂事以來，第一次有人給他做新衣裳！

「挺合適的……」劉芷嵐一邊打量他，一邊自顧自地說。「遠山哥喜歡嗎？」

蕭遠山點了點頭，他說不出話來，心裡脹得厲害。

「喜歡就好，這棉襖能兩面穿，你在家幹活的時候就穿深色粗布的那面，出門走動的時候就穿淺色細布的那面。」

說完，她再瞧了瞧蕭遠山的腿，打算明天把棉褲做出來。

蕭遠山的腿挺長的，本來他人就高，一米八的個子，大長腿屬於模特兒等級。就算穿著不合身的寬褲子，也不影響美感。

所以說這人啊，只要長得好看，就是撿乞丐的衣裳穿，也能穿出時尚感來。

「褲子得做兩條換著穿，我再給你做件厚點的棉馬褂……」劉芷嵐一邊打量蕭遠山，一邊計劃。

蕭遠山瞧著為他打算的劉芷嵐，一個沒忍住，將人拉懷裡抱著，抱得緊緊的。

這個擁抱來得毫無徵兆，劉芷嵐愣了一會兒。

反應過來之後，她便將手放在蕭遠山的腰間，回抱他。

昏暗的燈光下，誰也沒再說話，屋裡靜謐不已。

劉芷嵐把頭靠在蕭遠山的胸口，聽他的心跳，有力，也……略快。

「遠山哥，睡吧。」站了半晌，劉芷嵐開口了。

「嗯……」蕭遠山的頭臉在她脖頸裡蹭了蹭，這才鬆開她。

吹滅了油燈，蕭遠山上床後蓋上被子，他盯著側身背對著自己的媳婦，想了想，就把身上的被子給掀開，默不作聲地鑽進劉芷嵐的被窩。

被漢子摟進懷裡的劉芷嵐身子一僵，耳邊就傳來一道極為低沈磁性的聲音。「睡吧，累了。」

他的手老老實實地搭在劉芷嵐的腰間，感受到那炙熱的溫度和耳邊清淺的呼吸聲，她笑了笑，放鬆了自己，閉上眼睛慢慢睡去。

黑夜中，蕭遠山再度睜眼，用手悄悄地、小心地描繪她身體的輪廓。

生怕吵醒了她，懷裡的人隨便動一下，他都會跟做賊似的趕緊收手。

最後，漢子到底挺不住了，辛苦了一把自個兒的右手……

隔天早上，劉芷嵐醒來就沒瞧見蕭遠山。

只是這屋裡的味道有點不對。

劉芷嵐找了半天都沒找到異味的根源，索性就放棄了，兩三下穿好衣裳，正要開門出去，蕭遠山已經把洗臉水給她端進來了。

他眼底有些發青。

「遠山哥昨晚沒睡好？是我睡相不好妨礙你了吧，要不今晚還是分開蓋吧。」

蕭遠山想了想，明顯有些糾結。

不過，他沒糾結多久，就道：「蓋一床。」

見劉芷嵐沒反應，他又悶聲道：「兩口子都蓋一床被。」

兩口子……

「媳婦……」蕭遠山深深地看了眼羞澀的劉芷嵐，啞著嗓子喊她。

「嗯？」劉芷嵐對上蕭遠山的目光。

他的目光炙熱，彷彿要把人給融化了。

「我……我……我想今晚就……就圓房。」蕭遠山鼓足勇氣把話說完，便舔了舔唇，喉結滾了滾，目光也挪到劉芷嵐的唇上。

他……

他是要親我？

可是，這臉還沒洗，牙還沒刷……

還有……臉上的痘子還沒褪光呢！

她是有偶像包袱的人！

見男人的俊臉在她眼前放大，劉芷嵐心跳如擂鼓，慌亂不已。

可是蕭遠山這樣子，她推又推不動，掙又掙不開……

「山哥，我來了，我娘讓我謝謝嫂子，我爹和我娘都喜歡吃兔丁！」

蕭遠山放開劉芷嵐，閉上眼睛深呼吸。

真他娘的，想把這殺風景的小子打死！

劉芷嵐忙從蕭遠山身邊跑開，她拿了帕子把臉洗了，趕緊從屋裡出去。

「你來了？稍等一會兒，我這就去熱菜。」

「誒，嫂子我帶了饅頭來！」方栓子遞了個大布袋給劉芷嵐。

一大袋的雜糧饅頭，目測至少有五十個。

這是把她和蕭遠山的那份也帶來了。

劉芷嵐也不矯情，饅頭有些涼了，她就拿出來再蒸一蒸。

菜是現成的，熱一熱就行了。

趁著熱菜和蒸饅頭的空檔，她用刷牙子沾了鹽把牙刷了，這玩意兒是在雙水鎮的雜貨鋪買的，竹柄、刷頭是用豬鬃做的，不貴，就是很粗糙，不小心點容易把牙齦刷出血。

吃早飯的時候，方栓子喋喋不休地說話，劉芷嵐和蕭遠山都沒怎麼吭聲。

差不多要吃完的時候，蕭遠山就叮囑劉芷嵐做些乾糧，他等會兒回家一趟來拿，晌午他和方栓子就不回來吃飯了，隨便吃一口就抓緊時間幹活。

劉芷嵐點頭應下。

兩個男人吃飽了就扛著工具出門，她洗好碗便蒸了粗糧饅頭，然後回屋替蕭遠山做褲子。

因著心裡想著蕭遠山早上跟她說的話，一時間無法集中精神，手指被針戳了好多下，戳一下冒一粒血珠，劉芷嵐無語極了。

想了想，她還是不願意就這副模樣跟蕭遠山圓房。

其實她直接在臉上抹幾次純靈液，她的臉立馬就能好。

可她不敢，怕變化太快被人懷疑，就算她對蕭遠山放心，但是……家裡還有個方栓子幫著幹活。

晚上好好跟蕭遠山談，她想。

就說她還沒準備好……漢子應該能答應吧？

劉芷嵐打定主意，心就漸漸沈靜下來，手中的針線活順了很多。

蕭遠山帶著獵物回來的時候，就看到自家媳婦坐在院子裡拿著針線在忙活，只瞧一眼就知道她是在替自己做褲子。

他沒去打擾她，只默默地去院子一角處理獵物，這次他帶回來的是一頭麃子，夠吃好幾天了。

劉芷嵐聽到動靜便轉頭去看，瞧見蕭遠山在料理大東西後，忙將手中的活兒放下來。

「遠山哥……」

「抓了隻麃子，這幾天的肉菜就是牠了。」費點心神抓個大的，也不用他天天耽誤時間去找兔子和野雞。

早些把家裡的事情處理完，他好進山打獵換些銀錢。

現在要養媳婦，可不敢坐吃山空。

「遠山哥你真厲害！」

蕭遠山聞言，耳朵紅了紅，他沒回頭看，都能想像出媳婦放光的眼睛有多美。

「妳也厲害。」蕭遠山說。「妳做飯好吃，做的衣裳好看，這些我都不會。妳還會雕刻，這我也不會。」

「我們這叫互補！」劉芷嵐笑著道。「你會的我不會，我會的你不會，可也是因為這樣，我們才能合作得更好。」

「嗯，我有的妳沒有，妳有的我沒有，我們的確能互補。」

還能妳中有我，我中有妳！

蕭遠山想到別的地方，他的兩隻耳朵都紅透了。

晚上，劉芷嵐做的是滷麃子肉夾饃、蘑菇麃子肉雜碎湯。

一大鍋的蘑菇麃子雜碎湯，有兩種蘸醬可配，一個是紅油蘸醬，另一個是用黃豆粉和胡辣椒、花椒混合而成的乾蘸醬。

等蕭遠山和方栓子回來，飯菜都擺好了。

每人面前一碗雜碎湯，味道很香濃。

上桌先喝一口湯下肚，直從嘴裡暖到胃裡，不過轉眼工夫，渾身都暖洋洋了。

隨便挾上一筷子雜碎蘸醬，紅油香辣可口，混著花椒製成的乾蘸醬更香，讓人完全停不了筷子。

劉芷嵐提醒兩人。「少蘸點料，太辣了搞不好會拉肚子。」

「嫂子，我不怕辣！」方栓子吃得滿頭大汗，說話時嘴裡還在嚼著肉。

蕭遠山也用實際行動證明自己不怕辣，即使頭髮都在滴汗了，也沒見他慢下來。

「嫂子，妳這手藝絕了！」方栓子給劉芷嵐豎起大拇指。

劉芷嵐笑道：「還有肉，明天我做些肉乾給你，你去輪替你哥的時候帶上，服勞役最熬人，有肉吃，好歹能補一補。」

方栓子聞言，眼睛都亮了。

蕭遠山卻瞪了他一眼，轉頭就跟劉芷嵐說：「妳明兒不必給他做，做了他也留不住，保准還沒到家就吃光了！」

聽到蕭遠山這般說，方栓子就急了。「山哥，你太小看人了！嫂子，我保證、我保證絕對不偷吃！」

劉芷嵐大笑道：「放心，我給你做。」說完，她看了眼蕭遠山。「遠山哥，你明天可多使喚他，把本賺回來就成了。」

「山哥，明兒我一定比牛馬還賣力！」方栓子也急忙跟蕭遠山表態。

蕭遠山問劉芷嵐。「有我的嗎？」

劉芷嵐笑到不行，敢情這傢伙是怕沒他的分兒啊！

「怎麼可能少得了你？」

這麼大塊頭的一個漢子，沒想到還有這麼幼稚的一面，跟人爭吃的。

聽說有他的，蕭遠山就高興了，大手一揮。「那成，就這麼辦吧！」

方栓子高興地跳了起來，劉芷嵐去灶房拿了個籃子，裡頭放著一塊新鮮的麃子肉和一碗滷好的麃子肉。

這年頭家家都不富裕，方嬸早上送給他們五十個雜糧饅頭，這在村裡算是大手筆。有來有往，他們要在村裡住著，就不可能真當獨戶，誰也不來往。

況且方嬸一家人是真惦記他們，明明小兒子過兩天就要去工地幹活，這些天在家歇著多好啊，偏要上山來替他們家幹活。
做人要知情識趣，要知感恩，知進退。
「明早你來就不要帶乾糧來了，若是再帶，我就不讓你進門。」
劉芷嵐把籃子塞進方栓子的懷裡，蕭遠山這邊也把火把遞給他了。
方栓子嘿嘿道：「我回去跟我娘說！只是我娘樂意不樂意，我就不清楚了。」
昨天拿肉回去，他娘就對他一頓罵，叨唸他只不過幫忙幹活，還又吃又拿。
方嬸說蕭遠山夫婦的生活不容易，所以她一大早起床做雜糧饅頭，生怕自家兒子把人家吃垮了。
方栓子走了，蕭遠山把院門關上後，就對劉芷嵐道：「我洗碗。」
「我洗吧，你都累一天了。」劉芷嵐沒讓他，蕭遠山卻從她手中將碗搶了過去。
「不累。再折騰一夜也累不著。」蕭遠山想起早上對劉芷嵐說的話，頭埋得有些低。
燈火昏暗，隱約能見漢子的臉色不對，有些紅。
劉芷嵐聞言一僵。
圓房！
這傢伙想著圓房呢！
這可怎麼辦啊？
劉芷嵐瞧著手腳麻利在灶房忙碌的漢子，她便心亂如麻，乾脆從小灶裡打水洗漱，然後在床上鋪好兩床被子，自己鑽進裡面那床裹得嚴嚴實實。

漢子洗完碗，把灶房收拾乾淨，便打水洗澡。

他怕媳婦嫌棄他髒，洗得可仔細了。

進屋吹燈上床。

漢子激動地喊了聲。「媳婦……」

沒動靜。

「媳婦……」

還是沒動靜。

「媳婦妳睡著了？」

蕭遠山失望極了，他該怎麼辦？

把媳婦喊醒？

好像有些捨不得，她這一天在家又是做飯又是做針線，也累得不輕吧？

可是……床上為啥還放兩床被褥？

媳婦不樂意跟自己圓房？

「妳不樂意跟我圓房？妳心裡是不是裝的還是他？」想到媳婦為徐秀才背菜譜、學廚藝，蕭遠山的心酸得不行。

他聲音很低，十分失落，跟委屈的大狗在悶哼一樣。

「沒有，我心裡裝的是你，遠山哥！」劉芷嵐哪裡受得了他這樣，他這話音一落，她就裝不下去了。

「真的，我不是不樂意跟你圓房，只是……只是我還沒準備好……遠山哥，再等我幾天成嗎？」

房間裡黑漆漆的，她的眼睛卻是亮晶晶的。

「要等幾天？」蕭遠山低聲問。

「五天！」劉芷嵐說完，蕭遠山沒吭聲，她咬了咬唇。「三天，三天成嗎？我想把這服藥喝完，等臉上的紅疹褪了再圓房。」

「可是紅疹又不影響！」蕭遠山想不明白，臉上的紅疹跟圓房有啥關係。

「我……我想漂漂亮亮地跟你圓房，我想你一輩子都記得我，記得我把自己給你的時候是完美的。」

「媳婦！」蕭遠山猛地抱住她，唇落在她的臉上，一下一下地親著。

他的心被這番話填得滿滿的。原來她不是不樂意，她是想圓房的時候不留遺憾。

雖然他不嫌棄，他覺得臉蛋好不好看都無所謂，只要這個人是他媳婦就成了，但……媳婦這麼說，他依舊高興不已，心裡比吃了蜜糖還甜。

這是不是就說明，他蕭遠山在媳婦的心裡是最重要的人？

「睡一個被窩！」

這是蕭遠山的底線，讓步也就只能讓到這裡了。

「好。」劉芷嵐聞言鬆了口氣，低聲應了，把裹緊的被子鬆開。

漢子如魚般滑了進去，一條胳膊穿過她的脖頸攬著她的肩，另一條胳膊就順勢搭在她的腰上。

他拍了拍她的後腰，低沈地道：「睡吧！」

「嗯。」

漢子渾身跟個火爐似的，貼著他睡十分暖和，被他的味道包裹著，聽著他有力的心跳聲，劉芷嵐的眼皮漸漸地變重了。

她睡著之後，漢子的呼吸就粗重起來，他的手往上挪，輕輕的，還因緊張而發顫。

當觸及他想了一天的那地方，綿綿軟軟的，一碰一顫，他的心都跟著顫。

懷裡的小媳婦動了動，他忙收了爪，過了一會兒沒動靜，爪子又不安分地摸索過去……

第七章

隔天，劉芷嵐醒來，屋裡又有一股淡淡的怪味，有點腥。

早晨，方栓子來的時候倒是沒再拿乾糧了，他揹了一口袋玉米麵上來。

劉芷嵐掂了掂，少說得有十斤。

「嫂子，我娘說了，這是糧食不是乾糧……」

劉芷嵐。「……」

「替我謝謝方嬸。」

還能說啥？收下唄！

這個沒有血緣的長輩，劉芷嵐算是認下了。

吃早飯的時候，劉芷嵐瞧著蕭遠山眼底的青色比昨日更重了些，有方栓子在，她也不好問。

她替兩人做了二十個肉夾饃，用竹籃子裝好，上頭蓋了一塊乾淨的土布，又給兩人燒了一大壺水，讓兩人帶著出門。

送走兩個大男人，院子裡一下子就清靜了。

將碎麃子肉拌的碎餅子餵給小黃後，她就把針線拿到院子裡來做。

這兩天日頭好，太陽灑在人身上暖烘烘的。

一個上午，她就把蕭遠山的棉馬甲給做好了，下午她就動手做自己的棉襖。

買的棉襖不收腰，衣袖也大，劉芷嵐是按照改良的漢服款式來做，她上輩子搗鼓了不少，做起來更順手，一下午的時間，第一件細布棉襖就做好了。

粉色碎花的，蕭遠山非要買給她。

她在衣領、袖口、衣襟處，用了淺灰色的布包了寬邊，這樣一處理，這粉色碎花的棉襖就沒那麼俗氣了。

高領、斜襟、窄袖、收腰……接下來是大幅的開衩下襬，衣襬剛好能蓋到膝蓋處。

她穿上試了試，還不錯，腰身收得好，腰身一束，挺立飽滿的胸形就襯托出來。只是這襖子裡面要配裙子才好看。

時辰不早了，裙子只能以後再做。

晚上照舊是麃子肉，劉芷嵐做的是香鍋麃子肉和五香瓦塊肉。

蕭遠山和方栓子還是天擦黑才回來。

一回來都不用劉芷嵐喊，第一件事就是放下工具去洗手。

屋內飄散出來的香味，早就把兩人的饞蟲給勾出來了。

桌上只擺了一份蘑菇麃子肉香鍋，一份滷麃子肉，一個辣味蘸醬。

瓦塊肉沒端上來，這種肉要晾了才好吃，入口酥脆化渣，滿口的肉香味。

兩個男人一上桌就是吃。

一個塞得比一個快，跟練了武功似的，她的眼睛都看花了，差點沒拉出殘影來。

劉芷嵐覺得，若不是蕭遠山飛快地給她挾一碗的菜，她晚上怕是只能啃乾饃饃。

「明天晚上你要去代替你哥哥，白天就別來了。」蕭遠山跟方栓子道。「反正也沒剩多少事了，再有兩天時間，我就能做完。」

「明天好好歇一天，養精蓄銳，後天好好幹活。」劉芷嵐一說完，就把一個油紙包塞給他。「五香瓦塊肉，這裡我分了兩包，一包你自己吃，另外一包你孝敬給管事的，別捨不得，吃你的嘴短，總能照顧著你一些。」

「好！」方栓子答應下來，他的鼻頭有些酸。

自家親娘都思慮不了這麼周到……

往後誰再敢說嫂子壞話，他弄死他們！

「嫂子、山哥，我下山了，等我回來再上山來看你們。」方栓子跟兩人道別。

「你好好幹活，別衝犯，也別跟人打架。」蕭遠山叮囑道。

上一世，方栓子就是去服勞役的時候跟人鬥毆，腿被人打斷了不說，還被下大獄。

「能活著平安回來比什麼都強，要是別人惹你，你多想想，你要是出事了，方嬸能活不？」

「哪有那麼玄啊？不過是去幹個活而已。」方栓子不以為意地道。「放心吧，山哥，我不會惹事的。」

只不過事情惹到他，他也不會退縮。

蕭遠山也不好說太深，該叮囑的叮囑過就成，他也忘了方栓子具體在哪一年出了事。

送走方栓子後，蕭遠山還是不讓劉芷嵐洗碗。

等到晚上，劉芷嵐做好準備跟漢子同蓋一床被窩了。

沒想到漢子卻單獨蓋了一床被子。

劉芷嵐。「……」

少了漢子熱呼呼的懷抱，劉芷嵐翻來覆去，半宿都睡不著。

可一想到蕭遠山眼底的青色，還有他晚上分被窩的舉動……

劉芷嵐覺得肯定是自己睡相不老實，所以才害他沒睡好覺。

漢子白天勞動量挺重的，她有些心疼他。

「怎麼了？」蕭遠山問。

「是不是我晚上睡相太差，影響到你了？」劉芷嵐還是問了出來。

蕭遠山：是我自己不老實，受不住了。

「妳今天臉上的紅疹少了很多。」蕭遠山答非所問。

「啊……喔，大夫開的藥好，跟著你吃得也好，身體好了很多，大約這樣……就好得快了些吧。」

「妳說的三天，還有兩天。」蕭遠山低沈地說。

劉芷嵐。「……」

咱們能不能別記這麼清楚！

「兩天……能好完全吧。」他自顧自地道。

心裡真的是糾結，萬一沒好怎麼辦？

媳婦想漂漂亮亮的圓房，他不能讓媳婦留遺憾啊。

「能……能的吧……」劉芷嵐的心咚咚亂跳，跟漢子一本正經地討論啥時候啪啪，真是羞恥。

她不想跟蕭遠山繼續討論這個問題，於是轉移話題。「遠山哥，你說我賣菜譜怎麼樣？我會雕刻，能印很多書出來。」

蕭遠山想了想就道：「書商買不了妳多少書，他們買一、兩本之後，就會立刻自己把書印刷出來。妳用的是雕版，但他們都是活字印刷。妳廢了大心血弄出來的東西，他們轉眼就能複製出來。」

蕭遠山是識字的人，因為師父教過他，除此之外，師父還會跟他講一些外面世界的事……

他其實懂得挺多的。

劉芷嵐想一想，也是，現代社會都盜版滿天飛，更別說完全沒有版權概念的古代了。

她打消印書賣錢的念頭。

蕭遠山又道：「如果妳想賣的話，我倒是覺得把方子賣給大酒樓要靠譜得多。比如滷肉的方子，若是賣到大酒樓，估摸著一、二百兩銀子可賣。」

「那咱們就賣方子！」劉芷嵐興奮地道。「遠山哥，等你忙完了，咱們就上縣城吧！」

鎮上的酒樓再大也就那樣，想賣高價就得去更大的地方。

她一點都沒想過去擺攤賣滷肉，飲食生意起早貪黑累人不說，她和蕭遠山沒有身分背景，若是有無賴說他們的滷肉不乾淨，吃壞了肚子……

左右不管怎樣都是麻煩事，不如賣方子來得俐落。

至於一錘子買賣……

劉芷嵐腦子裡的美食方子多了去，完全不懼。

蕭遠山點頭。「成，就是縣城有些遠，咱們要在縣城裡住一宿。」

說完，他又看了媳婦一眼，她臉上的紅疹都消得差不多了，明天該徹底好了吧。

如果去縣裡住店……

媳婦肯定不樂意在外頭給他。

想到這裡，他的心情就不大好了。

算了，他忍！

也就多耽誤幾天而已。

轉眼兩天就過了，這回他們沒有翻山去雙水鎮，而是穿過村裡去雙楠鎮，再從雙楠鎮雇騾車去縣城。

月明星稀，村裡除了幾聲狗叫、幾聲雞鳴，沒人外出，也就沒人能瞧見他們兩個。

到了鎮上，天才剛亮，蕭遠山雇了一輛騾車，抵達縣城時大半個上午都過去了。

縣城還挺氣派的，三丈高的城牆，寬大的城門，城門口守著拿刀的士兵，每個人進城還得繳兩個銅板的費用。

蕭遠山繳了四個銅板的進城費，然後問劉芷嵐。「咱們先四處去逛逛，還是先去酒樓賣方子？」

「先去酒樓賣方子吧。」劉芷嵐說。

不先賣方子，她心裡就裝著一件事，不能安心逛街。

蕭遠山帶她去了迎仙樓。

以前他跟蕭萬金來過迎仙樓，整個縣城的酒樓就數迎仙樓最大，收他們的獵物價錢給得最公道。

迎仙樓的掌櫃為人也挺實在的，是個講信義的生意人。

「兩位是打尖還是住店？」小二迎了出來。

因著蕭遠山換了衣裳，這些天吃得好，長了些肉，面色也紅潤不少，小二愣是沒認出他來。

蕭遠山笑道：「我是雙楠鎮徐家村的獵戶，我姓蕭。」

小二很仔細地盯著他瞧了一會兒，才拍手道：「哎喲……是蕭爺啊，您胖了，我這眼睛不好，竟沒能認出來。您快進來！」

要說迎仙樓的生意怎能做這麼好，這迎客的小二嘴甜態度好，絲毫沒有因為蕭遠山是獵戶而瞧不起他。

「您是來吃飯還是住店？」見他沒拿獵物，小二就問他。

蕭遠山道：「找掌櫃的嚐點東西，掌櫃的在不？」

小二忙道：「在，您且等等，我幫您通稟一聲。」

蕭遠山遞給他一個小油紙包。「這是我媳婦的秘製滷肉，滷的是麃子肉，你讓掌櫃的嚐嚐，看他有沒有興趣，如果沒興趣，我們就去別家。」

他說得模糊，小二卻聽得明白，他心裡雖不認為一個窮鄉僻壤的獵戶能有啥好玩意兒，但也不敢陽奉陰違。

畢竟他們家需要野味，他們這兒山多，但厲害的獵戶少。

這麼說吧，能送野兔、野雞，送些麃子來的獵戶挺多，但是敢開口獵物任點的還就眼前這一位。

這位可曾經往他們店裡扛過熊！

過沒一會兒，小二就匆忙跑出來請他們兩人進後院。

兩人走進花廳，裡面除了掌櫃，還有一個胖子，瞧架勢就是大廚。

「蕭老弟，弟妹，快進來坐。」掌櫃的臉都笑開花了。

最近得月樓的勢頭很猛，推出幾道新菜，把他們排擠下去，隱隱有要超越他們成為第一的架勢。

掌櫃急得起了一嘴的燎泡，這會兒來了救命丹，他這心啊，激動不已。

「弟妹啊，妳這個滷肉的做法，除了麃子肉，豬肉、羊肉、魚肉成嗎？」兩人一坐下，掌櫃的親自給兩人倒茶，順便問道。

劉芷嵐端起茶杯。「肉類基本都能做，但魚不成。」

掌櫃的也坐下，喝了一口茶，繼續笑問：「那……你們是來賣方子還是來賣滷肉的？」

「賣方子。」劉芷嵐很是乾脆地答道。

掌櫃的聞言，臉上笑意更深了。對於他來說，自然是買方子更有賺頭，買滷肉等於被人掐著脖子，把著命門。

萬一哪天對方不賣滷肉給他，而這滷肉在酒樓又打出招牌，那場面……光想想就難受。

「弟妹打算怎麼賣？」掌櫃的問。

劉芷嵐笑道：「掌櫃的看著給，我覺得不吃虧，合適就賣；覺得吃虧了，不合適就不賣。這縣城的酒樓也挺多的，我們今兒帶了不少滷肉在身上，在您這兒做不成生意，我們大不了多跑幾家。縣城做不成生意，我們也可以去省城……也是遠山哥說，迎仙樓的掌櫃做生意實在，咱們才第一個上您家來。」

「哈哈哈……弟妹不去做生意真是可惜了，這一上來就將我的軍啊！」掌櫃的聞言就大笑道。

他倒是想對方先出價，他就看情況往下壓一些，這生意就成了。

可是對方卻不按照他的思路來，讓他出價，還言明價格不合適，她就走人！

這……不成，不能給他們走出迎仙樓，不能讓得月樓嚐到這滷肉滋味的機會！

「弟妹啊，我若是買了方子，妳還得把我們家大廚教會了才能脫手，可不能只給方子就走人啊！」

劉芷嵐頷首。「放心吧，價錢說好了之後，我就留在酒樓幫你們熬製一鍋滷水，滷上幾樣吃食。若是味道不好，您可以把銀子要回去。」

「弟妹是爽快人！蕭老弟，能娶到弟妹當媳婦，你福分大啊！」掌櫃的樂呵呵地道。

有人誇他媳婦，蕭遠山自然是高興的。「您說得對，能娶到她是我上輩子修來的福氣。」

「這麼著吧……三百兩銀子，我出三百兩銀子，但是咱們得訂個契約，你們可不能再賣別家！」

三百兩？

遠山哥不是說一、二百兩嗎？

銀子這麼不值錢？

劉芷嵐下意識地去看了眼蕭遠山。

她沒說話，掌櫃的就以為她是嫌棄錢少，咬牙又添了一百兩。

劉芷嵐愣了愣，還添……

怎麼在掌櫃的眼中好似銀子不是錢，這才幾秒鐘就上四百兩了？

見劉芷嵐還是不說話，掌櫃的咬牙切齒地道：「五百兩！真不能再多了！再多我也拿不出來了！不瞞你們說，這個價，就是省城也沒人能出。換成別家，最多給你們二百兩銀子，不信你們可以去試試。我也是瞧著蕭老弟往常日子過得苦，你們剛成親，剛分家，花用銀錢的地方還多……」

他也是被逼急了，再不出新菜，怕是要被得月樓給打壓。再者，秘方這個東西，能便宜也能貴，端看你怎麼操作。

這個滷肉方子，若是拿到京城去轉手……一千兩銀子也是能賣。

五百兩看起來多，但他買下來也是穩賺不賠！

這滷肉，絕對能火起來。

劉芷嵐點頭。「成，那就五百兩銀子，掌櫃的給我們面子，我們也自然要給掌櫃的面子，少賺點銀錢無所謂，往後都是要來往的。」

漂亮話誰不會說？

你說讓我占便宜了，我偏說吃虧了。

你還能不買？

掌櫃的指著劉芷嵐笑了笑，這小媳婦瞅著年歲不大，心思卻很深，還好他給的價格不低，否則就她這作派和手腕，還真能轉身就走，拿著方子另投別家。

「我們可以訂契約，我也不賣方子給別家，但是我們夫妻如果以後日子艱難，說不定要擺攤賣滷肉。不過我們不會在咱們縣城擺攤跟您打對臺，這點您可以寫進契約裡。」

「成，就這麼定了！」

掌櫃的一拍板，立刻就有人拿筆墨來，當場就簽訂契約了，掌櫃的又問他們是要銀票還是要銀子。

劉芷嵐問蕭遠山，蕭遠山回覆要五十兩的散碎銀子，其他的要面額小一些的銀票。

收好銀子，劉芷嵐就把方子寫給掌櫃的。

掌櫃的讓大廚看了方子，大廚邊看邊讚嘆。這方子太妙了，是怎麼想出來的？

「這次你親自去採買香料，多換幾家藥店，記住多買幾味別的藥，分量也都買成一樣的……」

胖大廚道：「我曉得。」

這麼做是避免同行通過用料把他們的方子琢磨出來。

他走了之後，劉芷嵐向掌櫃的要了一份菜單，看過之後就問掌櫃的。「酒樓不賣筍嗎？」

「筍？」

「對，竹筍。」

掌櫃的搖頭。「不賣，那東西又苦又澀，豬都不吃，更何況人了？」

劉芷嵐笑道：「那趁著這個空檔，我做兩道冬筍菜讓您嚐嚐。」

她和蕭遠山除了帶滷肉來，還帶了一小包剝好的冬筍。

「竹筍真的能吃？」掌櫃的瞪大眼睛，有些不可置信。

劉芷嵐道：「我當場做出來，您嚐過就知道了。」

掌櫃的聞言十分期待，他親自去安排廚房，把廚房幫工的人都轟出去，他自己捲起袖子，擔任劉芷嵐的助手。

劉芷嵐只是做了幾道家常菜，冬筍肉片、三鮮冬筍豬肚湯、乾煸冬筍。

「沒毒。」三道菜做好之後，劉芷嵐每道都先嚐了嚐。

掌櫃的呵呵笑道：「肯定沒有毒，我又不是貴人，吃個菜還得要人試毒。」

他只怕不好吃。

不過，當他挾了一片冬筍放進嘴裡時，眼睛就瞇起來了。

好嫩。好鮮。沒有絲毫怪味！

他又盛了一碗湯喝。

哎喲，是真鮮！

掌櫃的都要哭了。

一定是他平常善事做得多，所以老天爺才送了個福星給他。

哈哈哈……左一道滷肉，右一道筍，他就不信，得月樓能爭得過他？

哼，哪邊涼快哪邊去吧！

「不管是冬筍還是春筍，都得用先用鹽水煮過，然後用清水多洗幾次，就能祛除苦澀的味道。還有筍雖然好吃，但正在長身體的孩子不能多吃。這東西對腸胃好，肚子脹吃筍能緩解……」

劉芷嵐跟掌櫃的說了一些筍子的好處和禁忌，以及筍子能做菜的關鍵在哪裡。

「這道菜就送您了，咱們算是交個朋友。」劉芷嵐對停不下筷子的掌櫃道。

蕭遠山說滷肉方子大約能賣二百兩，她預期的價位也差不多是一、二百兩，掌櫃的張口就給她五百兩銀子。

蕭遠山說得對，這迎仙樓的掌櫃實在，真沒怎麼坑他們。這筍子的處理方法就算是她附贈的福利。

其實也不是劉芷嵐目光短淺，把生錢的樹給連根賣了。

一錘子的買賣，方子就算賣再多錢，錢也有花光的一天。若是自己握著方子拿滷肉做生意，年復一年，掙的錢還不知有多少個五百兩。

實在是劉芷嵐和蕭遠山都是普通百姓，若他們今兒選擇的不是賣方子而是自己做生意，保證不出兩、三天就會被人覬覦，然後仗著權勢搶了方子。保不住的還不如趁早賣掉，能換幾個錢是幾個錢。

掌櫃的感動得要哭了。

他之前還覺得劉芷嵐刁鑽，現在就覺得人家親切了。

「妹子，妳是我親妹子！」掌櫃的道。「妹子妳叫啥名字？」

「出嫁前叫劉春芽，出嫁後改名叫劉芷嵐。」她之所以說這麼清楚，是篤定以後掌櫃的會來村裡找她。

她打算在屋後的山坡上種些果樹，果子不管是拿來做果酒還是拿來賣，都得有門路才成。

迎仙樓就是她看好的第一個門路。

「妹子啊，妳還有沒有別的菜譜？老哥我買，妳放心，絕對不會虧待妳的！」

劉芷嵐笑著搖頭。「您太高看我了，哪裡來那麼多的菜方。滷肉方子是偶得的，若不是我們剛分家兜裡沒有一分錢，這方子我們是萬萬不能賣的。至於竹筍，您也知道遠山哥往常過的啥日子，為了能不餓肚子啥不吃？這筍子也是吃不死人，我也是瞎貓碰上死耗子，覺得鹽水煮過的筍不好吃、有些苦，就多洗了幾遍回鍋，不承想回鍋之後就沒了苦味……」

以前蕭遠山總跟蕭萬金進城來賣野物，掌櫃的自然清楚蕭遠山那個時候是啥模樣。

掌櫃的有些失望，但回頭一想，今兒收穫已經夠大了，做人可不能貪心，太貪心了，菩薩會厭棄，往後不看顧他，還是細水長流的好……

兩人正說著話，胖大廚就回來了，用來魚目混珠的藥材被他挑選出來放到一旁。

劉芷嵐一邊配香料，一邊跟他細細解說。

她幫忙熬了一大鍋的滷水，第一鍋就放了排骨、豬蹄、豬頭肉，還讓人去買了下水料回來，洗乾淨之後放進去滷。

劉芷嵐講得仔細，胖大廚聽得認真，等第一鍋滷肉出爐，放涼之後再端出去給掌櫃的試吃。

「味道怎樣？」胖大廚一邊吞口水一邊問。

掌櫃的沒有正面回答，只說了一句。「你嚐嚐。」

胖大廚趕緊用手拎了一片塞嘴裡。

媽呀！比帶來的麃子肉還好吃。

麃子到底是野物，滷出來還是會有一丁點的味道，而且麃子肉瘦，吃起來沒豬肉的口感好。

「滷湯是越熬越香……」

劉芷嵐又跟兩人說明滷湯在啥情況下該加鹽、加香料等注意事項，確定把事情都說清楚了，她才提出要離開。

掌櫃的忙攔住她。「留下吃過飯再走，都到這兒了，沒道理讓你們出去吃飯。今兒晌午就吃妳做的那幾道菜加上滷肉，成不？」

劉芷嵐想一想就答應了。

席間，掌櫃的問他們是要馬上回村還是留下來住。

蕭遠山說，他們還要買些東西回去，怕是要找店住下，明日再回。

掌櫃的忙說，他們今晚就住迎仙樓，否則以後他不收蕭遠山的獵物。兩人只好答應。

「你們要是認我這個老哥，以後上縣城了就來迎仙樓，吃住都算我的。我也不跟你們來虛的，吃跟著我吃，住就住後院的客房，都不用入酒樓的帳，沒人能說閒話。」

他算很有誠意了，為了不讓劉芷嵐和蕭遠山不自在也是煞費苦心。

「那就多謝姚大哥了！」

掌櫃的姓姚，叫姚富貴。

要富貴！

吃完飯，姚掌櫃把他們帶進後院客房安頓下來，自己去了大堂。

看著每桌客人嚐了滷肉之後都在叫添菜，他臉上的笑容就消不下來。

跑堂的小二耐心地跟每桌客人解釋道：「咱們這新菜是給諸位試吃的，沒做多少，今日是真沒賣。諸位喜歡，明兒再來！」

瞧見這幅情景，姚掌櫃都能預見第二天店裡為滷肉而來的客人有多少！

他抓了個跑堂的小二吩咐。「跟後廚說一聲，切些滷肉丁端到外頭，給路過的人都嚐嚐……要有眼力點，多給穿得好的……」

小二滿臉堆笑道：「是，掌櫃的！您放心吧，保證把事情給您辦得漂漂亮亮！」

吩咐完事，姚掌櫃哼著小曲進櫃檯算帳。

且說劉芷嵐和蕭遠山在客房歇一會兒就出門了。

這回發大財了，不缺錢，兩人就在縣城裡四處逛，買！買！買！

買好的東西都讓人先送回迎仙樓，等他們明日離開的時候，再雇車拉回家。

第八章

第二天早上，兩人吃過早飯就離開縣城。他們買的東西太多，足足塞滿兩輛馬車，送他們回去的馬車也是迎仙樓的，姚掌櫃非要派人送，兩人也沒有矯情推拒。

因為路途遙遠，若是不早些走，車夫回程的時候，怕耽誤時間進不了城。

他們刻意繞些路，繞過徐家村再上山，路遠些也費勁些，但不會讓人瞧見。

馬車來到山下，因為無法上山，劉芷嵐留下來守著馬車，兩個車夫幫忙蕭遠山往山上搬東西，來回跑了兩趟，兩名車夫累得氣喘吁吁。

劉芷嵐給他們一人一百文錢做酬謝。人家是酒樓的人，幫他們把東西送回來就不錯了，搬東西可不是他們應當做的事。

兩人見劉芷嵐如此大方，十分高興，接連道謝。

送走車夫後，蕭遠山非要劉芷嵐坐獨輪車，他推著她回家。

獨輪車坐起來並不舒坦，還相當顛簸。遇到坑窪的小道，一個不小心她就被顛下去。

她以為自己會摔個狗吃屎，尖叫一聲之後卻發現沒摔疼。

原來是漢子拽了她一把，然後一扭身子墊在下頭，讓劉芷嵐摔在他身上。

漢子的後腦勺磕在碎石上，他硬生生地忍著疼，反倒緊張地問劉芷嵐有沒有摔著。

「我哪兒也沒摔傷。」劉芷嵐道。

她要起身，但腰身被蕭遠山緊緊扣著，動不了。

「媳婦……」蕭遠山的喉結上下動了動。

他的目光落在劉芷嵐的臉上，跟烙鐵般有些燙人。

「嗯？」

「妳臉上的紅疹沒了……」

兩人的鼻尖差幾寸就貼在一起了，氣息糾纏著，呼吸越來越急促。

陽光下，媳婦的臉很白，她的彎彎黛眉下是一雙水波盈盈的眼，眼珠子亮亮的似天上星子。

小巧的鼻子直挺，紅潤的唇跟熟透的櫻桃一般，讓人只瞧一眼就想吃進肚裡。

蕭遠山這麼想，也跟著這麼做了。他抬手扣住劉芷嵐的後腦勺，仰頭對著她的小嘴叼上去。

媳婦的唇很軟，他激動地閉上眼，一個翻身將媳婦壓在身下，大手墊在她的腦後，舌尖輕輕地、略微顫抖地描繪著她的唇，吮夠了才去撬開她的牙關。

他的舌尖如魚般滑了進去，纏著媳婦溫溫潤潤、濕濕熱熱的舌共舞。

蕭遠山覺得自己的魂都要飛了。

劉芷嵐也好不到哪兒去，她渾身酥麻著，在漢子的身下軟成一灘水。

良久，他鬆開她的唇，兩人的唇間牽著一絲晶瑩的線，好一會兒才斷。

「媳婦……妳好美……」說完，他又低頭親下去。

親不夠啊……

「喜歡嗎？」劉芷嵐沒有躲閃，直勾勾地看著漢子，問他。

還有什麼比兩情相悅更好的呢？

雖然相處的時間短暫，她還是喜歡上眼前這個實在的漢子。既喜歡，又何必遮掩？

「喜歡。」漢子吞了吞口水道。「可稀罕了！」

他埋頭在她的脖頸間，深深呼吸著，貪婪地聞著她的味道。

再世為人，跟媳婦相處的日子雖短，但就這短短幾日中，讓他感受到上輩子都不曾感受過的溫暖。

他知道了什麼叫家，也知道了什麼叫牽掛。

他心裡住進一個人，這個人在他心裡待著，他就踏實。

「稀罕死了！」蕭遠山喃喃地道。

他的氣息噴在她的脖頸間，磁性的聲音往耳朵裡鑽，劉芷嵐整個人都酥了。

「媳婦……妳答應我的日子到了。」

蕭遠山不敢抬頭，把臉死死地埋在劉芷嵐的頸彎，他怕媳婦拒絕。

「好。」劉芷嵐顫著聲音答應了。

她的臉也在這一刻滾燙起來，紅得能滴血。

「媳婦……」蕭遠山猛然抬頭，瞅著劉芷嵐傻笑。

「快起來。」劉芷嵐閃躲著他的目光。

這個男人的目光太過炙熱，她可不想第一次就在野地裡。

「誒……」蕭遠山從她身上翻下來，又將她攙扶起來。

劉芷嵐瞧見他的手背，全是石頭烙下的小坑，有些地方還破皮流血了。

這手，之前墊在她的腦下。她什麼也沒說，只牽過他的手，用帕子輕輕幫他擦乾淨。

她的手指跟水蔥似的又白又嫩，乾乾淨淨的指甲蓋泛著淺淺的粉色，好看極了。

蕭遠山想嚐嚐味道，可又想著自己期待的事，最終還是決定不在路上浪費時間。

「咱們回去吧。」蕭遠山說著就去推獨輪車。

「嗯。」

劉芷嵐跟在他身後走，漢子不時轉頭過來看她是否能跟上，臉上的傻笑一直沒落下來過。

「媳婦……回家咱們剪幾對紅雙喜貼門上。」

「好。」

「咱們好好洗一洗，換了大紅的衣裳給師父磕頭。」

「嗯。」

「媳婦，晚上陪我喝兩杯成嗎？」

「成……」

劉芷嵐每應一聲，漢子腳下的步伐就輕快幾分。

回到家後，漢子幹活的速度快了很多。

劉芷嵐負責做飯，滷豬頭、蘿蔔大骨湯、油渣白菜、櫻桃肉……

蕭遠山的活兒幹得差不多了，劉芷嵐這裡飯也做好了。

這會兒已經過了晌午，吃晌午飯晚了，吃晚飯又早了。

可蕭遠山急啊，早點吃飯早點洞房不是？

反正他們在山上是獨門獨戶，就算大清早起來就幹那事，也沒人能說嘴。

飯食在堂屋擺好，蕭遠山就招呼劉芷嵐坐下。

劉芷嵐問他。「咱們是不是該給師父拜些飯菜？師父的牌位在哪兒？」

蕭遠山搖頭。「師父不讓我給立牌位。」

劉芷嵐沈默一會兒，又問：「那師父的墳頭在哪兒？」

之前漢子堅持買紅衣的時候，就說要穿上紅衣去師父的墳前磕頭。

蕭遠山道：「咱們身後的大山就是師父的墳，一會兒吃完飯，咱們就朝大山拜堂。」

當初師父給他留了些話就進山了，從此再未出來過。

師父說，若他一個月內沒出來，大約就是死在裡面。他吩咐過蕭遠山不要立牌位，也別立衣冠塚，就讓他安安靜靜地離開。

剛開始蕭遠山以為師父跟往常一樣，不過是以防萬一，在進山前嘮叨兩句。後來師父一直沒出來，他才肯相信師父已經死在大山裡了。

「師父要我找個媳婦，好好過日子，若能子孫滿堂、夫妻融洽，他這輩子的心願就算是了了。」

去世的人走了，活著的人還要好好過日子。

上輩子蕭遠山愚孝，辜負了師父。這輩子蕭遠山重活一世，打定主意要聽師父的教導，跟媳婦把日子過好、過得紅火，讓他老人家能安心進輪迴。

不只是為師父，更多的是為他自己。

他想跟媳婦白頭到老。

「師父是個通透的人。」劉芷嵐嘆道。

「吃飯吧！你肯定餓了吧？」劉芷嵐張羅吃飯，給蕭遠山挾了一筷子的肉。「這是櫻桃肉，你嚐嚐喜不喜歡吃？」

蕭遠山沒讓她把肉放飯碗裡，而是低頭叼住她遞過來的筷子，櫻桃肉入口甜香軟糯，肉一抿就化了。

「好吃！妳也吃。」蕭遠山也挾了一塊肉，遞到劉芷嵐面前。

劉芷嵐笑著把肉吃進嘴裡。兩輩子為人，還是第一次有人餵她吃東西。之前她病著沒力氣的時候，蕭遠山餵她吃還不算數。因為那個時候，這個男人對她只有責任，沒有感情。

現在不一樣了。

她能感受到，這個男人對自己動情，也動心了。

甜蜜的味道在口腔蔓延開來，一路甜到心裡。

蕭遠山給劉芷嵐倒了一點酒，他自己則倒了一大碗。

「媳婦……」他朝劉芷嵐端起酒碗。

劉芷嵐亦是端起酒碗，兩人碰了碰。

蕭遠山望著她的眼睛。「我珍視妳。」

說完，他就仰頭把酒乾了。

劉芷嵐也乾了。

酒不太好，很辣喉嚨，劉芷嵐忍不住偏開頭咳嗽起來。

蕭遠山忙給她倒茶，又忙著幫她拍背順氣。

「都怪我，不該讓妳喝酒的。」

劉芷嵐搖頭，她緩過勁來便藉著蕭遠山的手，喝了一口茶水。

「我想喝。想跟你一起喝。」她笑看著他。

她笑的剎那，蕭遠山覺得整個世界的花都開了。

「還是喝茶吧。」蕭遠山說著，替她的酒碗裡倒上茶水。「以茶代酒，一樣的。」

「好。」劉芷嵐點頭應下。

她實在是沒料到這酒這麼難喝。

「櫻桃肉預示著我們以後的日子能甜甜蜜蜜，這道油渣白菜，預示我們往後能百事順遂……」

「媳婦……謝謝妳。」蕭遠山又喝了一碗酒，眼眶泛紅。「謝謝妳給了我一個家。」

「也謝謝你給了我一個家。」劉芷嵐握住他的手。「往後我們就相依為命了。」

「嗯，我們相依為命。」蕭遠山很認真地點頭。

飯吃完了，蕭遠山沒讓劉芷嵐洗碗，自己搶來做。

劉芷嵐就把熬湯的豬頭骨給小黃吃，小黃把骨頭叼一邊啃得可歡實了。

洗了碗，蕭遠山兌了熱水，眼熱地看著劉芷嵐。「媳婦，去洗洗吧。」

劉芷嵐把蕭遠山關在門外，蕭遠山就站在門口不走，站在外頭聽屋裡淅淅瀝瀝的水聲。

他吞了吞口水，喉結上下滑動著，脖子都是紅的。

等門開了，蕭遠山就見劉芷嵐已經穿上那套大紅的衣裳。

「遠山哥……我幫你換水。」劉芷嵐被蕭遠山盯得受不了，忙避開他炙熱的目光往外走。

蕭遠山拉住她的手。「不用，我就用妳洗過的水。」

說完，他當著劉芷嵐的面，就開始脫衣裳。

劉芷嵐忙將他推進屋，然後順手關上門。

門內的蕭遠山笑了。他的媳婦很害羞，正不好意思呢！

窗戶、門上都已經貼上大紅的喜字。

看著這些喜字，劉芷嵐有些羞澀，但更多的是期待，對蕭遠山的期待，對未來生活的期待。

她翻找出在縣裡買的紅燭點上放堂屋裡，待會兒臥房裡也得點上紅燭。

過了今天，她才真正意義上算是嫁給蕭遠山。

老劉家當初像是送瘟神般把她塞進蕭家就完事了，蕭家也不過是多了個人吃飯，什麼儀式……想都不要想。

蕭遠山洗完出來，也是一身紅衣。

他把洗澡水弄出來倒掉，澡盆擱在屋簷下靠牆放好。

「走，我們去跟師父磕頭！」蕭遠山一手抓著兩件破舊衣裳，一手牽著媳婦往外走。

他帶著她爬上屋後的一個小山坡，然後將破舊衣裳往地上一鋪便跪了下去。

劉芷嵐跟著他跪下。

「師父，我娶媳婦了，她叫劉芷嵐，我珍視她！她很好，對我也很好……她做的菜特別好吃……師父，我這輩子有福了……師父，我娶了個好媳婦，您老該高興了吧……」

蕭遠山說完，就從懷裡摸出一根玉蘭花開的銀簪子，他把銀簪子插入劉芷嵐的丸子頭上，又認真地端詳一番。「媳婦，妳真好看。」

劉芷嵐紅著臉道：「該給師父磕頭了。」

「嗯。」蕭遠山收回目光，結結實實地對著大山磕了三個頭。

劉芷嵐跟著他一起磕頭。

「媳婦，咱們該回去洞房了！」

蕭遠山吞了吞口水，然後將劉芷嵐打橫抱起，匆匆忙忙地往家裡走。

要不是怕摔著劉芷嵐，漢子都想用跑的。

劉芷嵐很緊張，一顆心快從胸腔跳出來了。

有心理準備是一回事，但真的面對又是另外一回事。

蕭遠山進屋後，一腳把小黃趕出去，就閂了屋門。

他把劉芷嵐放到床上，紅燭搖曳，燭火下的媳婦紅衣耀眼，眉目如畫。

他垂首吻上她的臉，一下一下的，額頭、眉眼、鼻梁、臉頰……

他沒放過任何一寸地方，直到含住了她的唇。

舌尖相抵，氣息纏綿。

劉芷嵐的腦子瞬間就被電迷糊了，忽地，她身上一涼，衣裳被漢子剝開了……

他的手上有厚厚的繭子，十分粗礪，劉芷嵐被靈液滋養後的身體很嬌嫩也很敏感，但凡他手指滑過的地方，都被帶起一層雞皮疙瘩。

她在他的手下顫慄，如海上的輕舟，隨著風浪飄蕩沈浮。

「遠山哥……」

劉芷嵐忽然睜開眼，伸手抓住蕭遠山的手臂。

蕭遠山的手摸到了一片濕膩。

劉芷嵐躬了身子，帶著哭腔道：「不成的！」

濕膩、黏稠，還帶著血腥味。

蕭遠山長年打獵，對血腥味非常敏感。

他把手拿出來一瞧，竟是滿手的血。

蕭遠山的腦子嗡的一下就懵了。

媳婦病重！這麼多血……完了……

這個時候，什麼亂七八糟的不健康想法，通通拋到雲霄了。

蕭遠山手忙腳亂地幫小媳婦穿衣裳。「別怕，我帶妳去看大夫……」

他嘴裡說著別怕，手卻在抖。

想著前頭兩個死掉的妻子，蕭遠山的心涼透了。

他……真是喪門星嗎？

真的會剋妻嗎？

不成！他不能讓媳婦死，一定不能讓她死！老天爺，求您了，別讓她死，只要她能活著，他可以不……

「遠山哥，我沒事，不用看大夫，我……我這是來月事了。」劉芷嵐捂著肚子窩在他懷裡。

他的心跳很亂，他的身子在抖，她知道他在害怕。

「女人……每個月都會來的，懷上孩子的時候就會停下來，生了孩子以後會繼續……老了才會沒有。」

劉芷嵐耐心地跟蕭遠山科普一番。瞧這漢子嚇壞了，臉色都是煞白的。

蕭遠山聞言頓住腳步，臉上的血色尚未恢復，不過僵掉的腦子卻慢慢能運轉了。月事？……對喔，女人會來月事。

家裡雖然沒有人教他，但村人對這種事並不怎麼避諱，特別是成親生過孩子的老娘們，說話時嘴上沒個把門的人，啥事都敢往外說。

所以村裡的小夥子們都早熟，他也從徐鐵柱等人嘴裡聽過很多關於女人的私密事。

女人來了月事要用月事帶，像是誰家男人沒出息，幫媳婦洗月事帶被發現了；誰家男人惹媳婦生氣了，被媳婦用月事帶糊了一臉……諸如此類的八卦，他也沒少聽。

「月、月事啊……」蕭遠山尷尬地道。

他心想著：還好媳婦及時出聲，否則他的誓言就發出去了。

那會兒嚇壞了，他想說只要劉芷嵐能好好活著，他願意離她遠遠的。

「遠山哥你放我下來……你幫我去熬點薑糖水，放一點紅糖，擱一片薑。」

「好。」

蕭遠山把劉芷嵐抱回床上，自己忙去灶房熬薑糖水，連敞開的衣衫都沒顧著攏。

劉芷嵐捂著肚子，感覺真他媽的疼，但她還是咬牙下床，翻找出草紙，換褲子的時候順帶墊好。

看見床單染血了，可她也沒力氣換床單了。

反正之前也丟過人，也不差床單這一件事。

劉芷嵐破罐子破摔地爬上床蜷縮進被子裡。

痛經啊……來得太他媽猛烈了。

原主沒來過月事，這是初潮。自她穿越過來，不管是吃食還是飲水，裡頭都加了靈液，按理說這身體也應該調理得七七八八了，不該痛經啊！

既然不懂，那就不管了，先度過這一關再說。

蕭遠山把薑糖水端進來的時候就瞧著不對勁，媳婦蜷縮在被子裡，露出來的小臉煞白煞白的，幾縷被汗水打濕的碎髮貼在她臉上，憔悴極了。

他的心猛然疼了一下。

「媳婦……妳怎麼了？要不咱們還是看大夫吧，我去請徐郎中。」蕭遠山把碗往床頭櫃上一放就要出門。

「遠山哥。」劉芷嵐忙喊住他。「別去，他……醫術不好……我就是肚子疼，喝了薑糖水就會好的。」

蕭遠山的眉頭皺得能夾死蒼蠅，但他還是聽話地轉過身去，坐在床頭把劉芷嵐撈進自己懷裡抱著，再拿被子蓋著她。

「喝吧。」蕭遠山一手端著碗，一手覆上她的肚子，輕輕地揉著。

他的手心溫度很高，即使隔著一層寢衣，她也能感受到他掌心的熱度。

有些舒服……

一碗熱呼呼的薑糖水下肚，劉芷嵐總算緩過來不少。

「好些了嗎？」蕭遠山幫她揉肚子一邊問。

劉芷嵐在他懷裡點頭。「好很多了。」

薑糖水進嘴，她就混了靈液進去，效果確實挺好。之前肚子彷彿被人拿著電鑽在鑽，疼得她快抽筋了。

現在緩和不少，不過還有些微微地疼。

她在蕭遠山的懷裡找了個舒坦的姿勢閉上眼睛。

親戚來了，人容易疲勞，加上這一天的折騰，籠罩在男人濃郁雄性氣息裡的劉芷嵐很快就睡著了。

蕭遠山低頭親了親她的頭髮，一顆心總算放下來了。

媳婦睡著了，他卻睡不著。

他的下巴和臉有一下沒一下地廝磨媳婦的頭頂，眷戀又疼惜。

軟玉溫香在懷，他卻沒像往常亂碰，只老老實實地幫媳婦揉肚子，輕輕地揉，生怕力道重了，媳婦會不舒服。

也不知這樣抱著小媳婦多久，只見她動了動，不舒服地悶哼了幾聲。

蕭遠山就將她放床上斜躺，自己也貼著她的背脊躺下，大手繼續蓋在她的肚子上有一下沒一下地揉著。

蕭遠山天不亮就起床了，將小媳婦掖好被子，他就去灶房熬粥。

想到媳婦喝了薑糖水，臉色就好看很多，他乾脆往粥裡也放了薑片和紅糖。

蕭遠山起來不久，劉芷嵐就醒了。她想上茅房放水換草紙。

因為草紙貴，村裡除了地主家，基本上沒誰家能用。

劉芷嵐能忍受茅房，但上大號、小號之後，要用棍刮、葉子擦，是打死她都忍不了的！

草紙再貴，她也得買！

劉芷嵐無比慶幸自己兩次上街都買了不少草紙，否則她真不知道該如何招待這忽然造訪的親戚。

親大姨媽呀！

「妳快上床躺著，我把粥給妳端屋裡來。」蕭遠山見劉芷嵐下床走動，忙把她攙扶回床上。

「遠山哥，我沒事了。」睡一覺起來好多了，只有點溫溫的脹疼和下墜感。

「乖，聽話。」

蕭遠山柔聲哄著，動作卻很強勢，劉芷嵐不肯上床，他就用抱的。

「躺著不舒服就靠著。」他幫劉芷嵐把兩個枕頭都塞在她背上墊著。「我去幫妳盛粥。」

很快，劉芷嵐就吃到蕭遠山做的紅糖薑片粥。

喝薑糖水還好，可米粥做成這個味道，她有些欣賞不來，糖和薑都放多了。

不過想著是蕭遠山的心意，她還是勉強嚥下。

總比喝藥強吧？她這麼安慰自己。

蕭遠山餵她第二口的時候，她便道：「遠山哥，我自己來，你也去吃飯吧！」

「乖，張嘴。」蕭遠山跟沒聽見劉芷嵐的話一樣，他吹了吹勺子裡的粥，用唇碰了碰，確定不燙之後才送到她的唇邊。

「遠山哥，我真能自己吃。」劉芷嵐吃完一口粥，無奈地看向蕭遠山。

她不過是來個大姨媽而已，昨天是挺疼的，但現在好很多了。她沒殘廢啊！

「媳婦最乖……」

第三勺粥又送到她嘴邊。

劉芷嵐放棄了，算是看透這漢子倔強起來，十頭牛都拉不住。

總算把一碗粥吃完了。

漢子知道她喜歡乾淨，便端水進來伺候她洗漱。

「遠山哥，外頭出太陽了，我去外頭坐吧。」劉芷嵐是真不想在床上躺著了。

蕭遠山看了看外頭，天氣確實是挺好的。

「妳等等。」

蕭遠山把自己蓋的被子抱出去疊起來鋪在躺椅上，然後才將劉芷嵐抱上躺椅，還拿了張凳子讓她墊腳。

瞧著他又回去抱被子，劉芷嵐忙喊住他。「遠山哥，給我搭一件你的棉襖就成。被子太厚了，會熱。」

「好。」蕭遠山這回沒再固執己見了。

劉芷嵐還真怕他抱一床被子出來蓋她身上，想到自己被裹成一個圓球的樣子，她還不如回床上躺著呢。

蕭遠山伺候完劉芷嵐就回灶房吃飯，他早晨胡亂做了幾個雜糧饅頭，就跟剩下的粥一起吃。

那味道……一言難盡，特別是粥，他差點要吐了。

蕭遠山為自己的手藝感到臉紅。

這麼難吃的粥，他竟給小媳婦塞了一大碗！

漢子邊吃飯邊愧疚，囫圇地把早食吃光，將肚子填飽。

他這胃口啊，才幾天工夫就被媳婦給養刁了，換成以前，只要能填飽肚子，就算是草根、樹皮，他都能吃得下去。

灶房收拾乾淨了，蕭遠山便去將床單撤換下來洗，因為上頭沾了血跡。

「汪汪汪……」

蕭遠山這邊剛將床單晾上，小黃就朝著院門叫喚起來。

他呵斥住小黃後，打開院門，就見山路上遠遠地有兩個人往他們家走來。

是方嬸和方家老大方墩子。

「方嬸、墩子，快進來坐。」蕭遠山將人迎進來，院子裡已經擺好椅子和茶几。

椅子和茶几都是蕭遠山用竹子編的。

「遠山，你媳婦呢？」方嬸瞧見劉芷嵐時先愣了一下。

哪來的美人兒啊？醜八怪呢？

方嬸忍不住到處看了看。

「方嬸，我在這兒啊。」劉芷嵐笑盈盈地看著她。

蕭遠山怕她站久了會疲累，便去她身側攙扶她的手臂。

「妳……妳就是春芽？」方嬸的眼珠子都要瞪出來了。

方墩子好一些，他老實，不好盯著女人瞧，特別這女人還是別人的媳婦。往常劉氏醜的時候，他沒正經瞧過兩眼，所以劉氏的變化，對他來講沒有判若雲泥之感。

「是啊，嬸兒，您快坐。」

方嬸坐下，緩了許久才回過神，心道：那徐秀才真是……把珍珠當魚目給扔了！也不知他現在瞧見劉春芽，會不會後悔？

「遠山，你媳婦這臉是怎麼回事啊？」方嬸問。

蕭遠山幫劉芷嵐蓋上棉襖，就開口道：「我這腿沒什麼事了，就帶著她去了一趟雙水鎮，找大夫瞧了瞧，說往常吃錯東西，毒積在臉上。大夫開了幾帖藥，臉上的紅疙瘩就退完了。」

下毒這事沒證據，說了別人也不會相信。

蕭遠山雖然沒明說，但在話裡暗示了一些東西，方嬸聰明，怎能聽不出來？

以前吃錯東西，這東西還有毒，把人好好一張臉弄得跟鬼似的，加上劉春桃搶了劉春芽的姻緣，還有什麼好不明白的？

這劉春芽保不齊就是被那後娘給坑害了！

「好好好，離了虎狼窩，有了自己的新家，你們往後會越來越好的。」

方嬸進門就瞧見院裡貼的雙喜，知道這是小倆口自己弄的，看得出來兩人是真心在一起過日子。

她也注意到蕭遠山對劉芷嵐特別照顧，雖然心下有疑問，不過她沒馬上問，而是跟兩人說：「我們今兒是來道謝的，也沒啥好東西，就讓老大扛一袋子紅薯來給你們。」

「方嬸，您太客氣了。」劉芷嵐道。

方墩子進門的時候就放下一個麻袋，劉芷嵐和蕭遠山還沒細問。

方嬸笑道：「我還嫌棄這禮輕了呢！多虧了妳給老二做的肉乾，那個叫啥來著？」

「五香瓦塊肉。」劉芷嵐答道。

方嬸拍手笑道：「對，就是那個！我們家老二聽妳的話，去給管事的送一包下酒。那管事的嚐了之後，給他分了個輕省的差事，就跟著記工，很安逸。老二有了那樣的輕省差事，老大就不用去輪替了。這可真是託你們的福，要不然，不管他們兄弟誰在壩上，我這都不能睡好覺。去服勞役，真的是危險，哪年不傷幾個、死幾個……」

「這可真是好事！」劉芷嵐也跟著笑。「改天我再做點瓦塊肉給你們送去。」

方嬸忙擺手。「可不敢做了，太貴了。哪裡是在吃肉，明明就是在吃銀子。老二那個人不懂事，妳可別聽他瞎說。」

方嬸這麼說，劉芷嵐也沒再堅持，人跟人之間交往要有個限度，你就是想給人東西、想對人好，也不能太過，會給人加重心理負擔。

「老大，你去幫遠山幹活，有點眼力！」方嬸吩咐方墩子。

蕭遠山笑道：「我正想找幫手呢，想做點土磚，在屋裡造個壁爐。」

「我們家就有土磚，大約還能造一間半的房子，不過不知道夠不夠你們用。」

「夠用！嬸兒，這土磚全借給我吧，等以後我做了土磚還您。」

「咱們家暫時不造房子，不著急，你們先用。」方嬸道。

農戶人家來往就是這樣，要麼互相幫工，要麼互相換東西。那種愛占小便宜的人，大家都不願意搭理。

方墩子推著蕭家的獨輪車就出門了，蕭遠山想跟去，卻被方嬸給喊住了。

「你別去，別讓老蕭家的人瞧見了。你們不知道，我們老大回來說，蕭家老三沒去替換老二，因著這件事，這兩天蕭家很鬧騰。若是讓你那個偏心的爹，知道你的腿腳沒事，肯定要來找你去替換蕭老二。」

「成，那就只有辛苦墩子了。」蕭遠山也不矯情，大不了以後方家有活兒，他腿腳跑勤快點就成了。「嬸兒，晌午煩勞您幫忙做飯，我媳婦肚子疼。」

「這是小事，你放心交給我。」方嬸笑道。

蕭遠山向她道謝，就拿著弓箭出去了。

有方嬸陪著媳婦，他打算去山裡轉悠，打兩隻野雞回來給媳婦燉湯。

「妳這是怎麼了？」蕭遠山出去之後，方嬸就問劉芷嵐。她進門就瞧著不對，只是自家老大在，不方便開口問。

「月事來了，疼，把遠山哥嚇著了。」劉芷嵐道。

方嬸聞言就了然。「這事可不能馬虎，妳別沾涼水，有啥事儘管使喚妳男人。妳還沒懷過身子，可得把月事當一回事，否則往後有妳後悔的。

「嬸兒跟妳說，我當姑娘時，在娘家有個交情很好的小姊妹，她就是來月事的時候，大冬天就用帶冰碴子的水洗衣裳。後來嫁人了，肚子一直沒動靜，大夫說就是來月事的時候受了寒涼，一輩子都不會生，最後她被夫家休棄了，又被她父兄給賣了……

「雖說村裡的姑娘沒那麼嬌貴，好些人來月事的時候都會幹活沾冷水，但咱們能注意還是注意些好，眼瞅著就要過好日子了，犯不著冒這險。」

「嗯，放心吧！嬸兒，就算我想沾涼水，遠山哥也不會允許。」劉芷嵐笑道。

這漢子連飯都是餵給她吃的，都把她當殘廢了，怎可能讓她幹活沾涼水？

第九章

山下。

方墩子裝了一車的土磚往山上推。

蕭天富的媳婦徐氏瞧見就問：「噯，方家老大，你把這些土磚推去哪兒啊？」

方墩子答道：「給山哥送去。」

徐氏忙去攔住他。「你給他送去幹麼？他不是瘸了嗎？要磚幹麼？他還能幹得動活兒？還能有銀錢買磚？」

方墩子黑著臉道：「活兒是老子替他幹，磚是老子送給他用，走開！」

徐氏訕訕地讓開，偏頭啐了一口。

「有病！傻不愣登地替瘸子幹活，圖什麼？」

她想了想，就跑回蕭家，還沒進門就扯著大嗓門嚷嚷起來。「爹啊，娘啊，方家送土磚到山上，我琢磨著老大肯定有銀子！

「老大根本就沒去壩上服勞役，他肯定啥時候私藏了銀子！」

老蕭家的人一聽這話怎能忍受？不能啊！

一家人立刻就傾巢出動，氣勢洶洶地上山了。

只不過，蕭遠山師父的房子在半山腰，瞧著近，但山路走起來再拐幾個彎……老蕭家的人走一段歇一段的，等到了小院門口，幾個人都疲累不已。

唯有長年幹農活的蕭萬金要稍微好些，但跟方墩子和蕭遠山這種力氣活幹多的年輕人比還是差遠了。

聽到敲門聲，方嬸跑去開門，看到的就是蕭家一幫累得連話都說不出來的人，她下意識地轉頭看了眼劉芷嵐和蕭遠山。

這會兒已經是晌午，蕭遠山和方墩子都回來了，坐在院裡的桌邊吃飯。幾個人吃得簡單，一盆紅薯，一盆雜糧餅。

楊氏靠著院門，大口喘氣，她本來想大罵來著，可惜沒力氣了。

徐氏也累，沒力氣吭聲。

這跟他們來之前想的不一樣，氣勢洶洶地來了，原本打算大幹一場，蕭遠山不給，他們就搶！

現在……搶個屁啊！

「方嬸，我們家有事，您和墩子先回吧。」蕭遠山去灶房拿籃子，往裡頭裝了不少饅頭和紅薯。「你們也沒做飯，拿回家去吃。」

「遠山啊，好好說。」方嬸勸蕭遠山。

這是蕭家的家事，他們外姓人不好摻和。再者，蕭遠山讓他們走，也是不想讓他們攪和進來的意思。

「山哥，你行嗎？」方墩子有些不放心。

蕭遠山笑道：「又不是打架，有什麼行不行的。好了，你用獨輪車推著你娘下山，下晌正好把磚推上來。」

方墩子只得推著獨輪車跟方嬸回去了。

等他們的身影走遠之後，蕭遠山才開口問來人。「爹，娘，你們來幹麼？」

「老大啊，你的腿腳好了？」蕭萬金盯著他的腿。「若是好了，就去壩上把你二弟替換回來！都是一家子兄弟，你可不能不顧你二弟的死活！」

蕭遠山道：「能站一會兒，卻幹不了活，要不，也不會麻煩方嬸和墩子兄弟了。」

他掃了眼蕭家眾人，語氣冷冰冰。

「我幹不了活，也替換不了二弟，不過三弟和四弟呢，怎麼不顧兄弟的死活啊？對了，爹，您是來探病的嗎？正好，我這藥也吃完了，還得去看大夫，爹拿些銀錢給我吧。」

「呸！想得美！」楊氏忍不住開口罵道。

這個王八犢子，真是翅膀硬了！可惜，她沒氣力，罵出來的話也是軟綿綿的。

蕭遠山冷笑。「娘，您這樣說就讓我傷心了，這麼說來，你們上山不是來探病，而是不顧我的死活，讓我去壩上替換二弟？」

徐氏的眼珠子轉了轉。「大哥，明人不說暗話，你都穿起了新衣裳，還重新買了個媳婦，想來是私藏不少銀子。趕緊把銀子拿出來孝敬爹娘，要不然我們就去縣衙告你不孝！你不出力，就拿銀子來，把老二給買出來，也算是盡了當兄弟的情分。」

徐氏注意到醜八怪沒了，多了個天仙似的女人梳著婦人頭，她心裡就不舒坦。這麼好看的女人得花多少銀子買啊！

老大是個藏奸的人，不知道以前藏了多少銀子。

徐氏這麼一提醒，蕭萬金自然也看到了劉芷嵐。

劉芷嵐用靈液洗過的臉十分白皙乾淨，沒了那些醜陋的紅疹痘瘡，她精緻美麗的五官就顯露出來，眉眼也更加靈動了。

蕭萬金有一瞬間的愣怔，等他回過神來，怒氣就直衝腦門。好啊，還真是藏了私房錢，分家前肯定是背著他去賣了獵物！

蕭萬金抬手指著蕭遠山怒斥道：「你、你個不孝子……你在分家前私自藏銀子，分家前的銀子都是公中的，你別不承認，沒有銀子，你怎麼能有新衣穿，怎麼會有飯食吃，怎麼能重新買媳婦？」

蕭遠山冷冷地看著蕭萬金。「銀子是我們搬進來之後在灶坑裡找到的，有幾十兩，剛好用來抓藥和買布。糧食是方嬸拿來的，算是我借的，往後再還。爹，你倒是想清楚，去縣衙，你敢這麼說嗎？把重傷的兒子掃地出門，不給一丁點的糧食，唯一的二十兩銀子還是直接給了郎中……

「爹，你也知曉老四要考科舉，還是給他積點德吧，別兩三下把名聲搞臭了，到時臨考了，都沒有秀才敢給老四擔保！爹，你還去告嗎？」蕭遠山拔高聲音問目瞪口呆的蕭萬金。

「老大，你忤逆不孝……你要遭天打雷劈的！」快被氣暈的蕭萬金抬手顫抖地指著蕭遠山，半天才憋出一句話來。

蕭遠山扯唇冷笑。「放心吧，爹，老天眼睛又不瞎，要劈也是老二、老三、老四排隊來，輪不到我。」

「你個不孝子……老娘跟你拚了！」楊氏哪受得了這般冷嘲熱諷。

「光腳的不怕穿鞋的，真把我惹急了，我就去廢了老四的手，斷了他的科舉路！」蕭遠山一把抓住楊氏的手腕，放完狠話就將她甩了出去。

楊氏摔倒在地，慘叫起來。

蕭遠山六親不認的模樣把蕭萬金給嚇著了。

老四就是他的軟肋，他可不敢拿老四來冒險！

「都給老子滾回去，往後誰也不許上山來找這個逆子！」蕭萬金氣得兩眼發暈，咬牙切齒地吼了一句，袖子一甩就轉身往外走。

「爹，咱們就這麼回去了啊？」徐氏不甘心地道。

蕭萬金回頭瞪了她一眼。「妳不願意回，就留著！」

她留個屁啊！

老大那麼凶，留下來挨揍？

一家人就這麼灰溜溜地走了。

好不容易費勁上山，結果一肚子氣下山，還得再累一把。

真他娘的憋屈！

「遠山哥，你剛才真的好有氣勢！」劉芷嵐在飯桌上誇蕭遠山。「他們被你嚇白了臉。」

她的男人不但有氣勢還腹黑，知道在人前裝弱，在人後發狠。這下老蕭家嘗到不可言說的苦，他們去村裡說被蕭遠山給欺負了，根本就沒人會相信。

「妳喜歡？」蕭遠山抬眼，看她目光中滿含期待。

「喜歡！」劉芷嵐點頭。

這個男人能站在她的身前，幫她遮風擋雨，真的好喜歡。

蕭遠山傾了上身朝向劉芷嵐，一手扣住她的後頸，吻了上去。

他也喜歡。

喜歡看她，喜歡親她，喜歡……怎麼樣都喜歡。

雖然還沒嘗到她的身子，但他是想得那兒發疼。

吻夠了，蕭遠山用額頭蹭了蹭劉芷嵐的額頭。

「快吃吧，一會兒雞湯涼了。」

不成啊，不能過頭了，太過頭了，難受的人還是他自己。

「墩子跟我說，他會盤炕。」蕭遠山重新坐下來，小帳篷繃著，他也沒遮掩，反正家裡就他和媳婦。「你說咱們是盤炕，還是弄妳說的壁爐？」

「盤炕吧。」

弄壁爐的話，房間就顯得小了，她還沒睡過炕呢！

蕭遠山見她同意了，又道：「那成，那咱們就盤炕，妳之前說堂屋要弄成暖房，我尋思著讓墩子把炕弄窄些，這樣就不用在屋裡放炭盆。」

「堂屋留著待客，咱們家來往人情少，但也不至於沒有，以前是我想簡單了。咱們後頭搭的棚子正好靠著有炕的牆，那邊應該也能溫暖些。現在還沒下雪，等下雪了，咱們把棚子周圍用白布圍起來，應該能保溫吧，我覺得能把菜種出來。遠山哥，你今兒去瞧了嗎？咱們上次撒下的種子發芽沒？」

聽著媳婦計劃自家以後的日子，計劃菜園子，蕭遠山心裡特別舒坦。

「發芽了，比山下的菜地出芽出得快，許是林地的土要肥沃些，畢竟每年都會積一層厚厚的腐葉。」

以前在老蕭家種地，糞水不夠用，每年他都會來山裡裝腐葉回去澆肥。老蕭家的地被他侍弄得很好，在村裡，蕭家地裡的收成比誰家都高。

「遠山哥就是厲害！」劉芷嵐不吝拍馬屁。

她笑咪咪誇讚人的樣子十分好看，蕭遠山又想親她了。不過他還是忍住了，改用大手揉了揉她的頭。

方墩子回家吃過飯，就在獨輪車裝上土磚推往山上，路程過了三分之二，便與蕭家幾個要死不活的人擦肩而過。

方墩子轉頭看了眼蕭家這幫快累趴的人，嗤笑道：「何必呢！」

瞧他們一個個灰頭土臉的模樣，肯定是沒達到目的，這趟算是白來！真不知道他們是上山來找山哥麻煩，還是找他們自個兒麻煩。

蕭家人被方墩子這句話氣得不行，蕭萬金和楊氏險些吐血。

晚間，劉芷嵐裝了一袋的饅頭給方墩子，讓他帶回家跟家裡人一起吃。

方墩子到家後，讓自家媳婦徐梅花把饅頭蒸熱。加了雞蛋的白麵饅頭格外香，熱騰騰的，一口咬下去鬆軟香甜。

徐梅花感嘆道：「山哥媳婦這廚藝真是絕了，茂文這孩子傻啊，活生生把寶貝給推出家門！以後我兒子要是能娶到春芽這樣的媳婦，我就是已經入了土，都會笑著從墳地裡爬出來！」

「啥入土不入土的，有好吃的還瞎說！再說了，從墳地裡爬出來，妳想嚇死村子的人啊？」

方嬸瞪了徐梅花一眼，孫子還沒影兒呢！

「妳就不能想些好的？你們夫婦可得長命百歲，我重孫子還要靠你們帶呢！成了，這好的白麵饅頭一人嚐一個就成了，剩下的收好，明兒墩子吃了再上山幫著幹活。嗳，遠山夫婦真不會節儉過日子，就不能摻些雜糧在裡頭啊……」

第二天，方墩子上山的時候，順道將劉芷嵐託方嬸買的母羊、羊羔、母雞、公雞還有一大背簍的蔬菜給帶來。

東西一放下，他就自個兒去院外幫忙。

劉芷嵐瞧著蕭遠山手中抓著的大公雞，就扳著指頭數了起來。「這隻公雞這麼肥，可以做一份辣子雞、一份冬筍燒雞、一份宮保雞丁……」

蕭遠山彎腰去親了親她的唇角，在她耳邊道：「今兒不做，等妳月事完了再說。」說完，又補充了一句。「聽說男人吃雞腎好。」

劉芷嵐。「……」哥，你怕是想搞死我啊！

臊紅了臉的劉芷嵐轉身就走。蕭遠山提著大公雞跟在她身後，目光落在她的背影上，嘴角翹著，笑意深沈。

媳婦害羞的樣子真好看！

忙碌的日子總是過得很快，盤好炕，劉芷嵐的月事也走了。

得了好消息的蕭遠山就樂顛顛地把公雞給宰了，收拾乾淨之後，又按照劉芷嵐的指示開剁。

這隻公雞很大，淨重有十斤，劉芷嵐做了紅油雞片、冬筍燒雞、白菜雞湯和雞雜煲，擺了滿滿的一桌！

望著桌子上的菜，蕭遠山端起酒碗。「媳婦，辛苦妳了！」

劉芷嵐端起自己面前的酒碗，她這回學乖了，沒敢喝白酒，兌了一壺米酒，因著加了些糖進去，喝起來甜絲絲，只有一絲酒味，感覺還不錯。

「遠山哥，你也辛苦了！」

這些天他起早貪黑地幹活，全是力氣活，劉芷嵐都看在眼裡呢！

兩人喝乾了一碗酒，蕭遠山先替劉芷嵐盛了一碗湯放涼，在她的碗裡堆滿雞肉，看到媳婦開動了，他這才坐下來大快朵頤。

一口酒、一口麻辣雞片的感覺，簡直太舒服了！

雞片加了香油，香氣濃郁。醃筍清燒的雞塊沒放辣椒，沒有那麼濃重的味道，但是極為清香，筍香和香菇的味道和雞肉纏繞在一起，簡直絕配。

蕭遠山不止一次懷疑自己是不是在作夢，現在這日子，就算是皇帝老子拿屁股下的寶座跟他換，他都不換。

打死都不換！

吃完飯，蕭遠山快速收拾灶房，洗碗、刷鍋跟開了馬達似的，動作快極了。

他本來想跟媳婦一起洗澡，節約時間，但是劉芷嵐強硬地將他關在門外，蕭遠山最後還是用她洗過的水把自己仔仔細細地洗乾淨。

爬上床之後，蕭遠山的眼睛就直愣愣地看著劉芷嵐。

「媳婦……」

劉芷嵐縮在床邊，她心知躲不過去，雖然有心理準備但還是緊張。

「幹……幹麼？」

蕭遠山咧開嘴笑。「嘿嘿……」

漢子說完就飛快地脫了衣裳，心道：洗了澡直接上床就是，幹麼還穿衣裳？耽誤時間！

漢子的氣息一下子就籠罩下來，劉芷嵐的心跳頓時就快了起來，下一秒，漢子的嘴就叼住她的唇……

「媳婦……老子可稀罕妳了。」

漢子順著她的下巴往下，唇貼在她細膩如玉的皮膚上喃喃低語，他低沈沙啞的聲音很有磁性，一絲絲聲音從她全身的毛孔鑽進去，讓劉芷嵐感到酥麻。

衣衫的扣子開了，露出她裡面穿的小衫來，不是肚兜也不是抹胸，是她用深灰色細布做的胸罩，是比基尼樣式。

蕭遠山看得眼珠子都要瞪出來了。

劉芷嵐聽到他的呼吸聲越來越急促，然後胸口一熱，只見漢子的鼻子淌出一絲血線，鼻血全滴落在她的胸口，然後順著丘壑往下淌。

鮮紅的血滑過白皙的皮膚，刺目極了。

蕭遠山忙仰著脖子下床，靸了鞋子就往外衝。

這下可丟臉了！

他滿腦子都是巴掌大的灰布兜著白花花的大饅頭，鼻血不爭氣地流，快流成河了。

蕭遠山被逼急了，乾脆將腦袋往涼水裡一埋。

今天就算是天上下刀子，他也要洞房！

許是老天聽到漢子的心聲，可憐他老大不小了，開個葷三番兩次出岔子也不容易，到底他的鼻血還是徹底止住了。

蕭遠山胡亂地擦了擦頭臉，外頭的風再冷都吹不散他渾身的躁熱。

重新進門的蕭遠山急匆匆地爬上床。

媳婦胸口是濕的，血跡已經被她擦乾淨了。

「媳婦……」他的聲音發顫，目光從她臉上挪下去，落在害他出醜的地方，報復般咬下去。

「你輕點！」劉芷嵐被他咬疼了，一把掌拍在他的脊背上。

蕭遠山聞言是輕了，可是動作輕下來似乎更要命。

粗漢始終是粗漢，真第一次上陣……緊要關頭，門兒都找不對。

劉芷嵐倒是懂，但蕭遠山也沒給她出聲提醒的機會，頭一回辦事，在外頭胡亂蹭一蹭就激動地繳械了。

劉芷嵐整個人飄浮在半空中，上不去又下不來，心裡還空空的。

她偷偷地瞟了蕭遠山一眼，咬唇猶豫著，要不然自己主動點把他撲倒？

漢子雖然很挫敗，但他又是一個很認真的人。

在劉芷嵐猶豫的時候，蕭遠山胡亂披了衣裳就下床，然後在劉芷嵐錯愕的目光下，把家裡的蠟燭全翻出來點上，還跑去灶房和堂屋把油燈拿來睡房。

炕上、桌上各放了一排的蠟燭。

「遠山哥……」劉芷嵐吞了吞口水。

她忽然有些害怕，這漢子把屋裡弄這麼亮堂幹麼？

「你、你點這麼多燈幹麼？」

「把妳看清楚！」

蕭遠山一說完，就抓住劉芷嵐一雙雪白細膩的腳踝往上抬，然後認真地盯著讓他出醜、把他拒之門外的地方。

劉芷嵐：靠……這操作太騷了，她受不了啊！

敢情這漢子把屋裡弄得亮堂，就為了看清楚門朝哪兒開？

掙扎肯定是要的，但是他們力量懸殊，漢子使力氣壓下她的腿，劉芷嵐如同身上的衣服對著他大敞開。

太……太羞恥了！

劉芷嵐乾脆扯衣裳把自己的臉遮住，眼不見，心不煩。

「媳婦，我來了。」蕭遠山低啞的聲音在她耳邊響起。

劉芷嵐剛覺得蕭遠山的手一鬆，一股撕裂般的疼意便直竄腦門。

她疼得一雙腳丫子都繃緊了，腦袋抵著床頭，對著蕭遠山的肩膀咬了下去。

嘶……

「媳婦……再咬緊……」

蕭遠山出聲，也不知是被劉芷嵐咬得疼了，還是感到舒坦，抑或者他口中的「咬緊」根本不是指肩膀……

漢子剛開始許是沒有適應，所以動作很慢，他慢慢來，也給了劉芷嵐緩和的時間。

但到了後來，漢子的馬達腰可不是蓋的，床榻「嘎吱嘎吱」響著，人就像是在海中飄蕩一樣。

那大浪一下一下地席捲而來，不時把人拋向天空，一下比一下還拋得高。

疼肯定是疼的，但是隨著時間，劉芷嵐搞不清楚是疼多一些，還是舒坦多一些。

最終腦子裡的白光一陣接著一陣，她上輩子雖然結過婚，也從未體驗過這種感覺……

第二天，劉芷嵐睡到日上三竿才醒來，頭一次體會扶牆走的真諦。

看見蕭遠山對她傻笑，劉芷嵐賞了他一個白眼。

「我……做了些饅頭，還熬了粥。」漢子伺候劉芷嵐洗漱之後，扶她進堂屋坐，就忙去灶房將熱在鍋裡的饅頭和粥端過來。

他有些心虛，昨晚原本想著媳婦是頭一回，他得慢著些，可是到後頭他還能記得啥？就有些畜生了啊！

劉芷嵐不說話，也不吃飯，十分怨念地看著蕭遠山。

蕭遠山在她幽怨的目光中垂頭，低低地說：「趕緊吃吧，一會兒涼了，那個……今晚我不碰妳了。」

後來媳婦睡死過去之後，他拿燈近看，發現那地方都腫了，褥子上還有血漬，那一瞬，他覺得自己不是人。

「你說的！」劉芷嵐瞪著他。「不許反悔！」

那是真疼啊，若不用靈液，起碼得緩好些天才能好。

蕭遠山忙點頭。「吃完飯咱們去縣城，我推著妳去，我在獨輪車墊上褥子，又加了把手，妳抓著把手就不會像上次那樣摔下來。」

他得去醫館買藥給媳婦，媳婦被他禍害成這樣，他心疼。

「不去縣城。」劉芷嵐搖頭。「緩兩天再去。」

「喔……」蕭遠山聲音很低。

高大的漢子坐在劉芷嵐對面，寬闊的肩膀塌著，腦袋也耷拉著，跟做錯事等待主人責罰的大狗一樣。

劉芷嵐瞧著就心軟了。女人經歷第一次都是這樣，只是她男人的規格有些超標，她的下場就慘了點。

不過，他接下來的話，又讓劉芷嵐想翻白眼。

「可我想去縣城買點藥……妳、妳那兒腫了。」

劉芷嵐閉上眼睛深吸一口氣，半晌才睜眼，給蕭遠山一點涼涼的笑容。「不用，休養幾天就好了。」

他還看上癮了？完事了還看！

「喔……」蕭遠山有些失望。

不用藥，得等多久啊……這個想法一冒出來，他就給自己一個巴掌。

禽獸，太禽獸了！媳婦都這樣了，他還想著那種事。

巴掌聲響起，劉芷嵐莫名其妙地看向蕭遠山。

蕭遠山訕笑一聲。「那啥……有蚊子。」說完，他就狼吞虎嚥地吃了起來。

晚上，蕭遠山還真是說到做到，摟著媳婦睡覺，手沒亂放。

只是早上起床的時候——

「媳婦，他疼，妳摸摸，照顧照顧他唄。」蕭遠山含住劉芷嵐的耳垂，在她耳畔低語，她的手則被他往下帶。

那地方燙得讓她想縮回手，漢子卻強勢地把她的手按上去。

「媳婦，妳可憐可憐他吧……疼……」

這漢子可以啊，什麼時候脫乾淨了？

「呵，疼……要不要我幫你？」劉芷嵐一個沒忍住，居然同情心氾濫了。

「好……」

好你個頭啊！

算了，自己作死，咬牙都要做完。弄到後來，劉芷嵐的手都要累斷了。

憋了一晚上的蕭遠山總算在早上宣洩一回，心滿意足地起床了，然後去灶房燒水伺候她洗漱。

「你去揉麵團，還有中午蒸包子、晚上蒸饅頭的麵團全揉出來！」

太壞了這個人，盯著她的手看，什麼意思？提醒她早晨幹了啥？

「嘿嘿……好，我去揉麵團。」說完，他就把劉芷嵐拉進懷裡，狠狠地揉了兩把「麵團」。

蕭遠山揉好麵之後，劉芷嵐就做了兩大碗的雞雜麵。

「喝一碗羊奶。」劉芷嵐起身幫他倒了一碗加了杏仁和糖熬出來的羊奶。

蕭遠山一嚐，甜甜的沒有羶味，心道：難聞、難吃的東西到媳婦手中都能變成美味，他媳婦就是天仙下凡。

不但漂亮，還有一雙神奇的手。這雙手能做出各種美味來，還能讓他欲仙欲死。

幾日後，兩人貪黑起早前往縣城，在半路上商量起蓋房子的事情。

如今手頭有錢，他想讓媳婦住好一點。

「妳想把新房子蓋在哪兒？是山上還是村裡？如果是蓋在村裡，還得去買塊宅基地。」

「就起山裡吧，就算以後咱們要下山去住，山上還可以當成山莊，夏日天熱的時候能上山住。」

「都聽妳的！」蕭遠山笑道，黑暗中的眼睛亮得驚人。

他蕭遠山真有成家立業的一天，兩輩子真跟作夢一樣。

「等買了磚瓦，我就趁著大雪封山之前進山幾趟，這段時間毛皮的行情最好。」他想多獵一些獵物，到時候挑兩張好的毛皮給媳婦，留著做皮襖穿。

「那你要小心啊，現在你不是一個人了。」劉芷嵐轉頭望著他。

她不會跟他說「我還能賣秘方掙錢，我能養著你」的話，上輩子的婚姻已經被她搞得亂糟糟，這輩子她想要夫妻互相扶持、好好經營。再說，蕭遠山也不是甘願當小白臉的人。

「好，我知道分寸。寧可空手回來也不冒險！」蕭遠山笑了。

是啊，他現在有了牽掛，這樣的日子他還想再過幾十年，他想跟媳婦攜手偕老，就不能把自己置於險地。

到縣城的時候，天已經大亮了。

劉芷嵐下車走路，用布巾包著頭臉，只露出一雙眼睛在外頭，來往的婦人很多都是這麼打扮，所以她也就不顯眼。

兩人先去取了訂製的罈子，上回來縣城買了不少東西，現下家裡也不缺什麼。

蕭遠山想去藥鋪，劉芷嵐知曉他想買什麼，不讓他去。

蕭遠山固執地非去不可，劉芷嵐不想跟他在街上拉扯，只好在他耳邊說：「……都已經好了。」

蕭遠山盯著劉芷嵐看了一會兒，才問：「真的？」

劉芷嵐咬了咬唇，點頭道：「真的。」

蕭遠山聞言一下子就笑了起來，那笑意怎麼樣都落不下來，看著她的目光也越發炙熱了。

「要死了，在街上呢！」劉芷嵐狠狠地瞪了他一眼。

蕭遠山低頭湊近她，十分小聲地說：「那妳答應我，回去給大白饅頭吃，我就不這麼看妳了。」

這一趟來縣城主要是取泡菜罈子，但兩人逛了一圈下來，還是買了許多東西，獨輪車裝不下。

東西太多，夫妻倆就雇了一輛馬車，將獨輪車綁在馬車頂上。一路回到徐家村，天也黑了，他們照樣繞路走，不過是從村裡的小路繞上山，並沒有像上次繞那麼遠。

馬車將他們送到山腳下就折返了，因此上山這段路，由蕭遠山推著獨輪車，獨輪車裝不下的，蕭遠山就揹著。他們出門的時候帶了背簍，有些輕巧的物件讓劉芷嵐抱著就好。

睡覺的時候，劉芷嵐以為蕭遠山累了一天，即使要折騰她也有個限度。等她在他身下哭的時候，才算是真見識到什麼叫精力旺盛！

床嘎吱嘎吱響了一夜，她也肆無忌憚地喊了一夜。

後來她覺得，自己夜裡那叫聲能把狼嚇跑了。

這一晚，漢子吃飽了。末了，他還點燈仔細看了看有沒有把媳婦傷著，只是看著看著他的慾火又起了。

第二天，蕭遠山出門去鎮上的磚瓦窯訂製磚瓦，約好送上山的時間，因著是送上山，所以搬運的錢要單獨給送磚的苦力。

第三天，蕭遠山就帶上弓箭，拿了柴刀和匕首這些東西進山了。

劉芷嵐給他做了一個多功能的背包，除了用來裹傷口的土布條和傷藥，還有乾糧、肉乾、麃子臘肉等等，都分門別類地裝進包裡。

她又裝了兩大葫蘆的水，其中一個葫蘆是用燒酒蒸餾出來的酒精。不管是酒精還是水都滴入兩滴靈液。

她做這些準備都是為了以防萬一。

「你若是受傷，傷口記得先用酒精洗過，再上傷藥包紮。」送蕭遠山出門的時候，劉芷嵐忍不住又叮嚀一遍。

蕭遠山抱了抱她，親了親她的額頭。

「嗯，我記住了。妳在家好好的，看見不認識的人別開門，睡覺的時候枕頭下記得放把刀……我最多三天就回來，回來了再好好疼愛妳。」

「嗯，我等著你。」劉芷嵐沒跟他瞎聊，隨便他怎麼說，她都面不改色。「你走吧，我在這兒看著你。」

「嗯。」蕭遠山又親了親她，這才鬆開她，轉身往山裡去。

直到劉芷嵐快看不見他的時候，漢子才回過頭，對著她揮了揮手。

蕭遠山一走，小院就顯得空空蕩蕩，劉芷嵐的心也跟著空了起來。不過她很快地就把情緒調整好，如今泡菜處理好了，六個泡菜罈子塞得滿滿當當，接下來該做辣白菜了。

做辣白菜的程序就麻煩一些，不過劉芷嵐也沒別的事，慢悠悠地做就成了。因為辣白菜做好後放不了多久就會特別酸，所以她也沒打算做太多，想著做個五十顆，日後送一些給方家。

自個兒一人忙碌一天，躺上床後，劉芷嵐翻來覆去都睡不著，身邊少了一個人，她很不習慣。

「妳才跟了他幾天，一個月都不到就離不開了？瞧妳這點出息！」黑暗中，劉芷嵐輕聲地唾棄自己，聲音落下，便嗤嗤地笑起來。

兩輩子，她第一次如此牽掛一個男人。這算是在談戀愛嗎？

劉芷嵐扯了被子捂住臉，被子裡有漢子的味道。她已經開始想他了啊……

一大早，劉芷嵐起床後朝水盆瞧了瞧，看見自己眼底有些發青，想他想了一晚上沒睡好。

她用手搓了搓臉。「劉芷嵐，妳有出息點啊！」

洗臉、吃飯、餵狗、餵雞、放羊……

閒下來時，她就拿出蕭遠山執意買回來的絲綢瞧，想起那天晚上，蕭遠山在她耳邊說，用綢子做「白饅頭兜兜」。

「臭不要臉的。」劉芷嵐想到這裡就紅了臉，她啐了一口之後，還是鬼使神差地用絲綢做了幾套內衣。

做內衣用不了多少布料，她把剩下的絲綢做了兩件吊帶睡裙，也替漢子做了兩條睡褲。她用了鮮豔的顏色，將米白色的絲綢留給他。

第十章

山下，方家。

一輛華麗的馬車停在方家門口，不少村民跟過來看，但是又不敢走太近。對於富人，老百姓有著天生的畏懼感。

「沒聽說過這方家有啥有錢的親戚啊……」

「對啊，方家沒什麼有錢的親戚。」

村民們好奇地小聲議論著。

方家的男人出去幹活了，家裡就只有方嬸和徐梅花。

兩人從院裡走出來，車夫就從車上跳下來問：「敢問是方栓子家嗎？」

「是……」方嬸緊張地點頭。「栓子他怎麼了？他……他是不是闖禍了？」

方嬸慌得有些站不住，徐梅花忙扶住她。

徐梅花心裡也犯嘀咕，他們家老二闖禍的本事不小，也不知這回揍了誰，看樣子被他揍的人還是富家公子。

可不對啊……

「我們家栓子在壩上幹活呢，幾位是不是搞錯了？是不是有人打著我們栓子的名頭得罪了你們，二位可以在村裡打聽打聽，也可以去壩上打聽打聽，栓子真的是在壩上服勞役。」

富家公子不可能去壩上，栓子就算是揍人，也會是同去服勞役的人。

一名穿著褐色綢緞的中年人笑呵呵地從馬車下來，道：「是好事，不是壞事，我是得月樓的掌櫃，我姓朱，來找你們談一筆生意。」

「老樹媳婦，別讓貴客等在外頭，請人進去說話吧！」村裡來了富人，村長徐豐收自然不會錯過。

「哦……您、您請裡面坐。」方嬸顯然還沒反應過來，只是下意識地照村長的指示做。

徐豐收進院子就如主人般指揮方嬸和徐梅花。

「梅花啊，趕緊去泡茶。老樹媳婦，妳搬張凳子給人坐啊……朱掌櫃您坐。我是徐家村的村長徐豐收，方家現在也沒個主事的在家，就兩個婆娘也不管事，您剛才說，是要找方家做生意，是啥生意啊？」

朱掌櫃沒喝徐梅花端上來的茶水，只笑呵呵地道：「徐村長，您能派個人去幫我找找這家的男人嗎？」

徐豐收訕笑一聲。「能，我這就讓人去找。」

哪裡用得著他吩咐，早就有村裡的後生去把方老樹給找回來。至於方墩子去鎮上做工了，要晚間才回來。

方老樹也是個老實人，瞧見自家門口停下的馬車，腳都在發軟，跟方嬸一樣，下意識就覺得是不是老二闖禍了。

方老樹一現身，就有人喊了起來。「方老樹回來了！」

「方大爺，你家要發財了！」

「瞧見這馬車沒有，是來跟你們家做生意的！」

方老樹一臉疑惑。

跟他家做生意？他家啥也沒有啊！

進了院子，方老樹局促地跟朱掌櫃見了禮。

徐豐收就跟他道：「得月樓的朱掌櫃是來跟你們家做生意的，你好好跟朱掌櫃談，放心，我在這兒，村裡人也都在這兒……不管怎樣，大家在場幫你把關。」

徐豐收打的主意很好，不管方家是怎麼攀上得月樓的掌櫃，反正他就是想巴著沾些光，既然想沾光，就不能讓他們私底下商量。

笑話，連他們做啥生意都不知道，還怎麼沾光？

方老樹老實慣了，聽徐豐收這麼一說，也覺得十分有理，便問：「朱掌櫃，您……您到底想跟我們家做什麼生意？」

朱掌櫃瞧他這麼老實，他家裡的兩個女人，也就年輕的那位看起來精明那麼一點，老的那個像鵪鶉似的，就放心多了。

這家人，好糊弄。

「我是來買五香瓦塊肉的方子，我這個人做生意向來厚道，這樣吧，給你們三十兩銀子，你們看如何？」

其實他原本打算花一百兩銀子來買，在接觸過方家人之後，直接砍下七成！

「三十兩銀子呢！」

「方家發財了啊！」

「五香瓦塊肉是啥東西？」

「肉菜嘛！人家酒樓掌櫃總不會是來買瓦片的。」

「我婆娘會做肉菜，咱們不賣三十兩，賣十兩而已，你說，這得月樓的掌櫃會不會買？」

「我婆娘還會做蒸肉。」

「我娘會做白水煮肉。」

「白水煮肉？你也好意思說，誰不會似的，除非是傻子，才跟你花錢買方子。」

眾人哄笑一回，氣氛一下子就熱絡起來。

大家看方家人的眼神都透著羨慕，還有些嫉妒。

村長瞪了眾人一眼。「都別添亂！」說完，他轉頭看向朱掌櫃。「掌櫃的，這三十兩是不是有些少啊……」

村民們沒見識，可是他有見識啊！方子是啥？

秘方啊！

能讓得月樓的掌櫃親自來找的方子，絕對不普通。

三十兩……恐怕三百兩他們也會買！

他雖然去縣裡的酒樓吃過飯，但得月樓和迎仙樓這樣的頂尖酒樓，他連進都不敢進去。聽說裡面的菜，動不動就是一兩銀子以上，照這麼算，三十兩真的是太少了。

他可不是真心在幫方家，而是有自己的小算盤。

他是村長，在村民面前要表現出為村民作主的樣子，其實是不想方家把方子就這麼賣給得月樓。

徐豐收一副他能作方家主的樣子讓朱掌櫃十分反感，但這裡是徐家村，他不好擺臉色，只問方老樹。「老哥，三十兩銀子，你覺得如何？不瞞你說，我們得月樓的大廚也是花重金聘請，這五香瓦塊肉的做法給他一些時間他就能琢磨出來，到時候你可是連這三十兩都掙不著了。」

方老樹吶吶地道：「不成啊……這方子不……」

「這事我們得跟老二商量商量。掌櫃的，您先請回吧，我們商量出結果來就去得月樓找您。」方孀忙攔住自家男人的話頭。

她這個人柔弱不假，但腦子清楚。瓦塊肉是遠山媳婦做的，小倆口現在好不容易有安生日子，可不能讓人知道她的方子還能賣錢，若是讓蕭家人和劉家人知曉了，還不知道會怎麼鬧騰呢！

「這樣吧，你們村長既然開口了，我就給他一個面子，五十兩吧。不過是一道菜的方子，沒必要找這個商量、找那個商量。」

這種事不能拖，越拖變數越大。

方老樹也是個老實人，只要家裡有人作主，他就不願意動腦子，他看向自己的媳婦。

方嬸只能鼓起勇氣道：「掌櫃的還是回去等消息吧，我們商量商量再跟您回話。」

這都加到五十兩了，若是讓蕭家知道內情，肯定會去找遠山夫婦鬧事。

方嬸不鬆口。

朱掌櫃臉色不好看，站起身來，看著方嬸和方老樹威脅道：「我兄弟在壩上當管事，那五香瓦塊肉就是他派人送來給我的。你兒子在壩上幹活，你們好好掂量掂量吧，過兩日我再來！」

方老樹聞言，差點嚇軟了腿。

「朱掌櫃，我們不是……」

方老樹本想去追朱掌櫃，跟他說那肉不是他們家做的，卻被方嬸一把抓住手腕。

「朱掌櫃慢走，我們馬上去問孩子。」

朱掌櫃能找到他們家，就說明老二那孩子沒在外頭瞎說。

方嬸心裡慌亂害怕，她也怕得罪這人，然後害老二在壩上被為難。那可不是鬧著玩的，服勞役的時候被為難，人家上下嘴皮子一動，就給你分個危險的差事，很可能會丟命或是受傷殘廢。

華麗的馬車走了。

村民們卻沒散，七嘴八舌地數落方家太貪了，對方出五十兩，他們還不答應，人家兄弟還是壩上的管事，可別因為太貪心而害了兒子。

徐梅花的爹娘最為激動，那可是五十兩銀子啊！親家莫不是傻了嗎？況且人家還捏著方老二的命門呢！

即使如此，方嬸就是不鬆口。

見大夥兒都議論得差不多了，徐豐收才站出來道：「你們見好就收。這樣吧，你們把方子告訴我，我跑一趟縣城，跟得月樓的掌櫃好好求情。畢竟咱們村不少壯年勞力都在壩上，這個人可不能得罪。

「放心，我肯定替你們拿回五十兩銀子，當著全村人的面，我也不可能糊弄你們，也不會把這方子給別家，我除了是徐家村的村長，還是徐氏一族的族長，不會幹損害村裡和族裡利益的事情。」

「就是，你們家可不能只顧自己兒子，也得想想村裡人。」

「沒錯，聽村長的，五十兩銀子夠多了。」

「我們去問問老二。」方嬸不鬆口。

一群人口水都勸乾了，方嬸還是那句話，要問老二！

徐豐收氣得恨不得撲上去掐死方嬸。

「好心當作驢肝肺，你們好自為之吧！若是因為你們，讓我們村裡去服勞役的男丁被針對、被為難，到時候別怪我不客氣，別怪村裡人不客氣！徐家村可不留禍害！」

威脅完了，村長拂袖而去。

徐姓人占村內大半，村長說什麼，他們就說什麼，因此被村長和徐氏族人這麼一帶風向，幾乎全村人都對方家人指指點點，都說他們不知好歹。

「娘，您怎不讓爹說實話啊，是嫌棄朱掌櫃給的銀子少了？」人都走了，徐梅花才問。

方老樹也不解地看著方嬸。

方嬸坐下道：「我不是嫌棄銀子少，是不想讓蕭家人和劉家人知道遠山夫婦的方子能賣銀子。梅花啊，妳腿腳快，趕緊避著人上山，把這件事告訴遠山，讓他們夫妻自己斟酌，是賣或者不賣，都去得月樓跟人說清楚，說清楚了也不關我們家的事，老二那裡也不會受影響。」

聞言，方老樹鬆了口氣，但還是嘆息一聲。「妳怎這麼愛作主呢！」

照他的意思，就該當場說出方子是誰的，要怎樣也是蕭家老大去跟人商量，何必牽涉到方家。

這下好了，全村人都盯著方家，還沒有好話，他都嚇得腿軟了。

「娘，我這就去。」徐梅花忙解下圍裙，把手擦乾淨，從後門出去，走小路上山。

「嫂子……嫂子，妳在家嗎？」

徐梅花走得快，上了山就氣喘不已，扶著門框大口呼吸。

「是梅花啊，快進來！」劉芷嵐打開院門把她迎進來，然後倒了杯茶水給她。

徐梅花呼嚕嚕一口就灌沒了，她自己又拎著茶壺倒了一杯，一仰脖子又灌進去。

「嫂子，這是什麼茶，怎這麼香呢？我聞著有菊花味。」

劉芷嵐笑道：「就是菊花茶，我閒著沒事，在周遭採了些野菊花做的。」

「嫂子，妳真是手巧，什麼都能做好吃的。」徐梅花羨慕地道，說話間，又灌了一杯水下肚。

「梅花，有急事？」劉芷嵐瞧她累成這樣，搞不好是一路跑過來。

徐梅花點頭。「是有急事……」

她把山下發生的事說了一遍，劉芷嵐越聽臉越黑。

得月樓的掌櫃，好大的威風啊！

出五十兩銀子，還用方老二來威脅方家，至於徐豐收也不是好東西，想乘機占便宜就拿村裡服勞役的男丁來借題發揮。

「這事讓我好好想一想。」劉芷嵐道。

她在這個時代一點背景都沒有，遠山哥一個獵戶也不認識達官顯貴，真要跟得月樓硬拚肯定是不行的。

可是便宜得月樓這種仗勢欺人的酒樓，她心裡又不舒服。誰知道通過這次之後，那得月樓會不會纏住她？

想來想去，劉芷嵐決定去縣城一趟。

「梅花，妳回去跟方嬸說，讓她別擔心，我會解決這件事。我現在就去縣城！」方嬸這麼為她和蕭遠山著想，她不能連累方家。

「嫂子要去縣城？那我等妳一起下山。」徐梅花沒多想，只認為五十兩銀子也挺多的，劉芷嵐應該是要去縣城賣方子。

這樣也好，方子賣給得月樓，方家免去麻煩，方老二那裡也不用擔心。畢竟若老二的差事變吃重，她家墩子就得去輪換了。

「我不從村裡走，萬一讓蕭家人和劉家人看見又得鬧事。我走山路，從雙水鎮租馬車去縣城。」

「嫂子，妳一個人走山路，萬一遇到野獸可怎麼辦？要不，我陪妳去吧。」徐梅花不大放心。

她有空間，怕什麼！

劉芷嵐不可能跟徐梅花說這些，只道：「我跟遠山哥走過那條路，相當安全，沒有野獸。妳放心吧，我不會拿自己的性命開玩笑的。」

穿越之後，她雖然不想依賴空間，但遇到事情還是會加減用，她對空間的態度跟靈液一樣，有用就不浪費，沒有就算了。

「那好吧！嫂子，我走了，妳自己小心點啊！」徐梅花也不多耽擱，怕得月樓真的找方老二的麻煩。

送走徐梅花後，劉芷嵐就去餵雞，她沒管羊隻，反正後頭的林子夠大又有圍欄，牠們跑不出去就成了。

考量到家裡沒人，萬一遭賊了怎麼辦？

於是劉芷嵐將銀子全帶上，打著油紙傘，揹著背簍，帶著小黃，將大門一鎖，就往山裡去了。

小黃在她腳前腳後跑著，歡喜不已。雖然牠是條小狗，但這山路實在太遠了，沒有漢子在身邊，小黃狗勉強能幫她壯膽，也讓她這一路上不至於太寂寞。

寂寞倒是不寂寞了，一條小狗不時在面前各種撒野，山路才走到半道，這傢伙就闖禍了。

小黃從草叢竄出來，嘴裡叼著一個蜂巢，一大群野蜂「嗡嗡嗡」追著牠跑，一張狗臉簡直不能看，腫得跟豬頭似的，眼睛成了一條線，嘴也變成包子嘴。

瞧著野蜂，劉芷嵐也跟著頭大。

她不能不管小黃啊，再這麼下去，這狗非得被螫死不可。

劉芷嵐忙閃進空間，幾秒鐘之後，憑空忽地飛出一個瓷瓶，瓷瓶在地上炸開，靈液的氣息瞬間散發到空氣中。

只見那些圍著小黃的野蜂紛紛掉轉蜂頭，飛向碎裂的瓷瓶，蜂巢裡進進出出的野蜂也都飛往那個方向。

劉芷嵐乘機將小黃弄進空間，可憐的小狗低聲嗚咽，眼眶濕濕的，光是瞧著這張狗臉都讓人感到疼。

空間的木屋裡有她上輩子放進來的東西，其中就有她的工具箱，她在工具箱裡翻翻找找，找到一支鑷子。

她先是用酒精消毒鑷子，再用鑷子將小黃身上的蜂針一根根拔出來，每拔出一根蜂針，她就用棉籤往傷口上抹些靈液。

小黃乖乖地躺著讓劉芷嵐擺弄，每當她扯出一根蜂針的時候，牠都會抖腿，抹上靈液的時候，牠又會哼兩聲。

「你說你招惹野蜂幹麼？沒有能耐，還敢去叼蜂巢！」

叼著蜂巢還不放了！

「嗚嗚……」

「看你以後還敢不敢惹野蜂，疼死你！」

「嗚嗚……」

劉芷嵐起碼忙了半個多小時，這才將小黃身上的蜂針都拔出來，又仔仔細細地巡視了一遍，這才放心。

為了讓小黃能好得快一些，她給牠喝了一整瓶的靈液。這都是以前積攢下來，差不多有小半碗。

靈液下肚，小黃立刻就有精神了，跑去叼起地上的蜂巢圍著劉芷嵐轉圈圈，又低頭將蜂巢放在她腳邊，用腦袋把蜂巢往前拱了拱。

獻寶來了！

劉芷嵐沒好氣地揉了揉牠的頭。「你知道這是好東西？」

「汪汪……」小狗看著劉芷嵐，眼睛很亮，尾巴搖出殘影，腰都快扭斷了。

劉芷嵐嚇唬牠。「以後不許犯蠢了，再犯蠢把你燉了，燉來吃！」

小黃彷彿聽懂劉芷嵐的話，趴在她的腳邊拿爪子捂眼，可憐巴巴地「嗚嗚」出聲。

「起來，咱們得繼續趕路。」

劉芷嵐雖然人在空間，但是她能感應到外頭的情形。之前替小黃拔蜂針沒注意到，這會兒一看，差點沒驚掉下巴，外頭就是一片修羅場。

各種動物死成一片！

造孽啊！牠們都是被靈液引來的……

當初她為了將野蜂引開，扔了一瓶靈液出去，結果靈液太多太精純，對野外的動物們簡直是致命的吸引，然後附近不管是食草還是食肉的動物都蜂擁而來，展開殊死搏鬥之後便同歸於盡。

劉芷嵐吞了吞口水，確定沒有活著的野獸之後，才抱著小黃閃出空間。

「回來不能再走這條路了！」劉芷嵐喃喃地道。

她看著眼前一片血污，各種殘破的動物屍體，狠狠地揉了一把小黃的腦袋。

「瞧見沒，都是你造的孽！」

可惜這些肉碎爛成這樣子，都不能要了。即使裡頭還是能挑揀一些出來，只是處理起來太麻煩，太耗費時間。

算了，就便宜別的食肉動物吧！

因為這裡血腥味太重，劉芷嵐也不敢多停留，便將小黃放下，加快腳步離開。

出山之前，她把自己的手臉弄髒又包上頭巾，古代社會不同於現代法治社會，她一個獨身女人趕路還是要謹慎一些。

到了雙水鎮，她雇了一輛馬車，緊趕慢趕地在關城門前抵達了縣城。

劉芷嵐繳了進城費，讓車夫直接將她送到迎仙樓。

「客官是住店還是打尖？」熟悉的招呼聲傳來，小二哥迎了上來。

「我找姚掌櫃。」劉芷嵐下車將車錢付了，便跟小二道。「我是他弟妹。」

上次姚掌櫃就是一口一個弟妹，喊得親切極了。

小二聞言，忙將人迎進大堂。「您先坐，我這就去幫您通稟。」

裡頭的姚掌櫃一聽。「我是獨子，哪裡來的弟妹？」

「那……小的這就去把人攆走！」

姚掌櫃道：「叫進來吧！」

他倒是要看看，誰敢來訛詐他！

「得，小的這就帶她進來。」

小二忙出去喊人進來。

「聽說妳是我弟妹，我娘可沒給我生過弟弟，妳是哪兒冒出來的弟妹？」

劉芷嵐見到姚掌櫃之後就取下頭巾，因為她的臉上沒了紅疹、痘瘡，姚掌櫃完全沒認出來。

「我賣給您滷肉方子的時候，您可是一口一個弟妹喊得沒歇過，姚掌櫃翻臉不認人的速度可比翻書還快！」劉芷嵐說完，似笑非笑地看著姚掌櫃。

姚掌櫃的眼珠子都要瞪出來了。

「妳……妳……妳是遠山媳婦？」

不對啊！蕭遠山媳婦長得多醜啊！面前這位雖然臉髒了些，但肯定不醜。

「嗯，上次進城就找大夫開藥治我這張臉，大夫醫術不錯，藥到紅疹除。」

姚掌櫃這才緩過神來。「哎喲，那真是恭喜弟妹了，我這人老了，腦子容易犯糊塗，底下的人來稟事又沒說清楚，我還以為……算了，不說了，都是誤會。那遠山兄弟呢？怎麼就妳一個人來了？」

劉芷嵐回道：「他在村裡幫人幹活，我就一個人來了，這一趟來主要是想問您事情。」

姚掌櫃滿臉堆笑地請劉芷嵐坐下，還伸手去接她的背簍。「妳快坐下，先喝點茶。對了，都這個時間了，吃過飯沒有？若是沒有，我讓人送些飯菜。」

劉芷嵐坐下後，從姚掌櫃手中接過茶杯放到唇邊抿了一口，道：「等會兒再吃，我想問一些關於得月樓的事。」

姚掌櫃疑惑。「得月樓？妳為何想問得月樓？」

劉芷嵐看著姚掌櫃道：「得月樓的朱掌櫃今天進我們村子，說他兄弟是壩上的管事，我們村有不少壯年勞力都在壩上服役，他拿這件事來威脅我們……」

「媽的王八蛋！弟妹，你們不用理他，臭不要臉的，他哪認識什麼壩上的人！弟妹，我老姚發誓，我們迎仙樓沒對外透露過這滷肉方子是打哪來的，這種事咱們只有捂緊的分兒，絕對沒有出去散播的道理！」

姚掌櫃以為得月樓的人去威脅蕭遠山夫婦，是為了得到滷肉方子。

他說的也是實話，把方子的消息散播開來，對他們沒好處。若是不得了的權貴看上這方子，繞過迎仙樓去逼迫蕭遠山夫婦，這對夫妻沒有背景，根本就禁不住別人威脅拿捏。

「所以我專門跑這一趟，就是想通過您打聽打聽這事，我們村長發話了，若是誰敢連累村子，就會讓誰好看，搞不好會被村裡人打一頓再趕出村子。再狠一些，打殘了扔進山裡，這小命就不保了！」劉芷嵐沒有撒謊，不過她還不知道姚掌櫃最終是什麼態度，所以不敢把實話全抖出來。

「妳別擔心，安心回去待著，這事交給我去辦。我去找得月樓的掌櫃。」姚掌櫃跟劉芷嵐道。

他很看好劉芷嵐，能弄出滷肉的人，廚藝天分一定很好，他想跟這樣的人打好關係，結下善緣。再加上得月樓這麼做，的確是過分了。

「得月樓是本縣縣丞的產業，那掌櫃是縣丞的堂弟。說起壩上的工程，縣衙只是負責送人去，那邊主事者是衛所的百戶在監管，還有朝廷派兵駐紮在工地，所以他說，他兄弟是壩上的管事這是瞎話。但有錢能使鬼推磨，他使銀子去買通管事也是可以的。不過弟妹放心，別人怕得月樓，我是不怕的，沒個靠山，誰敢到處開酒樓？得月樓也就在縣城響亮點，出了縣城，妳瞧瞧，哪有得月樓的影子？我們迎仙樓就不同了，府城、京城都有開店。」

姚掌櫃沒深說，光說府城、京城有開店，劉芷嵐就明白他的意思了。

迎仙樓的背景更硬，一個區區縣丞，他還沒放在眼中！

劉芷嵐聞言還是犯愁道：「可您去找得月樓的掌櫃，他雖說不使絆子，但他那天在村裡放的狠話，大家都聽見了。您也知曉，服勞役那可是拿命在拚，哪年勞役不傷人、死人呢？

若是村裡去服勞役的人出事了，我怕村長會把帳算在我們頭上。」

姚掌櫃笑道：「放心，我請朱掌櫃走一趟你們村子，當著你們村人的面前說清楚。」

「那就謝謝姚掌櫃了，不過……我思來想去還是不保險，五香瓦塊肉的方子還是賣給您，您買了方子，得月樓才不會天天都惦記。我們在村裡，也能說這方子本來就是您的，我們不過是得了幾塊您賞的肉罷了。」

得月樓的人會直接去找方家，可見方栓子沒說實話，具體怎麼過招，還得她去當面問問方老二才知曉。

原來不是為了滷肉方子啊！

姚掌櫃心想，這小媳婦是真聰明，不得準話不鬆口，不見兔子不撒鷹。但……她說五香瓦塊肉，是什麼玩意兒？

姚掌櫃下意識就覺得是個好東西，一定是能讓人趨之若鶩的吃食。

「啥是五香瓦塊肉？」

劉芷嵐笑道：「我做出來您就知曉了，不過這種肉最好是用牛肉，其次是野物，豬肉不成的。」

因為朝廷不准人隨便殺牛，所以市面上很難買到牛肉，但這是對平頭百姓而言，勛貴若是想吃牛肉就簡單多了，讓自家莊子圈養一些牛就成了，誰還敢去跟勛貴說長道短？即使朝廷有人追究下來，把責任推到養牛的人看護不力就成了。

牛都死了，你還不讓我吃？

「別家不敢上牛肉，我家是不怕。妳等著，今晚我就讓人去莊子上跟人打招呼，明天天不亮就宰牛！」姚掌櫃霸氣地道。

劉芷嵐不禁對這老頭崇拜起來。

牛肉啊！

這老頭居然說殺牛就殺牛！

她的表情成功地取悅了姚掌櫃。

老頭笑了。「我們每年給縣太爺孝敬不少，縣衙上上下下都是打點過的。」背後有靠山，縣衙又打點妥當，誰還敢管他偷偷摸摸賣牛肉？

只要菜單上沒有就成，熟客都知道，上來想吃就能點。

劉芷嵐雙手合十，對著姚掌櫃一笑。「姚掌櫃，姚叔，您能不能幫我買點牛肉？」

姚掌櫃笑道：「咱們不說這些，我送妳二十斤牛肉！」

為了一口牛肉，連哥都不叫了，直接升級為姚叔，光憑這點，他豈能吝嗇？

劉芷嵐完全不客氣。「我要十斤裡脊、十斤帶筋的牛肉，掌櫃的能幫我買些牛板油和牛肚嗎？」

「牛板油也給妳十斤，只是牛肚……妳拿來幹麼？那玩意兒又不能吃。」

劉芷嵐笑道：「既然是不要的東西，那您就給我！」

「好好好，給妳、給妳！」姚掌櫃答應下來。「不過往後別叫我叔，都把我叫老了，就叫我哥！我認妳和遠山當弟弟、妹妹呢！」

這老頭很會投其所好，心癢癢地想著秘方，長鬍子的嘴上下一動，說出來的話可好聽了。

「成，聽姚大哥的！」劉芷嵐也答應得乾脆。

「妳今天就住酒樓這兒，趕路累了吧？去歇著，我讓人把晚膳送妳屋裡去。」姚掌櫃體貼道。

「多謝您了！」

劉芷嵐確實也累了，去客房吃飯、洗漱，上床之後立刻睡著了。

天不亮，聽到前院有嘈雜聲，隱約聽見人說買回牛肉了，劉芷嵐便起身洗漱。

「弟妹，怎這麼早起？我還想說等會兒再派人去喊妳呢！」姚掌櫃跟胖大廚正在吩咐人把牛肉分出來，就見劉芷嵐進院子。

「我一會兒還有事呢！」劉芷嵐道。

把五香瓦塊肉做出來之後，她要去壩上找方栓子。

劉芷嵐挑選完牛肉，然後姚掌櫃就遣散小廚房的人，只留下胖大廚和他自己。

小廚房裡有包子和粥水，幾人吃了一口。

劉芷嵐就開始說起方子，姚掌櫃拿筆記錄下來，胖大廚去準備她要的調料。

等瓦塊肉出鍋，姚掌櫃就要嚐鮮，劉芷嵐攔住他。「五香瓦塊肉要放涼了才好吃，一塊肉能下兩斤酒！」

「哦，這樣啊……這樣的話，咱們就再等等。」姚掌櫃挾了幾片瓦塊肉，讓胖大廚端出去放涼。

現在的天氣，放在屋外涼得快。

等肉涼了之後，胖大廚端進小廚房，劉芷嵐直接用手拿起一塊肉，放嘴裡咬了一絲肉下來咀嚼。

「瓦塊肉吃起來也是有講究的，可以用手撕著吃，也可以用嘴咬著吃，但要注意，每次就撕一點點，吃起來就香，多了就嚼不爛。」

姚掌櫃和胖大廚照著她說的，一人咬了一小口。

真香！有嚼勁！

五香牛肉的味道充滿嘴裡，滿口生津。

「這是道下酒的好菜！」

牛肉不好弄，比羊肉貴多了，可是哪兒都不缺有錢人，這瓦塊肉跟滷肉一樣，送進京城一定會大賣。

跟著劉芷嵐從小廚房走出來，姚掌櫃將她請進花廳，因為沒外人，他就開口詢問價格。

「弟妹，這方子，妳打算賣多少錢？」

「您看著！」劉芷嵐道。

姚掌櫃直率，她也直率。

主要是她還得靠姚掌櫃化解這次危機。而她也不怕姚掌櫃反悔，萬不得已的情況下，她把售賣方子的契約拿出來，得月樓就拿她沒轍。

只是那樣的話，會惹很多別的麻煩，雖然也不是不能解決……

這回劉芷嵐沒說價錢談不攏她就去別家的話，但姚掌櫃也沒壓價，道：「還是跟上次一樣，五百兩銀子吧！五百兩是我能給的最高價格了。至於妳說的那件事，我一會兒就去得月樓。」

瓦塊肉的方子跟滷肉一樣複雜，他也不擔心被別人參透，所以才敢給上次的價格。

「嗯，那就拜託您了！」劉芷嵐道謝。

「妳什麼時候走？一會兒我讓人送妳。還有，這筆錢，妳是要銀票還是現銀？」

「我現在就走，謝謝您派車送我。我要現銀。」銀票是紙張，毀了就沒了，銀子不容易毀壞。

姚掌櫃也不留她，畢竟這一天事情多，既答應了劉芷嵐，他就得去得月樓找人。在此之前，他還得去找縣丞，畢竟得月樓的靠山是縣丞。

至於打點的銀子，就他全出了，不用劉芷嵐再掏錢。

得月樓是縣丞的產業，要讓他鬆口吩咐朱掌櫃再去一趟徐家村，除了銀子，還得給些別的好處。

姚掌櫃決定將處理筍子的技巧拿出來交換。反正這點訣竅也保密不了多久，對方早晚會試出來。

劉芷嵐從酒樓出來，讓車夫載她去鐵匠鋪。她上次來縣城時訂製了幾樣東西，對方應該已經做好了。

除了做紅薯粉的工具、烤箱，還有一只分體式銅鍋，就是一個銅鍋加一個可以燒炭的底座，她不喜歡涮羊肉那種中間帶煙囪的鍋。

古代也有烤箱，主要是用來烤月餅。上回來，劉芷嵐到鐵匠鋪沒看上那種烤箱，因為太簡陋了，於是她跟鐵匠說了一些改良的地方，就給了訂金。不管現在用不用得上，先把烤箱買回去再說。

去了鐵匠鋪，果然她訂製的東西都做好了，劉芷嵐檢查了一遍，對品質十分滿意。古代匠人很實在，很少有偷工減料的。

結了餘款，劉芷嵐就讓車夫送她去壩上。

到了壩上，劉芷嵐塞了銀錢給守衛的人，打聽方栓子的去處。那人幫她翻了名冊，跟她講在丁段。

丁段距離甲段挺遠的，馬車走了兩刻鐘才抵達。

又塞了一回銀子，這一等又是兩刻鐘，她才見到方栓子出來。
劉芷嵐從馬車下來。
「嫂子，妳怎麼來了？」方栓子疑惑地問。
來看他不該是他爹娘兄弟嗎？怎麼山哥媳婦跑來了？
「老二，咱們去那邊說話。」劉芷嵐指著遠離人群的一棵大樹道。
兩人走到樹旁，劉芷嵐直接開口問他。「那些瓦塊肉你還給了誰？有人問你瓦塊肉的來歷，你是怎麼說的？」
方栓子道：「我給了我們工段的管事一包，自己那包沒捨得吃完，每天就吃一塊，可是兩天後就被人偷了，並沒有人來問我瓦塊肉的來歷。嫂子，怎麼了？」
說起瓦塊肉，方栓子的心都在滴血。最好別讓他找到是誰偷的，否則他非打死那個人不可！
劉芷嵐看他那副痛心疾首的樣子心有不忍，便帶他去馬車旁邊，拿了一包瓦塊肉給他。
「你分給管事一些肉，剩下的你自己收好。你就算抓到偷肉的人，也別揍人，交給管事就成。還有，若是有人跟你打聽這肉是哪來的，你就說不知道、不清楚家裡人從哪裡得來的。」
她沒跟方栓子說起得月樓進村威脅方家的事，方老二為人衝動，她怕他知道之後會在壩上惹事。

話。

「對了，管事的對你可好？」劉芷嵐關心地問。

方栓子點頭。「挺好的，管事的也是個爽快人，咱們挺聊得來。」

聞言，劉芷嵐就放心了。這得月樓應該是盤算著去方家買方子，買不到再說報復威脅的話。

「嗯，我知道了，嫂子！」方栓子連忙點頭。

天呀，隔著油紙都能聞到一股濃香味。

「你快進去吧！對了，這是五香瓦塊牛肉，你別告訴別人，但你可以告訴管事的！」牛肉可金貴了，讓管事的也知曉，自己別老占方老二的便宜。

「牛……」方栓子高聲說了個「牛」，忽然反應過來，忙捂著自個兒嘴巴，向劉芷嵐連連點頭。

劉芷嵐笑了笑就上車離開，方栓子一直等到瞧不見馬車，才往工地裡走。

他把油紙包塞懷裡，直接去找管事，然後將管事的拉到一旁道：「……我嫂子給我送了五香瓦塊牛肉，您找個容器裝，我分一半給您。」

管事：又有下酒菜了！

這回還是牛肉！

管事的大笑著拍了拍他的肩膀。「好兄弟，哥哥我領你的情！」

方栓子繼續跟他道：「我還有事求您啊，上回那肉，我都沒吃兩塊就被人給偷了，這回偷兒肯定還要下手，我想求您幫我抓這偷兒！」

管事的一拍胸脯。「小事，這事包在老子身上！娘的，敢在老子的地盤偷東西，老子打斷他的腿！」

第十一章

山林中，一抹火紅的顏色從蕭遠山的眼前一晃而過。

火狐！

蕭遠山頓時激動起來，火狐比白狐更為難得，遇到牠真得靠運氣。上輩子他僥倖獵到過一隻火狐，不過沒賣錢，被蕭天佑拿走了，他說要送師長。

後來蕭遠山跟著蕭萬金去縣城賣獵物的時候，蕭萬金去皮貨行問了一下火狐的行情，對方說有好的火狐皮，紅得正且沒雜色的話，他們最高能出一千兩銀子。

當場蕭萬金驚得閉過氣，還是蕭遠山幫他掐了人中，他才悠悠醒轉。

蕭萬金後悔得要死，後悔讓老四把火狐皮拿走送人，要是把火狐皮賣了，給他一百兩銀子，什麼好禮物買不著？

回去後，蕭萬金不甘心地去問蕭天佑，蕭天佑說毛皮已經送人，老師十分滿意，連帶著指導他好多題，說他再努力努力，一定能考上秀才，考舉人也容易。

蕭萬金有一萬個不甘心，那會兒也被蕭天佑幾句話給堵回去，轉頭就警告蕭遠山，要他別瞎說，把那件事爛在肚子裡。

他也知曉，若是讓家裡另外兩個兒子知道火狐皮的價格，這家裡頭必定會吵翻天。

蕭遠山貓著腰，如同一隻獵豹靜靜地屏住呼吸，極為緩慢地往前移動。

火狐正在他留下的肉塊不遠處徘徊，只要再往前些就會掉進陷阱。

他不能讓火狐掉進陷阱裡，陷阱裡布滿尖銳的粗竹籤，這樣會破壞毛皮。

蕭遠山半跪在地上，隱藏在草叢後搭箭拉弓，整個人屏息靜氣，在火狐忍不住躍起之時，果斷放箭。

「咻——」

箭矢射入火狐的眼眶，牠哀鳴一聲便摔倒在地，一陣痙攣之後沒了聲息。

蕭遠山忙去將火狐撿起來，他的力道控制得很好，箭矢從火狐的眼睛穿進腦袋，卻沒有將腦袋射穿，完美地保持毛皮的完整性。

蕭遠山將火狐單獨拴在腰間，收拾好東西就大步下山。

這趟打獵，蕭遠山明顯感覺自己的聽覺、嗅覺和視覺要比以前強不少，就連體力和耐力也好上不少，他覺得就是分家之後，媳婦給他吃得好，把身體養壯的緣故。

蕭遠山匆匆從山上趕下來，天色已經暗了，馬上就能看到媳婦啦！

想到晚上就能摟著媳婦嬌嫩的身子睡覺，他的心就熱得不行，嘴角翹起，掛著一個大大的笑容往家裡走。

走近家門，卻發現是鐵將軍把門。

蕭遠山臉上的笑容頓時消失了。

這麼晚了，媳婦上哪兒去了？

「媳婦……媳婦，我回來了！」

蕭遠山的呼喊在周遭迴蕩，可惜沒有那道魂牽夢縈的聲音來回應他。

他打開門鎖，進院子四處找了一遍，都沒找到劉芷嵐的身影。

蕭遠山慌了，也害怕了。

他胡亂點了火把就出門找人。

初冬，日頭短，天色黑得也快。

媳婦這個時候還沒歸家，難道……

想起他自己剋妻的名聲，蕭遠山整個人都不好了。

他慌慌張張地去他們家後頭這片林子找人。

「媳婦……

「媳婦妳在哪兒……

「我回來了！」

回應他的只有他自己的回聲，和風吹落葉的沙沙聲。

「媳婦妳在哪兒？妳別嚇唬我……」

蕭遠山沒想過劉芷嵐會離家多遠，他覺得劉芷嵐最多去附近挖些野菜。

「媳婦……」

隨著時間的推移，蕭遠山心底的恐懼越來越濃烈。他不敢往壞處想，可抓著火把的手在發抖。

他抑制不住自己。

兩輩子加起來，即便是遇到熊差點被拍死，即便是被扔進山中等死的時候，他都沒有怕過。

可現在，他怕了，怕得要命。

蕭遠山站在密林中，不知道自己該往哪兒去找人。

忽然，他想到方嬸家。

媳婦會不會去方家了？

她一個人在家無聊，去方嬸家也說得過去。

想到這裡，蕭遠山拔腿就往方家跑去。

「砰砰砰」急促的敲門聲響起。

方墩子從堂屋走出去，高聲問：「誰啊？」

「是我，蕭遠山。」

「是山哥啊，這麼晚了，有什麼事嗎？」

方墩子打開門，就被蕭遠山問了一句。「我媳婦在這兒嗎？」

「嫂子不在我家。」方墩子道。

蕭遠山聽了之後，覺得天旋地轉。

方墩子瞧著蕭遠山的神色不對，就把他拉進院子。

徐梅花走出來問：「嫂子昨日就去縣城，她還沒回來嗎？」

「她去縣城了？」蕭遠山眉頭皺得死緊。

她一個人去縣城會不會有危險？她那麼漂亮，會不會被人搶了？

她會不會……會不會不要他了？

蕭遠山一刻都等不得，他甩開方墩子的手就衝出方家。

「墩子你快跟去看看。」方嬸忙道。

「好！」方墩子去灶房拿燃著的柴火棍，趕緊跟上蕭遠山。

蕭遠山走小道，沒走大路，他想著，萬一媳婦回來了，肯定是走小路，他不能跟媳婦錯過了。

只是都快出村了，還沒看見媳婦的影子……

蕭遠山沈著臉，不知不覺間周身釋放的戾氣濃得嚇人。

「遠山哥……遠山哥……真的是你？」

媳婦帶著驚喜的聲音在黑暗中傳來。

蕭遠山順著聲音跑了幾步，藉著火光才將樹下的人兒給照出來。

他的眼睛瞬間就紅了，周身的戾氣也在一瞬間消失一空。

蕭遠山跑到劉芷嵐身前就將火把一扔，把人撈進懷裡緊緊抱著。

「遠山哥……」

蕭遠山把頭埋在她的脖頸間，心怦怦跳著，呼吸也十分急促。

「你怎麼了？」覺得漢子情緒不對，劉芷嵐一邊輕輕幫他順脊背，一邊軟聲問道。

「我以為妳不要我了……」蕭遠山委屈地道。

他低沈的聲音富有磁性，這樣的聲音帶著委屈，劉芷嵐根本招架不住。

「傻瓜，我怎可能不要你。」

「我就是以為妳不要我了……家裡沒人……我找遍了……」漢子越說越委屈了。「妳別不要我……」

急忙追過來的方墩子正巧聽見，他以為自己的耳朵有毛病。

這跟媳婦撒嬌的漢子是山哥？

那個整天板著臉又悶又老實的男人在跟媳婦撒嬌？

他怕是見鬼了！

方墩子一個不小心就摔跤了。

劉芷嵐笑了。「我不會不要你的。正好你來了，我還在犯愁這些東西要怎麼拿回家呢，有什麼話，咱們回家再說，成嗎？」

「好！」

回家好！回家就能摟著香香軟軟的媳婦睡覺。

蕭遠山鬆開媳婦，揹上背簍，發現挺重的。

「怎這麼沈？」

「瓦塊肉的方子賣給迎仙樓，姚掌櫃給了五百兩銀子，我要的現銀都裝背簍裡了，另外還有二十斤牛肉。」

遠處，剛爬起來的方墩子又摔了一跤。

瓦塊肉的方子竟然值五百兩？

「遠山哥，你後頭跟了人。」

聽到方墩子的慘叫聲，劉芷嵐才發現還有個人呢！

糟了，都說財不露白，被人聽見了。

蕭遠山回頭看了看，漆黑一片。「是墩子，我去方家找妳，他可能不太放心我就追出來了。」

方墩子的柴火棍早滅了。

「哦……遠山哥……我露財了，我沒注意。」剛才她的注意力都在漢子身上，根本沒發現方墩子。

蕭遠山不以為意。「方家知道了，沒事，不會亂說的。」

而且就算是村裡人都知道了，又如何？不過早晚的事情，等他們蓋房子，村裡人還是會知道他們有錢了。

劉芷嵐想想也是，方家就不是那種會到處嚼舌根的人家，否則瓦塊肉的事，當時就瞞不住了。

「走吧，咱們回家。」蕭遠山不想在外頭多浪費時間。

他一手牽著劉芷嵐，一手提著別的東西，把輕便的留給劉芷嵐抱著。

至於火把，扔地上之後沒燃多久就滅了，再者蕭遠山也沒手拿，左右也不是看不清楚路，眼睛適應黑暗之後，藉著月光也能看清楚。

「汪汪……」小黃率先衝了出去，歡快地跑起來。

蕭遠山捏了捏劉芷嵐的手。「怎麼帶著牠？」

「一個人走路害怕，我就帶著小黃了。」

結果這傢伙還給她找事，招惹了野蜂。

「妳怎麼一個人去了縣城，也不等我？一路這麼遠，妳若是有個閃失，讓我怎麼活？媳婦……沒了妳，我活不下去。」

蕭遠山說的是肺腑之言，媳婦讓他感受到兩輩子都不敢奢望的溫情，以及過上兩輩子都不敢想的生活。要是媳婦沒了，過著沒滋沒味的日子，有啥意思？

劉芷嵐轉頭看蕭遠山，他一米八的個頭，穿著衣衫就覺得像模特兒，脫乾淨了就是一身腱子肉，一張冷峻的臉，下巴留著青色鬍碴。

這樣的男人跟大狗似的，見著你就跟你賣委屈，劉芷嵐的心立刻就融化了。

「別瞎說，我們要一起過一輩子的。」劉芷嵐摳了摳漢子的手掌心。

他的手心很硬，有一層繭子。

漢子內心舒坦，垂頭就親了劉芷嵐的臉蛋一下，眼裡笑意滿滿，唇角的笑容也在擴大。

「事情有些急，我必須去縣城一趟，否則可能會害了栓子。」

劉芷嵐將瓦塊肉引來的風波說了一遍，又說了去縣城找姚掌櫃的事，以及他們商量出來的解決辦法。

蕭遠山沈默了半晌。

「媳婦，咱們以後不賣吃食方子了，缺銀子我就進山打獵。」

現在媳婦賣了兩個方子，若是再多賣幾個，說不定就會被人盯著。這次得月樓的事，姚掌櫃能解決，萬一下次遇到一個比得月樓蠻橫、比迎仙樓臂膀更硬的呢？

就算他有一身武藝，但若是心懷不軌的人，趁著他不在家，把媳婦搶走了呢？

上輩子的時候，縣裡有戶人家的閨女刺繡功夫很好，好像會什麼雙面繡，那家人靠著閨女的雙面繡過上富足的日子，也在他手中買過幾次野味。

可後來他聽說那家人全被抓進牢裡，罪名是偷盜，最終判充官奴發賣，他們一家子都被縣城最大的繡莊買去為奴。

這明擺著就是坑你，看上你的手藝，覺得從你手中買繡活還不夠，直接買通官府設個套子，讓你全家都變成繡莊的奴隸，從此你就算手藝再好，也得為人賣命一輩子。
「好，聽遠山哥的。」劉芷嵐答應下來。
她本來就沒啥大志向，上輩子一門心思賺錢，結果換來什麼下場？
這輩子她只想跟蕭遠山好好過日子，小日子能過舒坦就成了。
「遠山哥，山裡有沒有果樹？有的話咱們移栽些，往後結果子還能賣些錢。」劉芷嵐道。
「有，開春我去挖。」
山裡有果樹，但是結出來的果子沒有農家自己種的好吃，又澀又小。但媳婦想種，他就二話不說，反正挖回來種上，不過是花時間的事，也不費錢。
兩人說著話，時間就過得快，腳下的山路似乎也短了不少。
快到家了，小黃最先衝進門，汪汪幾聲之後又衝出來迎兩人，就這麼來回跑了兩趟。
院門大大敞開，地上放著一大卷毛皮和一隻狐狸，劉芷嵐給蕭遠山的大背包也扔在地上。
劉芷嵐進屋，把燈籠點亮提出來，瞧著地上火紅的狐狸，驚嘆道：「好漂亮啊！」
蕭遠山道：「等我剝了毛皮，幫妳做圍脖。」
「這能賣不少錢吧？」
「嗯，這火狐的皮能賣八百到一千兩，剩下的這些狐皮最少能賣一百兩一張，好的能賣三百兩一張。」他剝下的這些毛皮極為完整，箭全是朝著狐狸的眼睛射，剝皮的時候從嘴巴開始剝，一刀都沒傷到毛皮，這就十分難得了。

所以，蕭遠山剝下來的毛皮都是圓滾滾的，不是攤開來的一大張。

這種完整的狐皮最適合做成圍脖，眼睛窟窿用寶石填充，嘴巴裡安裝活動的釦子，往脖子上繞一圈，狐狸嘴咬住尾巴，就像是一隻活著的狐狸盤在脖頸上一般。

上輩子他是看見什麼獵物就打什麼獵物，從未像這次一樣專門去狩獵狐狸。

媳婦隨便賣個滷肉方子就掙了五百兩銀子回家，蕭遠山才不會承認自己有點心慌，怕媳婦覺得他沒出息，要女人養著。

他想讓媳婦知道，自己能養活她，不用她為生計而費盡心思。

劉芷嵐聞言，就覺得自己現在看的不是狐狸，不是毛皮，而是銀子。

一大堆閃閃發亮的銀子！

「不成，拿去賣了！」劉芷嵐不同意。「這毛皮太貴重了，萬一讓人瞧見了不好，招賊惦記。」

蕭遠山很失望，他在林子的時候就幻想著媳婦圍上火狐圍脖的樣子，一定十分漂亮。

「遠山哥，我喜歡銀子，這些全拿去賣了，把銀子都給我！」劉芷嵐捕捉到蕭遠山眼底稍縱即逝的失望，便趕忙道。

漢子想把最好的毛皮留給她，她領情。可是這火狐皮太招人眼了，劉芷嵐不想惹麻煩。

「好，全給妳！」蕭遠山笑了。「媳婦，再幫我點個燈籠，我這會兒把毛皮剝出來。」

劉芷嵐把燈籠全找出來點上，蕭遠山就把點上的燈籠掛在屋簷下，小院一下子就亮堂。

「媳婦，狐狸肉能吃嗎？」蕭遠山拿出工具，開始剝狐狸皮。

劉芷嵐道：「能吃，不過狐狸肉有小毒……你把狐狸肉剝出來之後放盆裡，然後把盆擱在水缸邊沖一晚上的水，明兒我來做。」

柳獵戶從山上的泉眼，用竹子把水接到院子裡，那水是長流的，所以水缸裡隨時都有山泉水溢出來。

「好。」蕭遠山應下。

劉芷嵐又對小黃說：「你也別嘴饞，今晚不許去碰狐狸肉，等我明兒做好了，給你一塊大的。」

「汪汪！」

蕭遠山心想：睡覺前，得把狗子拴起來，牠還小，怕是聽不懂人話。

累了一天，劉芷嵐簡單做了湯麵片，又從泡菜罈子抓了兩顆酸蘿蔔出來，切成拇指大小的丁，澆上紅油、花椒、蔥花，一拌下去，入口脆，酸度合適，帶著麻辣的味道。

蕭遠山就憑藉一碟子酸蘿蔔，吃了兩大碗的麵片。

劉芷嵐還以為蕭遠山累了好幾天，晚上能睡個安穩覺，哪曉得漢子比任何時候都還折騰人。

她跟他說不行，他就委屈巴巴地看著她，說：「媳婦妳是不是不要我了……」

得……

能怎麼辦？慣著唄！

劉芷嵐心腸一軟就由著他折騰，最後自己是怎麼睡過去的都不知曉，反正最後的記憶還是漢子握著她的腰，說要把命都給她。

第二天早上，劉芷嵐醒來，漢子已經不在炕上。

外頭天色已經大亮，她收拾妥當出屋，看見蕭遠山正在處理毛皮。

「過兩天就能拿去賣了。」蕭遠山說。「早上吃啥？要我幫忙嗎？」

劉芷嵐搖頭道：「你忙你的，我熬點紅薯粥，再做幾個饃饃，咱們就拌著泡菜吃吧！」

蕭遠山點頭。「好！」

被綁了一夜的小黃怨念地跟在劉芷嵐的褲腳打轉，一直嗚嗚咽咽的，劉芷嵐順手就給了牠瓦塊牛肉，小黃叼著瓦塊肉得意地從蕭遠山面前轉悠一圈，然後趴在他面前慢慢啃。

蕭遠山：這狗怕是成精了！

「媳婦，我也想吃。」蕭遠山轉頭望向劉芷嵐。

劉芷嵐正忙著，也沒看他，順口道：「一會兒吃飯的時候再吃！」

瓦塊肉得撕著吃，蕭遠山現在又沒有手。

蕭遠山：感覺在家裡的地位要不如狗了啊！今晚得再賣力些，好讓媳婦知道，他比狗有用多了！

吃完早飯，劉芷嵐率先處理牛肉和牛肚。牛肉用瓦罐裝著浸在泉水中，入冬了，天氣冷，牛肉沒壞，她只是略微處理一番，就跟蕭遠山說，她要下山去方嬸家一趟。

蕭遠山忙放下手中的活兒，把手洗乾淨。「我陪妳去。」

「我只是下山……」劉芷嵐有些無語。

漢子越來越黏人了！

「讓小黃守屋！」蕭遠山瞥了眼在劉芷嵐腳邊甩尾巴亂竄的小黃，理所當然地道。

臭不要臉的，就知道歪纏他媳婦！

「好吧。」劉芷嵐轉身去灶房拿籃子，籃子裡裝了一大塊狐狸肉，被活水沖了一夜，這狐狸肉可以煮來吃。

只是狐狸肉要用調味重的香料來烹飪，否則怪味怕是壓不住。

小黃被關在院子裡，用爪子使勁撓門。

此時，蕭遠山心裡正得意：啥東西，敢跟老子爭媳婦！

一轉眼，劉芷嵐就隔著門安撫牠。「乖乖守著家裡，回來給你吃肉。」

蕭遠山：還不如讓狗子跟著呢！

「媳婦……」蕭遠山牽了劉芷嵐的手找存在感。

「嗯？」劉芷嵐看向他。

他嘿嘿笑道：「就是想喊妳一聲。」

劉芷嵐笑了。黏人的漢子還是挺可愛的。

「雞餵了嗎？」一路上無事，劉芷嵐就跟蕭遠山說起話。

蕭遠山聞言，開始邀功。「餵了，雞蛋撿了，羊放了，菜地也去照看了。」

劉芷嵐挺驚訝的。「你啥時候起來的？」

進山這幾天他肯定沒睡好，昨晚又……

結果等她起床，他都把家裡的雜事料理完了。

「嘿嘿……天不亮。」他說。

「遠山哥，咱們現下不缺銀子，你不用這麼辛苦。」劉芷嵐道。

「不累，一點都不累！」蕭遠山見媳婦心疼自己，心裡就一陣舒坦。「倒是妳，往後多睡會兒，不用太早起來，前一晚妳跟我說早晨想吃什麼，需要和麵的話，我就先把麵和好了，等妳起來做，想吃粥的話我會熬。夜裡辛苦妳了……我人耐操，能扛得住。」

劉芷嵐被他火辣的目光盯得紅了臉，不禁想起晚上這漢子變著方式折騰她的情景。

她不跟漢子說話了，這傢伙一說起來就沒個正經。

蕭遠山盯著劉芷嵐看了一會兒，就垂頭親了親她的額頭，然後神清氣爽地牽著她大步流星地走。

他走得快，劉芷嵐只好小跑著跟在他身邊，不一會兒就開始喘氣了。

蕭遠山乘機停下腳步，並蹲下身子。「我揹著妳吧，一會兒快進村的時候放妳下來。」

他的眉眼間帶著笑意，神色也是十分得意和期待。

「快點上來，別磨蹭！」

劉芷嵐：沒看出你是這麼心機的人，蕭遠山！還是全村人眼中的老實人呢！全村人都眼瞎了，這漢子哪兒老實了？

「不用，我自己走！」劉芷嵐不打算讓他得逞。

蕭遠山卻忽然起身將她打橫抱起。「別逞強，把力氣攢著，咱們夜裡炕上玩……」

說完，他還順手捏了捏她的腰。

劉芷嵐拍了他一巴掌。「別瞎說，我才不想跟你在炕上玩！」

「那媳婦妳想在哪兒玩？灶房？堂屋？院裡？後頭林子？我都依妳！」

劉芷嵐：這誰家的畜生？趕緊積德，收走吧！

「你還是揹我吧！」被揹著至少沒有被抱著這麼羞恥，劉芷嵐緩了半天才開口。

她投降，沒招了。不管是體力，還是智力，都被全面碾壓。

「好。」

蕭遠山將劉芷嵐放下，然後蹲在她身前，劉芷嵐認命地趴上去。

漢子的大手先是抓了一把，再把她往上顛了顛，大饅頭貼在背脊的感覺真是舒爽。

劉芷嵐正要叫他別亂摸，漢子就來了這麼一句。「還得再長些肉才好。

「……太瘦了。」蕭遠山又補一句。

肉肉的多好啊，摸到哪裡都是軟乎乎。

當然了，媳婦該有肉的地方還是有肉，只是他覺得媳婦輕飄飄的，若是被風颳走了怎麼辦？

劉芷嵐不想跟他說話，她十分滿意現在這個身材。

難怪蕭遠山總是盯著她多吃些，敢情是嫌棄她沒肉，把她當豬養呢！

太陽灑在身上暖洋洋的，蕭遠山走得慢，劉芷嵐靠在他肩頭上不知不覺就睡著了。

快進村了，劉芷嵐還沒醒來，蕭遠山又捨不得叫醒她。

昨晚真把她折騰累了，想了想，蕭遠山乾脆揹著媳婦往回慢悠悠地走，走到半道又折回山下，如此反覆。

見媳婦在他背上睡得安穩，蕭遠山心裡滿足極了，他願意時光就停留在此刻，就算是停留一輩子，他也樂意。

忽然，背後傳來一道驚喜的喊聲。「山哥！」

見背上的媳婦被吵醒了，蕭遠山立刻黑了臉。

他一轉身，就見方墩子跑過來，身後跟著方嬸。

「放我下來。」劉芷嵐有些不好意思。

有人來了，他竟然還揹著她。

蕭遠山不情願地將劉芷嵐放下來。

方墩子走到跟前。「山哥，嫂子，我娘找嫂子問點事。」

蕭遠山將手腕上挎著的籃子塞到方墩子手中。「狐狸肉。」

「方嬸。」夫妻倆一起跟方嬸打過招呼。

方嬸的神色有些不自然，昨晚聽了大兒子說瓦塊肉的方子值五百兩，她一晚上都沒睡好。

遠山媳婦給了他們家那麼多瓦塊肉，那得值多少銀子啊！難怪老二只是分給管事的一半，管事的就把他的差事給換了，這肉根本就是銀子！這人情欠大了！

「怎還能要你們的東西？」方嬸把籃子塞還給蕭遠山。

蕭遠山不接，道：「狐狸肉賣不掉的！」

方墩子道：「娘，山哥給的，咱們就收下，大不了我上山替他們幹活，反正鎮上的活兒已經完事了。」

劉芷嵐笑勸道：「是啊，方嬸，我跟遠山哥剛被老蕭家趕出來的時候，全靠您給的糧食才沒餓死，否則就算我們在灶裡挖出他師父留下的銀子，當時山哥和我身體都不好，哪有力氣上街去買？還不得瞧著銀子餓死在家裡！

「您就別跟我們計較了，再說，這狐狸肉也賣不掉，您拿回家要用大油大料燒才能壓得住狐狸的味兒，否則這肉沒法子吃。反正肉給您了，您自己看著處置吧，不要的話就扔了。對了，這肉我放水裡沖了一晚上，可以放心煮來吃。」

「那成，我老婆子就不客氣了。對了，妳去縣城有沒有遇到啥事啊？昨晚遠山下山來找妳，臉色都是白的。當時梅花下山來跟我說，我就訓了她一頓，哪能讓妳一個人進城，萬一出啥事，簡直沒辦法跟遠山交代。」方嬸打量著劉芷嵐的臉蛋和身段，現在都是一陣後怕，萬一被人搶了可怎麼辦？

「嬸兒，沒事的，我在臉上抹一把灰，又包著頭巾，穿得也不好，沒人能看上我。」見方嬸的目光毫不掩飾，劉芷嵐自然知道她在擔心什麼。

「對了，我去看了栓子，他還挺有精神的。我跟他說，任何人問起瓦塊肉，就說是家裡人給的就成。就這兩天，迎仙樓的姚掌櫃和得月樓的朱掌櫃都會來村裡，朱掌櫃會當著全村人的面前把事說清楚，說他不會為難村裡去壩上幹活的人，姚掌櫃也會解釋，那肉塊是迎仙樓的，是他送給栓子的。

「反正到時候你們聽仔細點，別人怎麼問都別吭聲，先聽迎仙樓的姚掌櫃講，他怎麼說，你們就記著，若鄉親們問起，你們就用姚掌櫃的話來回答。總之這件事解決了，您也不用擔心栓子，我問了姚掌櫃，他說得月樓的掌櫃沒兄弟在壩上當管事。您回去也跟方叔說一聲。真是對不住，為了我的事讓你們一家人跟著擔心受怕。」

劉芷嵐自然知道方嬸上山來問她何事，乾脆也不等方嬸開口問，她就直接說了，反正她下山也是為了這個目的。

方嬸聞言鬆了口氣。「這就好、這就好，得月樓那掌櫃是真壞啊，張嘴就是瞎話，給三十兩銀子買方子，好像還是看得起咱們才給的，最後添為五十兩，話裡話外都是咱們占了便宜。哎……這黑心肝的玩意兒，早晚被雷劈！」

方嬸為人善良，很少跟人爭辯，更別說是咒罵人，可見這回得月樓的掌櫃真讓她氣壞了。

「對了，嬸兒，您再幫我買些紅薯，洋芋也要。」劉芷嵐拜託方嬸，說話間就從荷包裡拿銀子。

方嬸忙擋住她。「紅薯、洋芋我家有，一會兒讓墩子給妳送來。別給銀子，妳若給了銀子，往後咱們也別來往了。」

她正愁沒法子還人情呢！

「那就謝謝您了。」劉芷嵐也不矯情，想著反正兩家也要來往，往後再送點東西給他們就成了。「那我們回去了，你們也回去吧，指不定迎仙樓的掌櫃啥時候來，左右就是這兩天。」

「嗯，等他們來村裡處理完事情，我再上山跟妳說。」方嬸道。

「墩子，還真要請你幫忙。」蕭遠山說。「我訂了磚瓦，想重新蓋房子，磚瓦過兩天就會送來，你若是有空，就來幫我幹幾天活，我給工錢。」

「包吃就成，我不要工錢！」方墩子忙道。

山哥媳婦的廚藝太好了，他作夢都想多吃幾次。

「肯定包吃，但是你不要工錢的話，往後我也不敢找你幹活了。」蕭遠山沈著臉道。

「你這孩子，不就是幹活嘛，幹麼這般見外，墩子啥也沒有，就有一身力氣使不完，哪裡還要你們的錢？」方嬸十分不安，在她心裡，他們家已經是欠了蕭家老大人情了。

「遠山哥，既然方嬸和墩子不樂意那就算了吧，咱們只好另外請人。只是我們都沒請過外人，也不知道請來的人會不會實實在在地幫我們幹活，萬一拿了工錢又不老實做，往後屋子塌了怎麼辦？還有，這都入冬了，眼瞧著就要下雪，外頭請人的工錢應該很高吧？我原本琢磨著若是栓子來的話，咱們給二十文錢一天，遠山哥你算一算，若是請外人來做，咱們得花多少錢？」劉芷嵐扯著蕭遠山的衣袖犯愁地道。

「娘……」墩子聞言就急了。

方嬸哪裡不知道劉芷嵐這話是啥意思，但遠山媳婦都把話說到這個分兒上，她再不答應就是矯情了。

方嬸嘆了口氣道：「你們也別去找外人了，就讓墩子幫你們吧！」

冬天出去幹活，工錢要多一些，但是那些東家給的飯食不過是雜糧餅和菜湯，能吃飽就不錯了。頂多大方點的人家，會在菜湯裡給幾片肉，但幹活的人多，你能不能搶得著一片半片還很難說！

哪裡像在遠山家，肉的分量夠！

遠山媳婦的手藝又好！

這是兩口子在幫襯他們，方嬸心如明鏡。

「那太好了，方嬸！」劉芷嵐高興地挽起她的胳膊。「到時候您問問方叔有沒有空，若有空也來幫我們幹幾天活，我想早些住上新房子，最好能在過年前入住！」

「有空，他當然有空！」方嬸道。

既然都答應讓墩子去，多一個老頭子也無所謂，反正他們家老頭子還有力氣，至少也是做了多年的泥瓦匠。

「墩子，你要不今兒就跟我進山一趟，把陷阱裡的獵物弄出來。」蕭遠山道。

他這趟挖的陷阱有些多，再者，請方家父子來幹活，可不能少了肉菜。

別的活兒可以先放一邊，但獵物拖久了會發臭。

「成啊，反正我沒有其他事。」方墩子興奮地道。

他喜歡跟山哥進山，還能學點打獵技巧，他現在農閒的時候也會設陷阱抓兔子、野雞，十回能有兩回有收穫。

「娘，妳先回家去吧！晌午、晚上都不用做我的飯。」

方嬸無奈地對劉芷嵐笑了笑。這小子就知道去占人便宜。

「成，那我回家去了。」

第十二章

他們這頭剛說好，村口出現了豪華馬車，不過這回是兩輛。

村長一得知消息就趕往村口，一幫村民跟在後頭，人數越聚越多。

第一個從馬車下來的人，村人都認識，是得月樓的朱掌櫃。

朱掌櫃下來就是一張黑臉，活像是誰欠了他幾百萬，感覺就是來者不善。

村裡人見狀，心裡就是一個咯噔。

壞了，方家把人得罪了，人家來找麻煩了！不知道會不會拖累村裡去壩上服勞役的爺們……

徐豐收上前跟朱掌櫃拱手道：「朱掌櫃，您別生氣，要不這樣，我再去勸勸方家。倘若他們不答應，要害我們，我們整個村子的人絕不會袖手旁觀！」

「他們要是不答應就把他們趕出村子！」

「對，我們徐家村可不要禍害！」

「真是貪心，朱掌櫃都給到五十兩銀子了，他們還不樂意，還想飛上天？」

姚掌櫃覷著眼，慢悠悠地走上前來跟朱掌櫃並肩站著。

怪不得遠山媳婦一個人急匆匆地趕去縣城，原來這徐家村把外姓村民逼到如此地步了。

這種村子最難搞，村長就是族長，村裡大部分的人都同姓，排擠欺負一下異姓村民簡單又容易，尋常百姓往往反抗不了。

姚掌櫃把手擱進貂皮袖子裡，拿賂賻撞了撞朱掌櫃的賂賻，湊在他耳邊低聲調侃道：「哎……你這心肝也太黑了，你可知曉迎仙樓買那秘方花多少銀子嗎？一千五百兩！從大戶人家手裡買來的，還是用了人情，否則給再多錢，人家也不會賣！嘖嘖，你竟想用五十兩就買到手。再說，就這一堆窮鬼……你仔細瞧瞧，哪家像是能用大油大料做菜的？又有哪一家敢敞開肚皮吃肉？這人哪，出門得帶腦子！」

朱掌櫃不過是縣丞聘請去管理酒樓的人，做得不好就會被換掉。

反觀，姚掌櫃底氣足，無他，這縣裡的迎仙樓，他占六成五的股份，這也是為何他凡事都能自己作主，因為他既是掌櫃，也是東家之一。

朱掌櫃氣得險些吐血。昨天他被縣丞叫去狠狠罵了一頓，他要再敢打迎仙樓的主意，就得立刻滾蛋。

對於縣丞來說，酒樓能賺錢就行。迎仙樓賣得貴，去吃的都是富人，得月樓賣得稍微便宜，去吃的都是家境好的平頭百姓。

原本就是各做各的生意，也就這朱掌櫃想在東家面前顯擺一手能耐，才開始跟迎仙樓互別苗頭。

縣丞是地頭蛇，可也不能得罪上頭的人。這迎仙樓來頭挺大的，萬一把人得罪了，人家動一動手指頭，就能讓他丟了差事。

等丟了差事，到時候樹倒猢猻散，他哪算得上啥地頭蛇。反倒是這些年得罪的人太多，一旦他落魄，趕上來踩一腳的人絕對不會少！

縣丞是個明白人，平常跟迎仙樓等一干有背景靠山的商家相處和睦。人家送禮，他收著，人家需要他辦事，他不推諉也不為難。

多和諧的關係啊，偏生被朱金山給破壞了。

當時姚掌櫃去找縣丞，說：「朱金山打著你的旗號要吞我們迎仙樓的秘方。」可把縣丞嚇出一身冷汗來。

縣丞沒收姚掌櫃的銀子，只要了去筍子苦味的方法，然後再三保證，會讓朱金山把這件事給處理好。

正因縣丞的態度明晃晃地擺在那裡，朱掌櫃就算心裡想掐死姚掌櫃，也只能憋著氣。

「您可別打趣我了，我要是知道這瓦塊肉是您迎仙樓送出去的，就算給我十個膽子，我也不敢打主意啊！是真沒料到，您會給一個泥腿子吃肉……」

所以，他也冤枉不是？

姚掌櫃冷笑道：「老子心情好，想賞誰就賞誰，要你管？說句不好聽的，就是老子養的狗，都比你們得月樓的夥計吃得好！」

他這番姿態可以說非常囂張。不囂張不成啊，就看眼前這架勢，他必須得把嫌疑徹底幫人撇清才行。否則，徐家村這幫徐氏族人，還不把別人一家子的骨頭都給啃沒了啊！

朱掌櫃：他往後再跟這孫子出門，他就是王八蛋！

徐豐收進一步討好道：「朱掌櫃，要不您二位上我們家坐會兒，喝杯茶，我去方家替您要方子？」

朱掌櫃看見他就來氣，但這是徐家村，他也不好發火，只黑著臉道：「不用，我自己去方家！」

說完，他便氣呼呼地走在前頭。

村民們趕緊跟上前，姚掌櫃反倒走上馬車，讓車夫跟在隊伍後頭。

等到了方家，朱掌櫃轉頭一看，發現姚老頭是坐馬車過來的，自家馬車也跟在後頭，血氣頓時如大浪似的往腦門拍。

他娘的！都是這老頭讓他氣糊塗了，有車都不知道要坐，白累這半天了。

「方老樹，趕緊出來，今兒這方子你們是交也得交，不交也得交，否則就給老子滾出徐家村！」徐豐收率先進院子，厲聲道。

他其實是覺得沒辦法從中賺錢，所以恨上方家，這會兒搬演這一齣，其一是因著自己要出氣，其二就是想在得月樓的掌櫃面前賣個好，等這事成了，應該不會少了他的好處。

「你們可不能害了咱們一村的人！」

「就是，趕緊把秘方交出來吧！」

方老樹和方嬸被這陣仗給弄慌了。

雖說劉芷嵐說了這事情能解決，可是看到眼前這陣仗……他們還是怕啊！

「喲，聽你們這意思，得月樓是仗勢欺人啊？」姚掌櫃慢悠悠地走過來，嘲諷地笑道。

朱掌櫃聞言，臉又更黑了，道：「你們可別瞎說，我今天是來道歉的。對不住了兩位，我不知道那方子不是你們的，給你們添麻煩了！」

說完，他又惡狠狠地看向徐豐收。「你是徐家村村長吧？不瞞你說，老子大哥就是本縣縣丞！你在這兒敗壞得月樓的名聲，就是跟老子過不去，跟縣丞大人過不去！老子明明是來跟方家商量買方子的，到你這兒怎成了方家不賣，就要被你趕出村子！你這是在抹黑得月樓！老子今兒把話撂下，若是有風言風語從徐家村傳出去，老子讓你當不了村長不說，再嘗嘗蹲牢房的滋味！」

眾人。「……」這傢伙前兩天來可不是這麼說的，他威脅大家，要是他拿不到方子，就讓村中在壩上服勞役的人吃苦頭！今天怎就變了一個人似的……這城裡人也太善變了，沒法子打交道啊！

「朱掌櫃，你也跟大夥兒介紹介紹我啊！」姚掌櫃笑咪咪地道。

他穿著富貴如意紋的褐色緞襖，領口、袖口、衣襬邊都綴著黑色貂毛，油光鋥亮，腦袋上還戴著一頂貂皮帽子，這身打扮和氣度比朱掌櫃要富貴很多。

眾人在猜想，難道這位是得月樓的東家？

朱掌櫃的神情萬分無奈，不情願地介紹道：「這位是迎仙樓的掌櫃。」

姚掌櫃笑咪咪地接了一句。「姚某不才，是迎仙樓的東家。姚某聽說自個兒隨手請方家小子吃的瓦塊肉，給方家帶來麻煩，今兒特地跟朱掌櫃來走一遭，請朱掌櫃跟大夥兒解釋清楚，以免因為姚某的緣故連累了方家。不瞞大家說，那瓦塊肉的方子是我們迎仙樓剛得的，花了一千五百兩銀子，現下也是在試做，還沒推出來賣。以後若是大夥兒喜歡，就上迎仙樓買，只要是徐家村的人來買，我給各位打八折！」

姚掌櫃伸出戴了四個金鑲寶石戒指、一個玉石扳指的手比了個八字，笑咪咪的模樣跟彌勒佛似的。

被當眾揭露底細的朱掌櫃恨得咬牙切齒，卻不敢辯駁半分。

徐家村的村民早被一千五百兩給嚇傻了。

一千五百兩……是個什麼數目？

可笑的是，他們剛還覺得給五十兩，方家就占大便宜了！

「這不是……」方老樹也懵了，轉頭看向方嬸。

老大不是聽見五百兩嗎？怎麼掌櫃的說是一千五百兩？

方嬸扯了扯他的袖子。「別吭聲，不管多少銀子都跟咱們沒關係！」

場面安靜了片刻，眾人稍稍緩過神來。

徐豐收十分不甘心地問姚掌櫃。「您怎會認識方家老二，那麼貴的東西說給他就給他了？」

姚掌櫃冷笑道：「栓子幫過我的忙，一點肉而已……這瓦塊肉就是賣也不過幾兩銀子一斤，十兩銀子不到的東西而已，也不值錢！」

村長。「……」

村民們。「……」

「對了，方家嫂子，我這趟來還想問妳一聲，我這酒樓還差個雜工，妳有沒有興趣來幹活？包吃住，四季衣裳一季一套，每個月五百銅板的工錢，十日一休。這快過年了，酒樓忙，洗菜、洗碗的雜事太多了。」

姚掌櫃沒理會被他震住的眾人，便開口問方嬸。

為了將這件事辦得圓滿，辦得像樣，辦得讓人不會往那小倆口身上聯想，等他走了不會有人欺負方家人，他老人家也算是操碎了心。

「啊……」方嬸還沒回過神來。

「哎喲，老姊姊，人家姚掌櫃問妳要不要去他家上工，一個月給五百錢呢！還包吃住，包四季衣裳！」一名村婦十分羨慕地捅了捅方嬸的腰。

方嬸激動極了。「願意……我願意！」

傻子才不去呢！

眼瞅著老二年紀也不小了，他這個人鬼混，不好說親，少不得要多添聘禮，可家裡這情況真是沒餘錢。

「那成，妳收拾收拾，明後天來迎仙樓，今天專門跑這趟主要就是說這件事，妳既答應了，那我就告辭了！妳家栓子幫過我，我這個人不想欠人情，但醜話說在前頭，若是妳做不好，我可是會辭退妳。」

「您放心，我一定好好幹活！」方嬸趕緊保證道。

一干村婦羨慕到眼珠子都發紅了。

方家走了狗屎運，他們家老二還有這機緣？

回頭得跟方嬸套近乎，看能否把自家閨女說給他們家老二……

一時間，村裡人的心思就活泛起來。

「好了，時候不早了，我也該回了。」事情辦妥當了，徐家村的人也被他的豪氣給鎮住，他該離開了。

事實上姚掌櫃一點都不想走，本想去蕭遠山那兒瞧一瞧，但到底還是怕給他們惹麻煩，這念頭也就在腦子裡滾了一圈，快速地消失了。

被掀老底的朱掌櫃跟在他後頭上了馬車，讓車夫趕緊走，離姓姚的遠些。

這破地方，他這輩子都不會再來了！

他的臉面讓姓姚的扔在地上、吐了唾沫、狠狠地踩來踩去，偏生他還無力反擊，憋屈死了！

「您慢走！」方家人一直跟著馬車送行，直到把姚掌櫃送出村才返回。

一路上，村民們對他們各種熱情和吹捧，倒是把村長徐豐收給冷落了。

這很現實啊！方嬸要去縣裡最大的酒樓當幫工，大夥兒就想著，指不定將來會找方嬸幫忙帶些東西，甚至幫他們介紹差事，畢竟在縣裡消息廣嘛！

徐豐收瞧著被眾星拱月的方家，心裡那滋味像油煎過似的，還能怎麼辦？趕緊溜回家窩著，他今兒這臉面丟大了，沒比朱掌櫃好多少。

山上的人可不知曉山下唱了一齣大戲。

劉芷嵐這會兒一門心思在熬牛油，打算炒火鍋料。

她在火鍋料中加入兩滴靈液。因為徐家村算是比較靠北邊的村子，冬天的風十分乾燥，跟刀子似的，所以吃這種有辣又燥的東西其實是不好的，容易積熱毒，長痘生瘡。加了靈液後就沒這層顧慮，吃起來雖然辣，但不會燥，不用擔心臉上長痘及菊門不保。

火鍋料炒好之後，劉芷嵐就用瓦盆裝好放在一邊，這東西多擱幾天，吃起來會更香。

接著劉芷嵐又做了裹汁牛肉和風乾牛肉，這一天淨忙著料理這些吃食。

裹汁牛肉香辣酥脆，塞一口牛肉進嘴裡一咬就化渣，香辣中帶著點甘甜，平常不管是當零嘴吃，還是當下酒菜都是極好的料理。

風乾牛肉就比裹汁牛肉好做很多，用鹽和薑汁等調料將牛肉醃好，掛在風口吹就成了。

了。

晚間，蕭遠山和方墩子回來，還沒進院子就聞到濃郁的香味，兩個人的步伐不由得加快

原本不怎麼餓，一聞到這香味，兩個人都覺得自己能吃下一頭牛！

累了一天，劉芷嵐也沒多做別的菜，就燒了一大盆的蘿蔔燒牛肉，紅亮亮的湯汁，白生生的蘿蔔，綠油油的香菜點綴在上頭。

門外的兩個男人，桌下的一條狗，動作一致地吞口水，神情謎一般同步。

蕭遠山的眼睛從牛肉挪到方墩子身上，瞧著方墩子一副立刻要衝過去抱著瓦盆跑的架勢，心裡十分不舒坦。他拍了拍墩子的肩膀，語重心長地道：「墩子啊……哥幫你裝一些，你帶下山跟方嬸和弟媳他們一起吃，這麼香的牛肉，你可不好吃獨食！

「吃獨食……你的良心能安？」蕭遠山說著又拍了拍方墩子的胸口。

方墩子忙點頭。是啊，好吃的東西可不能背著爹娘和媳婦吃。

「還是山哥想得周到！」他誠心誠意地感謝道。

劉芷嵐看不下去了。這男人簡直把墩子當傻子哄呢！

「墩子別聽他的，嫂子幫你備著呢，你吃完之後再帶一些給家裡人。」

方墩子想都不想就搖頭。「不成，又吃又拿，我成啥了！我聽山哥的，山哥說得對，我不能背著家裡吃獨食！」

得！她這好人是白做了，惹人嫌！

蕭遠山的臉上露出得意的笑容，他知曉媳婦肯定會在灶房備上一份讓墩子帶走，所以他直接轉身去灶房。

果然，灶房的桌上放著一個籃子，籃子中裝著瓦罐。

蕭遠山揭開瓦罐的蓋子一瞧，臉抽了抽。

媳婦真是實在……裝了滿滿一瓦罐！

蕭遠山強壓住護食的心，又去灶頭抓了十幾個餅放進籃子裡，這才走出灶房，怨念十足地將籃子塞到方墩子的手中。接著，他又幫方墩子點了火把遞給他。

「下山小心些，別摔著了，這可是一大瓦罐的燒牛肉啊……還有，千萬得吃乾淨了，別留到明天被人瞧見！」

方墩子如小雞啄米般點了頭。「放心吧！山哥，我知曉，這是牛肉，讓外人知道了怕惹麻煩。山哥，我不跟你說了，我走了！」

不行了，他的口水快流出來了。

「你等等。」劉芷嵐叫住方墩子。「你跟方嬸、方叔說，明日我們請你們全家人吃飯，請務必都要來，算是給我們暖屋。」

搬新家要請親戚朋友吃飯暖屋，這是他們這裡的習俗。

方墩子應下。「好，我一定把話帶到，嫂子！」

方墩子前腳出門，後腳蕭遠山就關了院門，走到桌邊坐下先替媳婦挾了一筷子牛肉，然後才挾了一塊牛肉塞自己嘴裡。

蕭遠山瞇起眼睛，慢慢咀嚼。

兩輩子做人，第一次吃牛肉！

太好吃了！

香味十分濃烈，牛肉被燒得軟嫩，入口香濃，兩三口就化渣了……

蕭遠山吃飯的速度更快了，挾肉給媳婦一塊、自己一塊，結果媳婦的碗裡都堆積如小山了，他碗裡一塊肉都沒有，全進肚了。

劉芷嵐很是無語地看了他一眼。「別幫我挾肉了。你都把墩子給哄走了，還不能慢慢吃？這一盆還不夠你吃？」

蕭遠山悶聲道：「是嫌棄他礙眼！」

也嫌棄他吃得多！

劉芷嵐看了蕭遠山許久，才嘆氣道：「你再挾，掉下去便宜的是小黃！」

蕭遠山嫌棄地瞥了眼蹲在劉芷嵐腳邊的小黃，然後起身一腳把牠踢出去，轉身迅速關門。

小黃鍥而不捨地撓門聲緊跟著傳了進來。

「遠山哥，跟人較勁我能理解，怎麼你還跟狗較勁了？」劉芷嵐實在是聽不下去了，起身去幫小黃開門。

小黃委屈地拿腦袋蹭她的腿腳，還拿一雙狗眼控訴地盯著蕭遠山。

劉芷嵐給牠挑了大塊帶筋的牛肉，小黃得意地叼著牛肉，在蕭遠山面前晃了晃，這才出門找地方吃。

……媳婦都還沒挾一塊給他！

蕭遠山正怨念著，眼前就有一塊牛肉遞過來，他也不拿碗去接，直接張嘴叼住。

嗯……圓滿了。

「我們今天砍的樹，正好那些木頭晾乾了，能當柴火燒。裡頭有幾根好的木頭，可以做房梁。等有空了，我再去山裡尋些好木頭來做家具。對了，我打算明日一早就去山裡看看陷阱，到時候墩子跟我一起去，一會兒妳先睡，我洗完碗，揉麵團，蒸些饅頭，明日好帶上。後日去縣裡賣毛皮，妳要跟我一起去，還是在家裡等我？」

蕭遠山私心希望劉芷嵐陪著他去，只是他也知曉家裡有人幹活，媳婦不一定想跟他跑這一趟。

果然，就聽劉芷嵐道：「我還是不去了，天兒越來越冷，墩子和方叔來幹活本就辛苦，我留在家裡幫著燒些熱水也好。你若是不放心我一個女眷在家，來家裡幹活的又是兩個男人，明兒我就跟墩子說，後日請他把梅花帶上……」

「我哪裡是不放心這個！」

我只是想要妳陪著我而已！

蕭遠山不放棄。「那後日就讓梅花來照顧，也給梅花算工錢，妳陪我去縣裡，咱們再看看缺啥，也好一次買回來，否則後頭大雪封山，就沒辦法出村了。」

大雪封山封路，徐家村不管從哪個方向都出不去。

劉芷嵐想了想，還是點頭了。「好吧，聽你的！」

蕭遠山的心頓時舒坦了。

「對了，你今晚不必做，明日說好要請方嬸吃飯！」劉芷嵐起身幫著拿碗。

蕭遠山一拍腦門，他把這件事給忘了，明明墩子走的時候，媳婦才跟墩子說過。

「那成，那我先幫妳弄洗澡水。」

因為媳婦喜歡潔淨，每天晚上都洗澡，他也跟著變成愛乾淨的人。

上輩子在蕭家，他連用熱水的資格都沒有，理由很簡單，費柴火。

柴火還能賣錢呢！

現在分家出來，有了知冷知熱的媳婦，天天有肉吃，天天有媳婦用過的熱水洗澡……日子真好。

蕭遠山替劉芷嵐準備好洗澡水之後，就回灶房洗碗。他動作很快，想趕緊回屋，說不定來得及跟媳婦一起洗。

等到回房，果然如他所想，媳婦還在洗。

只是……房門從裡面緊緊閂著！

小黃趴在門口，張開眼皮瞅了他一眼，一雙狗眼十分看人低，吐舌頭的嘴看起來就像是在嘲笑他，連媳婦的門都進不了！

屋裡傳來嘩嘩水聲，漢子聽得口乾舌燥，他看小黃來氣，一腳把牠趕一邊去。

小黃沒跟他計較，狗眼淡淡地瞥了他一眼，回窩睡覺了。

有他回來守著，小黃該讓出位置了。

「媳婦……」蕭遠山在外頭可憐巴巴地喊了一聲。

「你先刷牙洗臉，我馬上就好。」

水裡滴了兩滴靈液，泡澡一會兒，渾身的疲憊就消除殆盡。因為經常往洗澡水裡加靈液，她的皮膚越來越細膩白皙，跟細瓷一樣。

也許每次都是她先泡，將水裡的靈氣吸收大半，所以漢子就算用她的洗澡水，皮膚變化也不大。

這樣才好呢，要是一個粗漢子變得白皙細嫩……

劉芷嵐覺得不光是她接受不了，就連蕭遠山自己也接受不了。

鋼鐵直男變小白臉？這跨度太大了。

奶油和巧克力中選一個的話，劉芷嵐還是覺得蕭遠山這塊蛋糕，配上巧克力才完美。

「喔……」蕭遠山十分失望地應下，等他再次回屋，房門果然開了。

他也不避著劉芷嵐，甚至還多點一盞燈才開始脫衣裳，在媳婦面前好好展示一番身上緊致的腱子肉。

劉芷嵐瞥了兩眼，把臉蒙進被子裡。「趕緊洗吧，水都快涼了！」

她嫁了個什麼男人？在外人面前裝得可老實，話也不多，可是單獨在她面前就騷氣得讓人……沒眼看！

明騷易躲，暗賤難防！

這漢子在她面前是騷賤齊全，讓她防不勝防。

洗完澡的漢子兩三下把自己擦乾淨，衣裳都懶得穿，一鑽進被子裡，就把劉芷嵐給摟進懷裡。

「媳婦……我洗得可乾淨了，妳聞聞香不香？」蕭遠山對著她的耳垂吹熱氣。

劉芷嵐推了推他。「我不聞！」

「那我聞聞妳……好香……」

「你幹麼呀！」漢子的手不老實，力氣又大，劉芷嵐擋都擋不住。

蕭遠山把劉芷嵐翻了過來，頭臉埋在他日思夜想的地方，張嘴就叼上去。

上輩子總是挨餓，這輩子他對大白饅頭的執念太深了。

就算已經闖進門，他也捨不得放開嘴裡的大白饅頭……

蕭遠山跟方墩子約好的時間是半夜，他起床並沒有驚動媳婦，只將她攀著自己的胳膊和腿輕輕地從身上拿下去。

劉芷嵐無意識地哼了兩聲，蕭遠山一下子就捨不得，又抱了抱劉芷嵐，在她的臉上親了又親這才出門。

溫柔鄉，英雄塚，師父在世的時候常常說。

上輩子他埋頭幹活沒想那麼多，這輩子分家出來，眼界不一樣了，尋思的時間也多了起來，他覺得師父這個人挺神秘的，估計身分非比尋常。

他教自己打獵，教自己拳腳功夫，還教自己識字。

上輩子他沒好生尋思師父說的話，這輩子想起來，師父講的都是大道理。

蕭遠山點了兩枝火把，遞給門外的方墩子一個。兩人都揹著背簍，蕭遠山還帶了弓箭和刀。方墩子的腰間也別著一把柴刀。

「山哥，我帶了饅頭。」方墩子指了指腰間的布袋跟蕭遠山說。「現在吃嗎？」

蕭遠山搖頭。「我不餓，你吃。」

他把門從外頭鎖好。因為媳婦還在睡覺，他不放心。

方墩子也沒再勸，自己拿起饅頭啃著。

兩人很快就進山了，這回是朝著陷阱而去，所以兩人也沒在路上耽擱，速度還挺快的。

蕭遠山打算先去最遠的一個陷阱，再從最裡面往外掃一遍。

一路搜過來，東西挺多的，有麃子、山貓、狼、狐狸、野兔、野雞，甚至還有一頭野豬。

方墩子的嘴巴都笑歪了，羡慕地跟蕭遠山道：「山哥，你這設陷阱的手藝真是絕了！」

很多陷阱坑是蕭遠山以前就挖好的，以後每次進山撿獵物就會重新設置一遍，不過今兒他急著回家，只撿了獵物，陷阱也沒顧著恢復，打算在大雪封山前再進一趟山，到時候再處理。

兩個人的背簍裝滿了，野豬放在臨時做的木架上，用繩子拖著往外走。

天光大亮之時，兩人剛要走出山，就聽到幾聲慘叫。

「救命啊……」

「救命……」

蕭遠山和方墩子忙將背簍放下。

蕭遠山對方墩子道：「把獵物藏起來，我先去看看，你躲起來，等我！」

「好。」方墩子剛應聲，轉眼蕭遠山就跑不見了。「這麼快……難怪這山裡就山哥能進，別人進了十有八九都會折在裡頭。山哥有本事啊，可老蕭家的人不知道惜福！」

山林中，一頭黑熊瘋狂地追著三個人，蕭遠山趕到附近的時候，黑熊一巴掌就拍到最後一個人的肩膀上，血噴了出來。

「哎呀，媽呀……救命啊……」

前面跑的兩個人見狀也不敢回頭去救，腳下的速度更快了，連滾帶爬地往山下跑去。

蕭遠山鬆開手中的弓弦，一枝箭矢「咻」的一聲射進黑熊的左眼。

黑熊吃痛大吼，蕭遠山索利地射出第二箭，箭矢沒入黑熊的喉嚨。

這一箭射出之後，蕭遠山就衝出去，快速將傷者拖出來，然後黑熊轟然倒地，摔在傷者剛剛躺倒的地方。

一股屎尿味瀰漫開來，蕭遠山皺了皺眉頭。

這人嚇得屎尿失禁了。他的肩膀被熊掌拍碎了，手臂皮開肉綻，血流如注。

蕭遠山用他的衣服下襬撕下一塊布，幫他包紮起來。

「墩子！」蕭遠山大聲喊了起來。「你過來！」

「來了……」方墩子氣喘吁吁地跑過來，瞧見一頭大熊倒在地上，他整個人都不好了。

遠山哥……太他媽牛逼了，熊都能殺！

蕭遠山的第一箭從眼睛入腦，第二箭直接射破咽喉，把熊的氣管給射斷了。再厲害的猛獸被斷了氣管也會立刻斃命。

「趕緊把徐賴狗揹進村交給徐郎中，他們招惹冬眠的熊。對了，你順便在徐郎中那裡幫我買些傷藥，就說我為了救他受傷了。你只說熊被打跑了，別說我殺了熊。」

「山哥你受傷了啊？……快讓我瞧瞧。」方墩子一聽見蕭遠山受傷，就不淡定了。

蕭遠山無奈道：「我沒受傷，是怕惹麻煩，所以才說自己受傷了，你不用搞明白，就照我說的做。」

方墩子恍然大悟。「山哥，我明白，明白！你怕老蕭家纏上來！」

這可是熊，得值多少銀子啊！

「你趕緊吧，再多等一會兒，他失血過多也會沒命。」蕭遠山催促方墩子。

方墩子一臉嫌棄地看著倒在地上昏迷不醒的徐賴狗。

媽呀，好臭啊！

方墩子還是把人揹起來往山下走。「山哥，那我走了。」

蕭遠山擺擺手。「你去吧，獵物不用你管。」

這隻熊瞧著也有五百來斤，蕭遠山把熊揹上，走到之前放獵物的地方，他把熊放野豬上綁好。

這傢伙加上野豬得有八百多斤了。

蕭遠山提起兩個背簍，一個掛在胸前，一個揹在背後，再拖著野豬和黑熊的屍體往山下走。

負重這麼多，他竟然覺得還有些輕鬆，自從分家以來，他的力氣是越來越大。

這是好事，他是獵戶，自然是力氣越大，身手越敏捷越好。

快到家時，遠遠地就瞧見灶房上空升起的冉冉炊煙，蕭遠山的心一下子就暖和起來。

他回家打開院門，將野物都放在院子裡，小黃對著一堆野物衝過來「嗚嗚汪汪」了半天。

「遠山哥……」劉芷嵐從灶房出來，話還沒說完，就看到院裡擺滿的獵物，最扎眼的就是那頭熊。

這可是熊啊！冬眠的熊！

「你去了熊窩？」

冬眠的熊都能惹嗎？太危險了。

蕭遠山見媳婦嚇著了，忙解釋道：「不是，徐賴狗他們招惹了熊，我只是將熊射死，沒靠近。」

劉芷嵐聞言這才放心，蕭遠山就把來龍去脈跟她說了一遍。

「我得進城趕緊把熊賣了，否則怕夜長夢多。」

他清楚蕭家人和徐賴狗的德行，多一事不如少一事。

「那成，你路上小心。」劉芷嵐道。「你先洗手吃早飯，我替你準備乾糧帶上。」

「不用帶乾糧，我去縣城吃，現在跟妳吃一口早飯就成。」蕭遠山一邊舀水洗手，一邊道。

劉芷嵐也覺得時間緊迫，沒有多說什麼，將大碗的牛肉麵端上桌，她用油紙替蕭遠山打包不少裹汁牛肉，讓他帶著路上吃。

一大碗公的麵鋪滿牛肉，都快瞧不見麵條。

蕭遠山吃得太爽了，湯汁都沒剩下一滴。

吃完飯，他將獵物放獨輪車上綁好，用草墊子蓋住獵物，又將狐狸皮都裝進劉芷嵐替他縫製的大背包裡，推著獨輪車往外走。

「媳婦我走了，妳在家小心些。」

「嗯，放心吧，一會兒方嬸和梅花她們就上來了。對了，遠山哥這回你賣了獵物，就買頭騾子或是牛馬回來吧！我們買個牲口能拉板車，往後去縣裡就不用那麼辛苦。」

「成！」蕭遠山答應下來。

以後他們從村裡光明正大地進縣城，可以用騾車或是馬車。

蕭遠山想了想，還是決定買騾子，馬貴，太顯眼。

不過今兒他要賣的是熊，就不能穿過村裡，得從山裡走，打雙水鎮進縣城。

第十三章

蕭遠山一個人趕路就比帶著劉芷嵐快，到了縣城才剛過晌午，他直接帶著獵物去迎仙樓。通常這些好東西，除非迎仙樓不要，他才會考慮賣別家。

小二一瞧見他來，趕緊跑去找姚掌櫃。

「哎喲，蕭老弟來了，這次打到哪些獵物了？」姚掌櫃笑咪咪地走出來。

他今兒就是尋常打扮，手上戴了一個金戒指，不像那天進村，十個手指頭都戴滿了。若是劉芷嵐在現場，定會忍不住聯想到收集無限寶石的反派角色薩諾斯。

蕭遠山點點頭。「姚掌櫃進去說話吧，有好東西。」

姚掌櫃是個聰明人，聽蕭遠山這麼一說就立刻明白了，這車上一定有不得了的東西！

他讓蕭遠山把東西放置後院，然後把後院的人給屏退了。

蕭遠山這才掀開車上的草墊子。

姚掌櫃的眼珠子都要瞪出來了，一把抱住蕭遠山。「兄弟……你可是幫了我大忙！老哥我這兩天為了熊掌，可是愁得頭髮都白了！」

知府的老爹馬上要過八十大壽，知府點名迎仙樓備上冬日的熊掌。雖知曉冬天的熊掌好，厚實，可冬天的熊也不好找啊，都冬眠了。

關鍵是，冬眠的熊，誰敢惹？

這方圓百里能找的獵戶都找遍了，姚掌櫃本打算去徐家村找蕭遠山來著。

哎喲，這對夫婦真是他的福星！

「這熊和野豬也不用上秤了，一共給你八百兩銀子吧！」

一對熊掌就能值五百兩銀子，更別說這熊沒皮肉傷，毛皮保存完好，一身肉少說也有五百多斤。

何況現下忽然要新鮮的熊掌，就算是拿著銀子也沒地方買。

姚掌櫃這價格給得實惠，當然他自己也不吃虧。

「好！」蕭遠山也沒討價還價，因為這個價格比他估計的還多。

他心裡盤算著，這次獵物賣個八百兩，等會兒毛皮還能賣個一千到二千兩，差不多他這兩趟進山的收穫，就有近三千兩銀子。

三千兩，能讓小媳婦過上十年好日子！

不過他還得努力，他們以後還會有孩子，要送孩子去唸書，處處都是花銷，這三千兩看起來多，但是花起來還是不禁用。

從迎仙樓出來，蕭遠山先去西市挑了頭騾子，他暫時沒買板車，因為山上的路窄，有些地方通不了車。

買了騾子，他就牽著騾子去皮貨行。

依循著上輩子的記憶，找到那間說上好的火狐皮願意出一千兩的店家。

事情進展得很順利，小二沒壓價，喊來掌櫃驗貨，掌櫃埋怨了小二兩句把價格給太高了，但也沒反悔。畢竟蕭遠山賣的狐皮沒有任何破損，除了火狐皮之外，還有幾條純白色的狐皮。

這些毛皮統共賣了二千六百兩銀子。

價格真是出乎他意料，這下子，他兜裡就裝了三千四百兩的銀票。

「春子，你來幫我看一眼，我肚子疼，去趟茅房。」收了蕭遠山的毛皮，小二跟店裡打了聲招呼，就從後門溜出去。

他穿過兩、三條巷子，進了一間破院，院裡蹲著好些人正在賭錢。

小二一進院子就打招呼。「豹哥，有肥羊……那人騎一頭騾子，背上揹著大布包，穿的是深灰色的襖子，個頭挺高大，是個獵戶，身上有二千六百兩銀票，往東邊去了，這會兒大概是要出城，你們小心些，趕緊去追！」

領頭的壯漢聞言一喜，大力拍了拍小二的肩膀，站起來道：「放心，獵戶又怎樣？咱們兄弟幾個照樣弄死他！這事兒成了，咱們幾個平分，到時候該買屋買地就買屋買地，該娶媳婦就娶媳婦。」

「哥兒幾個，抄傢伙，走起！」

「好嘞！」

幾個人趕緊去拿刀塞腰間，又在外頭套了外襖將刀藏著，跟著壯漢跑出去，連院門都沒顧上。

蕭遠山不知道自己被盯上了，他去了一趟雜貨鋪，買了些油、鹽、花生等物。

媳婦做菜太費油了，動不動就倒半鍋的油！

他媳婦做菜用的油，村裡人少說可用一個月，有更節儉的人用上兩、三個月。村裡好些人家做菜的時候不倒油，只用沾油的布條在鍋裡擦一擦。

當然，蕭遠山不是嫌棄媳婦不知節儉，媳婦做菜好吃，讓他很享受，只是他得努力掙錢才行，否則供不上媳婦吃穿，他哪算得上男人！

買了兩大罐菜油，蕭遠山又去肉攤，買了不少板油，想著家裡還有野物，他就沒再買肉了。

吃的買完了，蕭遠山前往布莊買了好幾疋顏色鮮亮的細布，還買了兩疋織錦，心想媳婦用這個做衣裳肯定好看。他沒放過棉花，也買了一大包。

接著，他去銀樓買了一套銀嵌瑪瑙的頭面，這才牽著騾子往城外走。

出城之後，蕭遠山牽著騾子快步拐到一條小道上，小道來往的人很少。

這條小路既不是通往雙水鎮，也不是通往雙楠鎮。

他沒騎騾子，一直牽著騾子走，他的大背包綁在騾子背上，布疋等物也都直接綁在騾子上頭。

眼瞧著走到一片小樹林前，小樹林裡就竄出幾個拿刀的人，一直綴在他身後的幾個男人也拿刀出來快步走向他。

「識相點，把銀子交出來，哥兒幾個就放你走！」為首的大漢一下一下用刀背拍著自己的手掌，惡狠狠地道。

蕭遠山皺了眉頭。「你們連臉都不遮一下，讓我看清楚你們的長相，你們會放我走？不怕我去報官？」

領頭的壯漢聞言就大笑起來。「哈哈哈……你小子還挺聰明的，你猜對了，咱們就是悍匪，幹的就是殺人越貨的勾當，你若識相，就賞你個痛快。」

其他幾個惡漢也跟著笑，看蕭遠山彷彿是在看一個死人。

蕭遠山問：「死也要讓我死個明白，你們是哪個山頭的？」

「我豹哥是瓦屋山猛虎寨三當家。小子，今兒你死在我們手裡，是你的福氣！」

瓦屋山的山匪？……瓦屋山離徐家村挺遠的。

蕭遠山心裡有數，指著樹林道：「進林子吧，在外頭打打殺殺容易嚇著人，萬一有人瞧見你們還得遭到滅口，多送一條人命。」說完，他就往樹林裡鑽。

進了林子深處，蕭遠山把騾子安頓好，轉過身來面對這幫山匪。

看著山匪們跟著進來，說明不管前後都沒有放風和接應的人，否則在路上他們就會動手。

「你小子識相，光這一點，老子會給你個痛快。來，把脖子伸出來，不疼，老子刀法俐落，一刀就讓你見閻王。」

豹哥提刀走到蕭遠山的面前，幾個小弟也把蕭遠山圍在中間，舉刀威脅他。

「把銀票交出來吧！」豹哥道。

銀票可不好見血，見了血去錢莊兌錢還不好解釋。

蕭遠山探手入懷，忽然，他將摸出來的東西使勁砸向面前的豹哥，一股濃郁的香味瀰漫開來，電光石火之間，他欺身上前，一把奪了豹哥的刀。

豹哥正捂臉慘叫。這是啥他娘的暗器，辣得他的眼睛睜不開了。

下一刻，他的眼睛就不辣了，脖子上一條血線劃開，豹哥痛苦的尖叫戛然而止。

「哇操！」

「他殺了豹哥！」

「弄死他！」

幾個山匪舉刀朝蕭遠山撲來，蕭遠山身形極快地閃躲著，每每都讓這些人撲空了。

不過待他還擊之時，手起刀落間，必然會有一個山匪死於他的刀下。

他今兒才算知曉，師父教他的刀法就是殺人的刀法，沒有花俏的架勢，一刀一條命。

這幫山匪全交代在小樹林，沒有一個人逃脫。

蕭遠山殺完人，手在抖。

這是人，不是獵物。

可他心裡清楚，不殺這些人，死的就是自己，若是他死了……媳婦怎麼辦？

他不能死。

蕭遠山瞧見滿地散落的裹汁牛肉心疼極了。這是媳婦做給他的，他都沒來得及吃一口。

蕭遠山把幾個山匪身上的外衫剝了，因為上頭可能濺上油了，即使他把周遭散落的裹汁牛肉撿了起來，還是不放心，便用刀把沾著湯汁的草或土都鏟起來，拿東西裝了塞進包裡。

他不能出一丁點錯。

他不想留媳婦一個人在世上。

蕭遠山收拾妥當之後，就帶著幾個人的外衣，把騾子身上的東西挪了挪位置，騎著騾子從小樹林裡衝出去。

這裡偏僻，周遭都沒有人，他憑著打獵的經驗觀察四周，整個人如弦般繃得緊緊的，有任何風吹草動都會藏起來。

他一直挑偏僻的小路走，終於繞到去雙水鎮的那條路。

蕭遠山鬆了口氣，等上了回家的山路，他才徹底放心。

走到一半，蕭遠山將那些山匪的衣裳和自己沾血的外襖用火摺子點燃燒成灰，再將這些灰燼掃到懸崖下，他從小樹林裡帶出來的土和草也被扔下懸崖。

至於那些裹汁牛肉……只好帶回家便宜小黃了！

蕭遠山反反覆覆想了好多遍，都覺得沒問題了，這才安心地回家。

他不打算跟媳婦說這件事，以免她跟著擔心受怕。

只是他再也不去那皮貨行了，往後啊，要賣毛皮可得一張一張地賣，不能一股腦兒賣一家。這不，惹人眼紅了。

蕭遠山回憶當時在皮貨行的情景，交易是在內堂進行，也就是說，知情的人只有掌櫃和小二。

皮貨行有人跟山匪勾結。

雖說橫生出這一段插曲，但是騾子腳程快，蕭遠山還是趕在天剛黑的時候到了家。

「山哥，買騾子了？

「哎喲，這大黑騾子，多壯實啊！」

打蕭遠山回來，方墩子就跑到院門外兩眼放光地圍著騾子轉悠。

「遠山回來了！」

「哎喲，買這麼多東西啊！墩子，你別跟著瞎轉悠了，趕緊幫忙卸東西。」

「嬸兒，叔，你們坐！」蕭遠山一邊卸東西，一邊跟方嬸和方老樹打招呼。

東西都拿進屋裡安置好了，蕭遠山就把騾子牽到後院去拴了，胡亂餵牠一些水和草料，蕭遠山才進屋。

「遠山哥，你的襖子呢？」劉芷嵐問他。

「太熱了，我脫了。」蕭遠山一愣，但馬上就恢復如常。
襖子上濺了人血，被他燒了。
心疼啊，那是媳婦替他做的襖子……
「你可別受風寒了，天兒這麼冷。」劉芷嵐說完，就去張羅著把菜端上桌。
桌上已經擺好火鍋，熱騰騰的水燒開了，香味滿院竄。
有些菜桌上擺放不下，就放到一邊的竹編茶几上。
飯桌擺在院裡，院裡架了一些木頭燒了個火堆，桌上是熱騰騰的火鍋，坐在院裡挺暖和的，一點都不覺得冷。
劉芷嵐調好每個人的蘸料，用熟油和芝麻油混合，裡面加蒜泥、蔥花、香菜。
「這叫火鍋，城裡人到冬天就常吃，不過他們吃的是清湯，我做的是辣味的，大冬天吃這個，身子暖和……」
所有人都落坐了，劉芷嵐就跟他們說明火鍋肉片怎麼涮，牛肉片涮多久，毛肚涮多久，野雞腸子又涮多久算好。
火鍋裡的料放得少，她怕放多了，方家人吃不慣。
「若是覺得辣，可以在碗裡放些醋。」
大家一開動，就沒人吭聲說話了，都埋頭顧著吃。
方嬸瞧著這些肉，以及鍋裡漂浮在湯頭上厚厚的一層油，還有每人碗中的油，心想：哎喲，這哪裡是在吃飯，這吃的都是……銀子！

稍晚，送走方家人，夫妻倆將四周都收拾乾淨了，洗漱好上床，蕭遠山就將自己買的東西一樣樣拿給劉芷嵐看。

該放灶房的已經放灶房了，屋裡炕上放著的都是他買的布料等東西。

劉芷嵐誇讚蕭遠山有眼光，就把這些布料放到櫃子裡，打算有空再做衣裳。

「這是我給妳買的頭面，妳看看喜不喜歡，若是喜歡，明天就戴上。」

劉芷嵐接過漢子遞過來的盒子打開一瞧，裡頭是一套銀嵌瑪瑙的頭面，不算耳環一共九樣，樣樣都精緻好看，手工十分好。

「我喜歡，謝謝遠山哥！」劉芷嵐捧著盒子，笑著湊上去親了蕭遠山一口，親在他的下巴上，他的下巴有鬍碴，有些扎嘴。

蕭遠山乘勢抱了她，拿下巴去蹭她的頭頂。「妳喜歡就好！」

抱夠了，他鬆開媳婦，把銀票全都拿出來交給她。

「賣了熊和野豬，姚掌櫃給了八百兩，毛皮賣了二千六百兩，銀票都在這兒。我買東西動用的是妳給我的碎銀子，沒用到銀票。」

「遠山哥你真厲害！」劉芷嵐接過銀票數了數，就把銀票放好。「遠山哥，咱們家現在銀子夠多了，你別進山了好嗎？讓山裡的野物也休養一年，好不好？」

她覺得進山打獵太辛苦且危險，方墩子將徐賴狗被熊傷了的事說給她聽，說得可比蕭遠山詳細多了，她聽了都後怕。

「成！都聽妳的！」蕭遠山道。

手上沾染了人命……他還是消停些吧，這個冬天都不出去了。

這天晚上蕭遠山沒動劉芷嵐，只是樓她摟得有些緊。

半夜，蕭遠山被夢魘住了。

他又出現在小樹林，小樹林裡全都是血，那些被他殺了的人慢慢地爬向他。

只是他蕭遠山活了兩輩子就沒怕過鬼，他們做人都打不過他，做鬼還能打得過他？

畫面一轉，他人在牢房裡，脖子上戴著枷鎖，腳上有腳鐐。

他正納悶呢，幾個獄卒來帶他出去。

「蕭遠山，你該上路了，跟我們走，該去菜市口了。」

「不去……我不去！」蕭遠山掙扎。

他怎麼能死呢？他不能死，他死了，媳婦怎麼辦？

「哼，你殺了人，殺人償命，可由不得你！」

「是他們要殺我，我才還手的！」蕭遠山甩開兩個獄卒，大聲吼道。

可惜，沒有用，他還是被帶出去，帶到了菜市口。

他跪在地上，脖子上的枷鎖被除去，縣令一聲令下，他的脖子被劊子手噴了口酒，眼瞧著劊子手的大刀就要落下，一道熟悉的身影就從人群中衝了出來。

「大膽，敢劫法場！」

媳婦衝到他面前，幾把刀同時朝她砍下，他瞧著小媳婦渾身是血地倒下，倒下前，她的手碰著了他的臉……

「不——」

蕭遠山撕心裂肺地大喊一聲，翻身坐起，大口地喘氣，身上濕漉漉，冷汗已經浸濕他的衣衫。

「遠山哥，你怎麼了？」這麼大的動靜，劉芷嵐被吵醒了。

她想起身去點燈，卻被蕭遠山攔住了。

「妳睡吧，我去洗個澡，剛才作惡夢了。」蕭遠山道，他可不敢讓小媳婦看到自己此刻的狼狽樣子。說完，他就翻身下床，打開櫃子胡亂抓了一套衣裳就開門往外走。

劉芷嵐還是起身將燈火點燃，她看了看被窩，蕭遠山的位置有點微微的濕意，聞了聞，有汗味。

一個夢就讓他出這麼多的汗，可見這夢有多可怕。

劉芷嵐想著也睡不下去了，她穿上衣裳下床，去灶房找蕭遠山。

蕭遠山坐在灶前燒水，他抱著頭，背影有些可憐。

「遠山哥。」劉芷嵐靠在門口喊他。

他是感官多敏銳的人，竟然連她站在他身後都沒發現。

「妳……天兒這麼冷，趕緊回去睡。」蕭遠山聞聲站起來。

他轉過身來的時候，劉芷嵐發現他的神色不對，整個人看起來十分疲累。

「你作什麼惡夢了？」劉芷嵐不動彈。「一時半會兒也睡不著，我陪你燒水吧。」

「那就過來，坐灶前來，暖和。」蕭遠山去牽她的手，同時抬腳把門關上。

劉芷嵐往他懷裡依偎，蕭遠山勸道：「臭……出了一身的汗。」

「我又不嫌棄你。」劉芷嵐小瞪了他一眼。

蕭遠山無奈，乾脆將劉芷嵐抱坐在他腿上。

劉芷嵐的手撫上他帶鬍碴的臉，眼睛直直地盯著他。「你作什麼惡夢了？」

蕭遠山垂下眼眸道：「我夢見……夢見黑熊那一掌，傷的不是徐賴狗，傷的是我……」

劉芷嵐聞言就攀上他的脖頸，拿自己的臉去貼他的臉。「那你以後別去打獵了，咱們想點別的營生。等開春，你去尋些果樹，咱們種上，不拘什麼果樹，咱們把剩下的地都種滿了，往後就能賣果子。城裡的果子貴，咱們就是賣果子也能把日子過好。」

蕭遠山道：「放心，我不往深處走，不去招惹熊，我就是……就是看到徐賴狗太慘了才會作惡夢的。妳看，即便是熊，我也是兩箭就要了牠的命！放心，不會有事的！我有了妳，有了家，我不會讓自己有事的！」

前頭的話是寬慰媳婦，最後一句話是說給他自己聽。

「水快燒好了，我抱妳回房好不好？妳若睡不著就窩在炕上等我。」蕭遠山輕聲問劉芷嵐。

見劉芷嵐點頭，蕭遠山才抱著她回屋，把她放進被窩裡還幫她掖了掖被子，又親了親她的眼睛，這才轉身出去帶上門。

劉芷嵐深深覺得漢子賺錢太不容易了，打獵是掙錢，可是村裡有幾個獵戶？

這山邊上的村子，一個村能出一個獵戶就不錯了，平常上山抓兔子、野雞都是小打小鬧，真正像蕭遠山那樣往深山裡鑽的人其實很少。

進了深山，那真的是用命在拚搏。

蕭遠山很快就洗好澡進來了，他站在炕邊擦頭髮。劉芷嵐起身穿了襖子，接過他手中的毛巾，讓他在炕邊坐好，她幫他擦。

「濕著頭髮睡覺容易頭疼，反正也醒了，咱們就說說話，你把頭髮晾一晾再睡。」

「好！」蕭遠山把劉芷嵐摟在懷裡，又幫她掖了掖被子。

兩個人你靠著牆，我靠著你，誰也沒開口。

劉芷嵐抱著蕭遠山的腰，臉有一下沒一下地在他胸口蹭。蕭遠山輕輕地拍著她的脊背，跟哄孩子似的。被漢子這麼哄著，劉芷嵐慢慢睡著了。

蕭遠山垂頭看著她恬靜的睡顏，手依舊在她的脊背上一下一下地輕拍著，心裡想：小樹林裡的屍體什麼時候會被發現？……也許，現在已經被發現了，畢竟樹林是撿柴火的好地方。

官府並沒有什麼能力，並不像戲文裡唱的那樣，像包青天那樣的清官、能官少之又少。不會有事的。蕭遠山對自己說。

第二天，劉芷嵐醒來時，蕭遠山已經不在身邊了，她忙起床洗漱。灶房沒有漢子的身影，不過案板上有一團揉好的麵團。灶上的熱水是現成的，劉芷嵐做了麵條，依舊是牛肉麵。漢子是算準時間回來的，一大碗公的牛肉麵被他吃得一點都不剩。「墩子和叔都在幹活了，我把爐子和水拿出去，晌午我們回來吃。」蕭遠山吃完了就道。

劉芷嵐一邊幫他準備東西，一邊問：「你們幹活時手會不會凍著？要不我替你做一雙棉手套吧！」

蕭遠山想說不會，可是想到媳婦的一片心意，便點頭同意了。

劉芷嵐收拾好灶房後，就回屋替蕭遠山做棉手套，棉手套沒啥技術難度，只是護著手掌，五指至少要露半截出來，所以做起來很快。

蕭遠山下午出門的時候就戴上棉手套。

方墩子羨慕死了，當天晚上就借走了蕭遠山的棉手套，打算讓他婆娘連夜照著樣子做兩雙。

冬天幹活就是麻煩事，手凍僵了做事都不索利。

等磚瓦送來的時間到了，後頭林子裡的地基已經挖好，地面也平整了。

他們砍樹的時候都是貼著地面，留下的樹墩不高，上頭再夯實一層土就成。

這邊蕭遠山往山上送磚瓦，那邊方家兩父子一點時間都不願意浪費，有一點磚頭就砌一點牆。

三個人起早貪黑地又忙了半個月，房子終於蓋好了。

一共蓋了三間寬敞的正房，左右兩側四間廂房，一排稍微矮點的後罩房有四間。

房子周圍的樹都留著，只通向大門的地方留了一條馬車能通過的小道，這條道是彎的，所以從外頭看，是看不到房子的。

這房子給劉芷嵐的感覺就是高山隱士住的地方。

新房子沒有弄炕，弄的是地龍，連迴廊的地都通著地龍，就算是冬天光腳丫子踩在上頭都能暖和。

村裡會弄地龍的就只有方家父子，他們也是機緣巧合，跟人在縣裡修房子的時候偷學的。

修房子花費了半個多月的時間，鋪設地龍又花費了七、八天。

三間主屋鋪好之後，劉芷嵐就讓蕭遠山把地龍燒上，然後在屋裡做木匠活。

做家具的木材早就晾好了，蕭遠山做事迅速，一天時間就能造一張床，又一天時間能做好一張衣櫃。
他做的都是粗活，只能將東西做好，做結實，至於好看……還真不能講究。
不過劉芷嵐卻找到事情做，她在蕭遠山做好的家具上雕花。
經過她的手，不管是床還是櫃子都好看很多，雕刻好了之後，她也沒打算上漆，想先用油保養，再慢慢打一層蠟上去。
蕭遠山找來做家具的木頭都很好，密度很高，紋路也很好看，有些還有淡淡的香味。為了這些木頭，他趁著造房子的時候去了一趟深山。
這些木頭若放到現代，做成一串珠子都能賣不少錢，能有這麼多好木頭來做家具，對劉芷嵐來說真是意外之喜了！
所以，她捨不得上漆，就想用原色，保持最原本的風味。
她做的雕花也不是很複雜，都是依照著木頭的紋路，以及家具的樣式。
他們這邊做家具，方家父子就在別的房間盤地龍。
地龍鋪好了，接下來就是院子裡的管路，院後的化糞池。
所有事情都弄完了，天上也開始飄雪了。
寒冬來了。
壩上的勞役終於完事了，村裡人一大早就在村口等著，直到晌午，村口才陸陸續續有人回來。

徐家村出去服勞役的人，死了兩個，殘廢三個，輕傷十六個。

兩人是被石頭砸死的，因為運石頭的繩子被磨斷了，兩人當場被砸成肉泥。

朝廷派人給撫恤金，死一個發十兩銀子，殘一個發五兩，只是受傷的沒有。

事實上朝廷給的撫恤和補償遠遠超過這些，不過經過層層剝削，真落到受害人手中也就這麼一點了。

百姓還無處可申訴，若敢鬧事，官府就會把人抓走，被抓走的人，不是充軍就是充罪役，兩樣都很要命。

死者的撫恤是朝廷來人交給死者家屬，殘廢的補助則是給本人。

蕭天富就是殘廢之一，他的腿斷了，這會兒杵著柺棍站在村口，一條褲腿空蕩蕩地迎風招展。

蕭家出來迎接的人都傻眼了。

楊氏嚎啕大哭。「老二啊……我的老二……你怎……怎就這麼命苦喔……」

「當家的……你的腿……」徐氏的嘴都白了。

她男人殘了！她從今兒起是瘸子的老婆——不，連瘸子都算不上，從今兒起，她就是獨腿人的老婆了！

她的兩個兒子怎麼辦？這天要塌了啊……

「都是妳……都是妳男人不去輪換，害老二斷了腿，我跟妳拚了！」徐氏斜眼看到大肚子的袁氏，不管不顧地衝過去，掐著袁氏的脖子使勁搖。

袁氏被她掐得喘不過氣來，一旁瞧見的村民們立刻來幫忙，這才把袁氏給解救出來。

袁氏抱著肚子使勁喘氣，眼淚如斷線的珠子般滾下來。

她一個外姓人，根本就惹不起徐招弟，偏生……偏生蕭天貴這麼久都沒見人影……

「鬧啥鬧，丟人現眼，都給我滾回去！」蕭萬金沈聲呵斥完，快速分派任務給家中的女人們。「老二媳婦，愣著幹麼？趕緊攙扶老二回去。老三家的，去把郎中請到家裡來替老二看看。至於妳，趕緊回家殺雞，燉湯給老二補一補。」

方栓子正好瞧見了，嘲諷地笑道：「哎喲，當初山哥腿受傷的時候，蕭家立刻把他趕出門，這下親兒子斷了腿，又是請郎中又是燉雞湯……嘖嘖，親的跟撿來的就是不一樣！」

原本村口是一片的哀戚聲，這會兒被方栓子這麼一調侃，不少人就跟著哄笑起來。

蕭萬金的臉色難看極了，怒道：「方栓子，蕭遠山是老子的親兒子！你再瞎說，再瞎說我就……」

「你就怎樣？」方栓子是個混混，才不跟人講道理，也不分對方是不是老弱，他推了蕭萬金一把，蕭萬金差點被他推倒了。

「老子還說錯了不成？大夥兒都長著眼睛呢！不只是人長著眼睛，天都長著眼睛！瞧，遭報應了吧！當初你們非逼著山哥大晚上進山找人，明明孩子就沒丟……老子覺得，說不定那兩個孩子藏起來不出來，就是你們大人教唆的！否則怎會報應在蕭家老二的身上？戲文裡都唱了，這叫天道輪迴，報應不爽！」

眾人又是一頓哄笑，然後對蕭家人指指點點，蕭萬金是真受不了這目光。

蕭家人雖然苦待蕭遠山，但不至於蠢到把會掙錢的苦力給弄沒了，只是當初情勢緊急，蕭萬金是不得已才犧牲了老大，沒想到這件事被方栓子拿出來說，彷彿變成自家人有心暗算蕭遠山。

「你！」蕭萬金險些氣暈過去，但他還真沒法子跟方栓子理論。「我找你爹娘！」說完，他就氣哼哼地帶著一家人回去。

瞧著蕭家人的背影，方栓子跟村民們嚷道：「大夥兒都瞧著，這就是報應，因果有輪迴，光知道求神拜佛，求的時候多想想，神佛也是有眼睛的。老天就算打盹也是心裡有數，總有睜眼的一天！」

「是，人在做，天在看。」

「蕭家老大白供養他們那麼些年了，他們做的那些事，咱們真是瞧不上眼！」

「真是風水輪流轉啊！當初蕭老二若不強迫蕭老大去山裡找人，蕭老大就不會傷腿，蕭老大不傷了腿，蕭家就不會將人趕出去，這回勞役怎麼著也輪不到蕭老二去啊！就蕭家的尿性，哪回勞役不是蕭老大去？」

「可不，可見這做人要有良心，蕭家人真是心黑透了，把兩個小的藏起來，非逼著蕭老大在夜裡上山。這不，報應來了吧！」

大家的議論聲，蕭家人走得老遠都能聽到，於是他們走得更快了。

另一頭喪失親人的家屬，連家人的屍首都沒見著，因為都砸成爛泥了，他們只能相互抱著哭。

「我可憐的兒子……可憐的兒子……」

方栓子沒打算回家，他走到兩家哭得十分淒慘的家屬面前道：「你們兩家的人本不用死，若不是蕭天富躲懶，沒換繩子就去拉石頭，他不會跌落下去摔斷腿，徐有能和徐天才也不會被石頭砸死。那是真可憐啊，好多人就瞧見了，砸成肉泥啊……」

「你說啥？我家有能是蕭天富害死的？」

「蕭天富害死了我兒子？」

方栓子這話音一落，就被兩家人給圍住，一雙手臂被兩家人死死拽住。

「是啊，又不光我一個人瞧見，回來這麼多人都是知曉的，你們去問問就知道了！」

「到底怎麼回事，誰來說說？」因為死的是徐姓人，徐豐收就站出來問話。

他當然不能只聽方栓子的一面之詞。

「叔，是栓子說的那樣。」

「蕭天富的活計是拉石頭，每天去拉的時候要先檢查自己用的草繩有沒有缺口……蕭天富從來都沒檢查過，只要有時間他就在睡。」

「對，我就是被他連累的，摔下去斷了手。」

「斷的就是他那根繩子，若他檢查過並且去換一根繩子，我有能叔就不會死！」

「叔，村長，族長，你要為我們作主啊！」

「對，族長，你要我們討回公道，孩子他爹死得好慘……」

喪失至親和被害殘廢的三家人圍著徐豐收哭喊。

徐豐收大手一揮。「徐家的青年，都給我抄傢伙上蕭家去！一會兒聽我指揮，要麼賠銀子，要麼就抄家！」

「好！」

「抄傢伙！」

方栓子見徐豐收帶著徐家人浩浩蕩蕩地去蕭家找麻煩，心情就舒暢，算是幫山哥出了一口惡氣。

當然，這也是蕭天富作死在前，就算他不說，徐家人也會登門討公道，但是分頭去找又怎麼比得上這會兒都在氣頭上一窩蜂湧上去呢？

打鐵得趁熱，這是他當了這麼多年混混總結出來的經驗。

方栓子小聲地哼著歌跟去老蕭家，打算看完熱鬧就上山，跟山哥和嫂子好好轉述蕭家的慘狀。

蕭家人正沈浸在蕭老二變成殘廢的情緒中，轉眼徐家人就在村長的帶領下浩浩蕩蕩地把他們家給圍住了！

圍了一圈，就怕他們家的人跑一、兩個出去。

「叔……你們這是來做啥啊？」徐氏瞧見族人們抄傢伙氣勢洶洶地來，嚇得忙去問徐豐收。

徐豐收冷哼一聲道：「有能和天才是蕭天富害死的，我們來幹麼？我們來找你們算帳！」

楊氏怕極了。「村長……村長您說啥？他們死了怎會是我們家老二害的，那明明就是官府的事，我們家老二還殘廢了呢！」

徐豐收叫來被蕭天富給連累致殘的徐家子姪，把來龍去脈都說了一遍。

晴天霹靂啊，從天上一道道劈了下來，把蕭家人從頭到腳都劈了個外焦內嫩。

「你個死孩子！你怎闖這麼大的禍事呢？」楊氏舉起拳頭捶打蕭天富。

蕭天富原本沒吭聲，一直沈浸在自己成了殘廢的這件事情，這下被楊氏一打一埋怨，他也生氣了。

蕭天富一把推開楊氏，把楊氏推倒在地。「現在想起來怪我嘍？當初我叫你們拿二十兩銀子來買，你們捨不得銀子，說要供老四唸書，又說讓老三來輪替。結果呢？若是當初你們拿銀子，若是你們讓老三來代替我……根本就不會出這檔事！現在，老子斷腿了，你們倒是怪起我來了！」

徐家這幫人還沒鬧起來，蕭家人就先鬧起來了。

徐氏一屁股坐在地上哭嚎，哭嚎她命苦，哭嚎她男人受到不公的待遇，哭嚎她公婆為了節省二十兩銀子，就讓自己男人斷腿。

蕭萬金原本還想像楊氏一樣斥罵蕭天富，但蕭天富不管不顧地吼了一通之後，他又覺得內心有愧，後悔當初不拿銀子出來買勞役。

實在是以前老大一個人就能去服勞役，人還能好好地回來，他就覺得老二、老三輪著來也能。等老三不見了，老二沒人輪換，他又覺得老二都幹了那麼久的活兒，若是這個時候出銀子就不划算，當初老大能做完，老二身體好也能做完。

他們家只要熬到老四有了功名，就再也不用服勞役了。

誰承想，竟然出了這樣的禍事。

院裡鬧烘烘的，蕭萬金眼前卻一陣陣發黑，最後，他在徐氏和兩個孩子尖銳的哭聲中直挺挺地倒下去。

徐家人眼明手快地攙扶住他，徐豐收讓人將他放在地上，又讓徐德文去弄醒他。

徐德文上前就撩起袖子使勁地掐蕭萬金的人中，在掐之前往他鼻尖抹了一點藥膏。

蕭萬金很快就醒來了。

徐豐收冷著臉道：「你們家要怎麼鬧往後再說，現在我們徐家兩條人命、一條胳膊，你們今天必須賠，不賠，我就帶著徐家族人去縣衙，告你們故意害人，企圖耽誤工期的罪名。到時候，別說你們家蕭天富的命能不能保住，就連你們家蕭天佑……這輩子都別想科舉！」

村長的話一下子就捏住蕭家的命門。

不成，老四不能不考科舉！

「村長，您看這件事該怎麼辦？」最著急的是蕭天佑，他心裡恨著蕭天富害人，面上卻要跟村長和徐家人賠笑。

「兩名死者，你們一人賠二百兩銀子，斷了手臂的賠一百兩銀子，還要你們全家上墳前去給他們磕頭！」

蕭萬金哭死了。「村長啊，你就是把咱們家的東西全賣了，也湊不出那麼多的銀子啊……」

楊氏聽到這個數目也哭癱在地上，一家人真是愁雲慘霧。

蕭天佑也被這個賠償價格嚇了一大跳，趕緊向村長求情能少一些，他們家實在是拿不出五百兩銀子。

講來講去，最後以二百五十兩銀子成交。

蕭萬金感覺天都要塌了。他雖然還存著銀子，可那些銀子根本就不會輕易拿出來，是要備著以防有大事發生，比如災荒年，得拿銀子買糧食、買命。

五年必有一小災，十年必有一大災，他們靠著老天爺賞飯吃，風調雨順幾年，必定會迎來一些波折，祖祖輩輩都是這麼過來的。

最後，蕭萬金萬分不捨地把埋在床下的罈子挖出來，拿出一百三十兩銀子，並跟徐豐收說，家裡只有這些了，問能不能寫欠條。

「不成！」立刻就有徐家人不同意了。「就憑蕭家的幾畝田地一年能有多少錢？現在老蕭家可沒有會打獵掙銀子的兒子了！」

「就是，村長，他跟咱們耍賴呢！搜吧！」

「對，搜！」徐家人都嚷嚷著要搜家。

徐豐收向幾個年輕小夥子使了個眼色，然後自己站出來虛情假意地攔著，嘴裡說：「鄉里鄉親的別鬧太過了，怎麼能搜家呢……」

他這邊看似在攔著徐家的男丁，其實是在攔著蕭家人。幾個徐家的老人都跑來擋住蕭家人，任憑蕭家人怎麼推搡哭喊就是不動彈，死死地攔著。

徐家這幫人跟土匪進村一樣，把蕭家翻得亂七八糟不說，就連圈養的雞鴨和豬都沒放過，通通抓了出來。

季巧珊看到一個婦人將她的銀鐲子戴在手上，整個人都不好了。「那是我的嫁妝！」她要去搶，卻被蕭天佑給拉了回來。「巧珊，忍忍，他們人多，一會兒傷了妳！」

季巧珊聞言趴在蕭天佑懷裡大哭，跟死了親娘一樣。

「村長，在鞋子裡搜出兩張銀票，一共四十兩，在糧倉搜到五十兩銀子。在蕭天佑的屋裡搜到八十兩銀子。」一名徐家小夥子道，其實他們找到的不止這些，只是零頭被他們當場分了，大數目不敢動，畢竟受害者家屬都有跟著來呢。

「蕭萬金，你不厚道啊，明明家裡有這麼多的存銀，你竟然只拿一百三十兩出來。」

「族長，山哥能打獵，他上次說賣獵物有幾百兩銀子，那是往少了說，他每次打的獵物那麼多，跟著蕭萬金進城賣獵物的時間卻少之又少。」

「對，蕭遠山隔三差五就上山，從未空手下山過，而且也弄了好多大傢伙下山，他們蕭家果然是有錢，全藏起來了，說不準咱們還沒把銀子都找出來呢。」

「沒了……是真沒了……」蕭萬金覺得天都塌了，他藏的所有錢都被找出來了。

這日子沒法過了！

三百兩銀子全到了徐豐收的手中。

「蕭萬金，我們想著你家沒銀子才答應退一步，可是你竟然不說實話，既然這樣，就不要怪我們不客氣。銀子沒了可以再掙，可是人死了就沒了，胳膊折了也長不出來。」

說完，他就對徐家眾人道：「把這些雞、鴨、豬全帶走，拉到鎮上賣了，今兒出過力的徐家人都分錢！」

三百兩銀子，死者家屬發一百兩，折了胳膊的發五十兩，這是事先說好的，剩下的五十兩他就自己拿走了。

至於雞、鴨、豬等賣回來的錢，徐家眾人都有得分，也沒人敢說他這個村長、族長不公。加上出力的徐家人在蕭家搶東西時也昧下了一些，一時間，除了死者家屬，其他徐家人臉上都帶著笑意，包括徐氏的爹娘。

這場面，讓幸災樂禍的方栓子都唏噓不已。

外姓人在徐家村求生不易，這也是為什麼蕭家勒緊褲帶，都要讓蕭天佑唸書的原因。

而方栓子從小就耍橫，年紀大了更是願意往鎮上和縣城跑，跟那些混混走在一起，也不外乎是為了生存。

他們各自用自己的方式努力，想讓自家人在徐家村把日子過得好一些。

徐家人走了，老蕭家一片狼藉。

蕭天佑夫婦收拾了一些東西就要離開蕭家，卻被蕭天富給攔住了。

蕭天富惡狠狠地笑道：「老四，你今兒要走，咱們也要把話說清楚，否則，老子就鬧上縣衙，說你為了唸書害親哥哥去服勞役，導致斷腿，我看你還能不能唸書！」

「二哥，你……我可是你的親弟弟！」蕭天佑震驚地看向蕭天富，完全沒想到蕭天富會威脅他。

蕭萬金痛心疾首地看向蕭天富。「老二你……你說啥？」

老大拿老四來威脅自個兒就算了，現在老二也拿老四來威脅，拿捏一家人……天哪，他到底是做錯了什麼？

「爹，當初只要家裡拿二十兩銀子出來，我就不會殘廢，可是你明明有銀子，藏了幾百兩都不肯拿出來，老四也是，明明手上有銀子，八十兩呢！老子不管你這八十兩銀子哪兒來的，你有銀子不拿出來買勞役名額，心裡就沒有我這個兄弟，害我斷腿，你就是老子的仇人！老子不好過，這個家誰都不能好過了！」

「二哥，這銀子是巧珊的嫁妝，我一個大男人怎能去動媳婦的嫁妝。二哥，有話好好說！」蕭天佑心裡一股火直竄腦門，但他還是向蕭天富賠笑道。

「好好說，成啊！從今兒起，老子需要人伺候，兩個兒子也要唸書！我殘廢了，這農活也幹不了。五百兩銀子，給老子五百兩銀子，老子就跟你們分家，自己搬出去住。要是不給銀子，哼，老四……老子就住你岳父家，也好讓大夥兒瞧瞧，這季秀才教導的好閨女，慫恿自家男人坑害兄弟，我看他這個秀才功名是不是能保住！」

「老二！別胡鬧，只要老四考上秀才，咱們家就不用再服勞役、兵役了！」蕭萬金快被他氣死了。

家底都被掏空了，老二還敢要五百兩銀子！

蕭天富冷笑。「我是個殘廢，不管是勞役還是兵役，徭門都不要！」

蕭萬金跺腳。「那你也得為你兒子想！」

「老子就是為他們想，想好還是得自己好，老子有了銀子就送他們去唸書！總好過把念想放在白眼狼兄弟身上！」

眼瞧著蕭萬金站不住了，楊氏忙去攙扶，然後哭著呵斥蕭天富。「老二，你要氣死你爹啊！你這是不孝，要是上了衙門……」

「去啊，娘想去衙門告我不孝，儘管去，我還正想跟縣令大人說說咱們家的事，看我不孝的罪名坐實了，他蕭天佑殘害兄長的罪名會不會坐實！」

「二哥，有話好好說。」蕭天佑向他爹娘使眼色，楊氏頓時就張口無聲，心裡有再多的話都說不出來。

「老二啊，家裡就這麼個情況，我上哪兒去找五百兩銀子給你？」蕭萬金嘆氣道。經歷這一鬧，他整個人的力氣都給抽空了，老了不止二十歲。

「簡單，分家！家裡的田地都給我，房子全給我，看在你們是爹娘，可以留兩間，其他人都給老子滾蛋！還有，房子和田地就折價一百五十兩銀子，至於剩下的三百五十兩，老四得給老子寫欠條，五天內給五十兩，剩下的三百兩，兩年內付清，否則就算是老四考上秀才，老子也要給你鬧沒了！」

聞言，蕭萬金再度氣暈了過去。

——未完，待續，請看文創風936《無顏福妻》下

2021年3月出版

針愛小神醫

文創風 932~934

不是溫阮要自誇，她醫術精湛，一手針灸之技更是使得出神入化，
偏偏她如今只是個孩子啊，這身本領太高強，擺明了是招人懷疑的，
幸好從小跟在鬼手神醫身邊，於是她靈機一動宣稱是老人家收的徒弟，
而且還是天分極高、師父本人都稱讚不已兼之相見恨晚型的那種高徒，
反正老神醫已然死無對證，一切都是她這個小神醫說了算啊！

活死人，肉白骨／迷央

她這是穿書了？而且還穿到了昨天才剛看過的一本小說裡？
欸……她是很慶幸自己沒穿成那個草菅人命、三觀不正的女主啦，
但成為一個因愛上男主導致全家被女主害死的砲灰小女配，是有比較好嗎？
照原書發展，因為她的關係，接下來她大哥會死掉、二哥會斷腿、三哥會毀容，
無論如何她都要力挽狂瀾、扭轉命運，不能邁向書中設定好的喪門星之路啊！
為了小命著想，溫阮打定主意要避開書中的男女主角，不與他們有交集，
無奈人算不如天算，她因同情心氾濫而救了許多人，引來女主注意，
甚至因同病相憐的緣故，救了本該英年早逝的砲灰男配墨逸辰，
她記得這位鎮國公世子驍勇善戰、用兵如神，是女主埋藏於心之人，
但，他啥時成了自己的未婚夫啊？還人盡皆知？這下女主還不恨透她？
她本想趁年輕時好好瞧瞧京都府各家的小公子們，看有無合她眼緣的，
誰知才提了一嘴，這位掛名未婚夫立即罵她胡鬧，說這些事不用考慮，
不是啊，他自己說了不娶她的，怎的還不許她相看人家？這太沒天理了吧？
算了，反正她目前既要醫不良於行的師兄，又要治太后外孫女臉上的疤及心疾，
姑且就先聽他的，不規劃終身大事了，她這是沒空，可不是怕了他喔！

流浪貓狗介紹所

為流浪貓狗加油 和貓寶貝 狗寶貝 廝守終生（一定要終生喔！）的幸福機會

對人來說，貓寶貝狗寶貝只是生活的一部分，但妳（你）對牠們來說，卻是生活的全部，領養前請一定要考慮清楚——

▲ 熟男爸爸 貝貝

性　　別：男生
品　　種：米克斯
年　　紀：7～8歲
個　　性：溫和親人
健康狀況：已結紮，已接受血檢、二合一、狂犬預防針、後全口拔牙（貓愛滋口炎療程）及後續觀察服藥
目前住所：台北市北投區 貓日子（中途）

本期資料來源：貓日子粉絲專頁 https://www.facebook.com/CatDayHouse/

『貝貝』的故事：

貝貝是我前社區裡的資深浪貓，個性非常熱情親人，只要是餵過牠或喜歡貓的人經過牠的管區，牠都會熱情的跟大家打招呼，甚至個子大的牠，會常常在社區巷子裡巡邏，模樣真是很神氣威風！

大夥斷斷續續的餵貝貝跟牠的妻小，也有四、五年了，可去年開始看牠日漸消瘦，心裡覺得有點不安，納悶牠是老了還是病了？直到某個下雨又特別冷的晚上，去倒垃圾時發現原本放了兩個罐頭給牠們一家的，但牠不吃還叫得很大聲，於是用手電筒照車底下，發現牠嘴角一直流血、流口水，以致根本無法吞食……

帶去醫院檢查治療，最後經專科醫生建議進行拔牙，以絕後患。好在貝貝的身體狀況佳，除了口炎外沒有其他問題，術後在中途朋友家也恢復得很快，無奈朋友只能照顧兩個月，其他中途家又是多貓的環境，讓不親貓的牠，體重因此起起伏伏，深覺找新家才可以讓牠安穩一生。

貝貝親人不親貓，但牠跟其牠貓相處倒也相安無事，大部分時間都自己靜靜的躲在角落不會搭理其他貓，牠以前在社區跟人頻繁互動習慣了，聽得懂話也很聰明，雖然有點慢熟但抱牠不會抗拒，若是熟人還可以抱上三、四十分鐘都不亂動，是非常可人疼的小孩！連醫生、朋友都說貝貝餵藥乖、剪指甲也乖，是難得的極品貓咪，希望2021年能幫牠找到溫暖的家，有把拔馬麻來秀秀貝貝。若您有意願請連繫張小姐0939032351，或是Line ID：kc1612，甚至上貓日子粉專也行喔！

認養資格：

1. 認養人須25歲以上，有工作且經濟獨立者。
2. 能負責每天喂養、整理打掃貓沙盆、定期回診醫療等。
3. 須同意簽認養寵物切結書。
4. 須同意送養人日後之追蹤家訪，且必要時須做居家防護。
5. 將來不因結婚、懷孕，或有其他生活變動因素而棄養，對待貝貝不離不棄。
6. 願意於FB或其它方式，定時更新分享貝貝照片及近況。

來信請說明：

a. 個人基本資料：姓名、性別、年齡、家庭狀況、職業與經濟來源等。
b. 想認養貝貝的理由。
c. 過去養寵物的經驗，及簡介一下您的飼養環境。
d. 若未來有結婚、懷孕、出國或搬家等計劃，將如何安置貝貝？

風 文創

935

無顏福妻 上

國家圖書館出版品預行編目資料

無顏福妻 / 柴可著. --
初版. -- 臺北市 : 狗屋出版社有限公司, 2021.03
冊 ; 公分. -- (文創風)
ISBN 978-986-509-192-7 (上冊 : 平裝). --

857.7 110001354

著作者 柴可
編輯 黃鈺菁
校對 黃薇霓
發行所 狗屋出版社有限公司
地址 台北市104中山區龍江路71巷15號1樓
電話 02-2776-5889～0
發行字號 局版台業字845號
法律顧問 蕭雄淋律師
總經銷 知遠文化事業有限公司
電話 02-2664-8800
初版 2021年3月
國際書碼 ISBN-13 978-986-509-192-7

定價260元
狗屋劃撥帳號：19001626
網址：love.doghouse.com.tw E-mail：love@doghouse.com.tw